U0721363

# 古诗词里的株洲

郭亮◎著

上海文艺出版社
Shanghai Literature & Art Publishing House

图书在版编目（CIP）数据

古诗词里的株洲 / 郭亮著 . -- 上海 : 上海文艺出版社, 2023

（神农文化）

ISBN 978-7-5321-8924-3

Ⅰ. ①古… Ⅱ. ①郭… Ⅲ. ①散文集－中国－当代 Ⅳ. ①I267

中国国家版本馆 CIP 数据核字 (2024) 第 004284 号

发 行 人：毕　胜
策 划 人：杨　婷
责任编辑：李　平　程方洁　汤思怡　韩静雯
封面设计：悟阅文化
图文制作：悟阅文化

书　　名：古诗词里的株洲
作　　者：郭　亮
出　　版：上海世纪出版集团　上海文艺出版社
地　　址：上海市闵行区号景路 159 弄 A 座 2 楼
发　　行：上海文艺出版社发行中心发行
上海市闵行区号景路 159 弄 A 座 2 楼 206 室　201101　www.ewen.co
印　　刷：成都市兴雅致印务有限责任公司
开　　本：880 × 1230　1/32
印　　张：85
字　　数：2125 千
印　　次：2024 年 1 月第 1 版　2024 年 1 月第 1 次印刷
I S B N：978-7-5321-8924-3
定　　价：398.00 元（全 10 册）

# 目录


001 得告还乡 / 明·刘三吾
001 “南北榜糊涂案”前刘三吾最后的闲居时光

005 题酃渌酒 / 唐·李世民
005 唐太宗给株洲名酒写品牌故事

007 题皇雩山图 / 宋·赵眘
007 宋孝宗御笔亲题皇雩山匾额

009 题皇觉寺 / 明·朱元璋
009 朱元璋屏山寺题诗避难

014 昭陵渡马伏波庙 / 宋·乐雷发
015 乐雷发的一首诗让昭灵变为了昭陵

018 奉命告祭炎陵 / 明·何孟春
019 何孟春——二十年前奉旨祭神农，二十年后“忤旨”归田园

022 嘉庆己巳年五月攸邑遭洪示攸令蒋春岩 / 清·余世本
023 余世本，“攸北五子”之一的陈年旧事

025 塔灯 / 元·冯子振
026 冯子振，攸县才子二三事

029 游隐真岩 / 清·刘光钰
030 刘光钰，攸县旧士绅典范

033 春日饮洞虚观 / 明·刘友光
034 刘友光，是名士，亦称良吏

037 游峤阳岭栖云寺 / 明·刘稳
038 刘稳，新安建县首功

041 司空山 / 明·刘葵
042 刘葵，文武全才的攸县“将军”

045 幽居 / 清·吴德襄
046 吴德襄，渌江书院末任山长的书文往事

049 沈邑侯隶书神农墓道碑刊成喜观 / 清·周本镐
049 周本镐，炎陵庠生二三事

052 春日眺状元洲 / 明·唐寅
053 唐寅，醴陵才子与状元洲的故事

056 观沈秉仲明府书炎帝墓道碑 / 清·夏恒
057 夏恒，攸县穷文士的爱情故事

060 鸿雁来宾为攸邑茂才王三命赋 / 明·熊廷弼
061 大明边将与攸县秀才的莫逆之交

064 俚言呈万峰和尚诗 / 清·蓝应象
064 宝宁寺，一千三百年的流淌时光

072 白蛟山（三选一） / 清·尹惟日
072 尹惟日，戎马书生二三事

075 岳忠武祠 / 明·张治
076 岳忠武祠&青云庵，岳飞的茶陵往事

078 自题二十九岁小像（八选一） / 清·左宗棠
078 左宗棠，封疆大吏的落魄时光

086 登月岩 / 明·廖希颜
086 廖希颜，秩堂进士二三事

090 渌江漫兴 / 清·张邦柱
091 张邦柱：为官四十载，赢得循吏名

094 过明月山 / 明·彭友信
094 彭友信，续诗得官的传奇诗人

098 游司空山 / 宋·彭天益
099 彭天益&司空山，名臣与名山的传奇

102 贻靖兴寺袁道士（四选一） / 明·徐一鸣
102 徐一鸣，是“迂人”，亦是能吏

106 九日槠洲舟中 / 宋·戴复古
107 戴复古，江湖诗人的游历一生

112 题资福寺壁 / 宋·刘锜
113 抗金名将的大气度在资福寺流传千年

115 与王守履诗 / 明·文士昂
115 文士昂，忠臣不事二主的典范

121 槠洲别友 / 宋·文天祥
121 文天祥株洲赋诗以明志

125 赠易西泉检讨归养 / 明·梁储
126 易舒诰，攸县进士二三事

129 咏湘山寺 / 清·曹之璜
130 曹之璜，三百年前的资深“驴友”日常

133 归来轩 / 元·李祁
134 李祁，元末遗民的日常

140 秋祀斋宿夜坐 / 清·林愈蕃
141 林愈蕃，是良吏，也是良医

144 复建飞香味草二亭诗（二选一） / 清·沈道宽
145 沈道宽，“人走茶不凉”的酃县县令典范

148 小沩山寺 / 明·罗汝芳
149 沩山，瓷城醴陵的上半场

157 自题画像小诗 / 宋·朱熹
157 渌江书院，先贤的足迹

165 过泗州寺 / 明·王守仁
165 再过泗州寺 / 明·王守仁
166 王阳明两过泗州寺，前后心境判若两人

172 次空灵岸 / 唐·杜甫
173 空灵岸，千古风流

181 会仙山 / 明·罗其纶
182 罗其纶，能文能武的茶陵文士典范

185 过台山书院访王山长 / 明·罗卿谋
185 罗卿谋，终生未第的一生

189 寄宝宁万峰大和尚 / 明·王夫之
190 船山先生与攸县名刹的佛缘

193 过醴陵驿 / 宋·范成大
194 范成大笔下的株洲春色

199 过茶陵 / 明·解缙
199 茶陵山水让“大明奇才”萌生退官归隐之意

207 茶陵竹枝词十首（其十） / 明·李东阳
208 茶陵，一座偏隅小城的千年文脉

216 洗药池 / 明·蔡承植
217 蔡承植，高官亦是佛居士

220 桃花春涨 / 清·谭显名
220 谭显名，是穷教谕，亦是大善人

223 宿北仙观 / 明·谭缙
224 谭缙，“泽田三杰”的后起之秀

227 金鱼烟雨 / 清·赖超彦
227 赖超彦，“醴浏召杜”的陈年旧事

231 游宝相寺隐真岩（三选一） / 清·陈之駓
232 陈之駓，“旷世轶才”的现实与传说

235 味草亭 / 明·陈翔
235 陈翔，炎陵五经博士的晒书、晒鞋事

239 避地 / 唐·韩偓
239 韩偓，“唐末完人”的醴陵时光

243 寄彭民望 / 明·李东阳
244 木叶下时惊岁晚，人情阅尽见交难

247 浮桥 / 明·龙诰
248 龙诰，文武全才的攸县进士

# 得告还乡

明 · 刘三吾

金殿辞朝还故乡，石桥流水绕溪庄。
丝衣布袄三冬暖，竹枕藤床九夏凉。
瓠瓜为壶沽美酒，土泥作灶煮黄粱。
草鞋稳踏乾坤步，木叶烹茶贵客尝。

**作者简介：** 刘三吾（公元1313年—1400年），初名如孙，字三吾，后以字行，自号坦坦翁。湖南茶陵人。仕元为广西静江路副提举。入明后，于洪武十八年（公元1385年）以荐授左赞善，累迁翰林学士。著有《斐然堂稿》和《坦斋文集》等。

**译文：** 无官一身轻，终于回到我那小桥流水的清幽院落。麻衣粗布虽破，穿着倒也暖和；竹枕藤床虽然简陋，溽暑时节却也足够清凉。用干枯的瓠瓜做酒壶打来美酒，再在泥巴垒的土灶炊上一盆黄米饭。草鞋破烂，却穿得妥帖，步履亦稳健得紧；树叶虽然寒酸，略略也可拿来泡茶，贵客登门，可愿尝上一口？

## 故事

### “南北榜糊涂案”前刘三吾最后的闲居时光

明洪武二十九年（公元1396年）春，现茶陵县腰陂镇石陂村一处清幽的小院落多了些忙碌的身影，下人们忙前忙后地洒扫庭院——他们早就接到信，当朝翰林学士、洪武皇帝最尊敬的老臣刘三吾要回这茶陵老家安享晚年，眼下距这里也就三两日路程，得趁着早春三月难得的暖阳把刘大人离乡十年之久的老宅收拾齐整。

## 告老还乡

年逾八旬的刘三吾奏请引退，皇上竟难得地批准了。所有人都吁了一口长气，政敌们不再担心与这顽固的老头子针锋相对了；支持者们也庆幸屡屡“忤旨”的刘大人能有个好的归宿，刘三吾自己也开心不已，这破官，早就不想做了，皇上却一直不放人。女婿“坐赃”处死，正给了自己避嫌引退的理由，虽然，这代价未免太过沉重了一些。

是什么时候开始厌烦做官这事儿的？刘三吾自己也说不清，或许是两位兄长被杀的时候吧。那还是前朝，蒙古人掌权的时候，乱兵四起，两个哥哥先后被杀，自己跑去广西避乱，却被莫名其妙授了个靖江儒学副提举的官职。屁股还没坐热乎呢，明兵就杀到了，慌慌忙忙逃回茶陵老家，每日看书作文倒也自在。可谁知这大明王朝的开国皇帝虽只是个放牛娃出身，却极为敬重读书人（至少表面上如此），再加上连年兵燹，天下读书人死的死、逃的逃，已经73岁高龄的自己竟被举荐“以文学应聘”入朝，授左春坊左赞誉，后来更是升迁至翰林学士……

坦白说，皇上对自己不赖，经常向自己请教治国安民之道、选贤任能之策，并委以刊定典章礼制及三场取士之法的重任，自己编撰的那些个御用典籍也颇受皇上赞赏，皇上赐宴群臣的时候，自己还可以坐皇上跟前儿，那可是难得的礼遇了。只是有一点，皇上这几年脾气太喜怒无常了，懿文太子朱标薨的那会儿，皇上要立燕王朱棣为太子，可这不合乎礼法啊，太子是薨了，可他不还有儿子嘛？立燕王为太子，那秦王、晋王又会怎么想？虽然在自己的劝说下仍是立了懿文太子朱标之子朱允炆为皇太孙，可皇上却明显不高兴，还把自己由翰林学士降为国子监博士。有啥事儿不能当面说，非得玩儿阴的？

也是凑巧，女婿赵勉犯了事儿，还是贪污的大罪——当然，也有人说是受十多年前胡惟庸案的牵连——依律当斩，自己干脆以避嫌为由奏请引退，皇上竟也批了。只是苦了女婿赵勉，本是个读书种子，洪武十八年（公元1385年）进士，正是自己应召入朝的那年，算起来还是自己的“同年”。眼看着这孩子从翰林院编修一步步爬到户部尚书的要职，竟惹上了胡惟庸这个烫手的山芋，依皇上那猜忌乖戾的性子，自己就是想救他性命也爱莫能助……人生七十古来稀，自己都八十有三了，还是留着这条老命回家安度晚年的好！

## 乡居时光

引退的奏章被批，刘三吾很快收拾行装往茶陵老家而来。尽管，舟车劳顿于他这位八十三岁的老人来说颇为伤神吃力，更何况，他还没有完全从女婿的惨死中回过神来。好在，一路上的酬酢宴饮略可打发白发人送黑发人之悲哀——毕竟，在朝十年，自己还是积累了一些声名的。

行经长沙时，他还写了首诗，诗曰：“老夫今日到长沙，风送归舟日未斜。两岸青山如走马，一林红叶似飞霞。买鱼沽酒寻常事，抚掌长歌喜到家。八十还乡能有几，当时画锦亦堪夸。”许是到了家门前，心境也好了很多，那些朝廷上的腌臜事就由他去吧，往后自己就做个归隐田下的农人也蛮好的。

他是这样想的，也是这样做的，回到茶陵老家的刘三吾确如农人一般生活，虽然地方上的士人学子时有酬酢宴饮之局，自己是朝廷命官致仕，又是饱学鸿儒之士，碍于面子也要周旋其间。但除此之外，他大部分时间都窝在自己修葺一新的庭院之中看书作文，文前所引诗歌亦作于此时，恬淡清新之风纯粹自然流露而出，未有一丝伪饰雕琢之气。

他以为这样的日子能一直持续到自己逝世，甚至亲自看好了自己百年之后的墓地——就在自家庭院后的一处山坳里——可谁也没想到，住下才几个月，朝廷的征召令又下来了。

## “南北榜案”

现今已无法知道刘三吾是出于什么样的目的再次应召入朝，但貌似这次征召的条件不低，洪武皇帝亲自下令，官复原职不说，还委任为洪武三十年（公元

1397年）丁丑科殿试的主考官。可谁也没料到，就是这选拔天下士子的殿试出了大问题。

殿试完后发榜，榜上竟全是南方人，一个北方人也没有，这下北方的举人不干了，集体上访，说刘三吾是南方人，搞地域歧视云云——其实，这点着实冤枉了刘三吾，历来殿试都是封闭阅卷，即便刘三吾想偏袒南方人，也没这能力——朱元璋大怒，命几个翰林重新阅卷，要增录几个北方人进去。几个翰林阅卷后回复说之前判卷并无差错，且将一些北方举人的试卷上呈给朱元璋看，不但文理不通，还有些犯忌之语。这时，有人上告朱元璋，称这都是刘三吾等故意安排的。这还了得，朱元璋怒气更盛，将另一主考白信蹈以及参与阅卷的翰林张信等二十余人凌迟处死，刘三吾因年老得免，发配至西北边疆“监视居住”。这年六月，朱元璋亲自主考重新会试，另行擢选的61名进士都是北方人。后人称之为“南北榜”，又谓“春夏榜”，称此案为“南北榜糊涂案”。

次年，朱元璋驾崩，皇太孙朱允炆即位，是为建文帝。许是感念当年刘三吾的劝立之功，即位后的朱允炆很快便将刘三吾征召还京，并官复原职。建文二年（公元1400年），八十八岁高龄的刘三吾死于任上，后归葬于自己生前所选墓园之中——其址在今茶陵县腰陂镇石陂村，至今仍存——四年前那一段在茶陵老家的乡居岁月，竟是他最后的恬淡时光。

# 题酃渌酒

唐·李世民

酃渌胜兰生，翠涛过玉薤。
千日醉不醒，十年味不败。

**作者简介：**李世民（公元599年—649年），祖籍陇西成纪，是唐高祖李渊和窦皇后的次子，唐朝第二位皇帝，杰出的政治家、战略家、军事家、诗人。

**译文：**酃渌美酒，香气四溢，堪比兰生（《汉书·礼乐志》："百末旨酒布兰生。"颜师古注引晋灼曰："百日之末酒也，芬香布列，若兰之生也。"）酒色碧绿可喜，比玉薤（美酒名，传为隋炀帝所好）还要漂亮。酒性醇厚，劲儿大，一饮能醉千日；酒质优良，久藏十年而不变质。

## 故事

### 唐太宗给株洲名酒写品牌故事

柳宗元谪居柳州期间，除了那篇著名的《捕蛇者说》之外，还写了一本名为《龙城录》的笔记小说集，中有一篇名为《魏征善治酒》。故事说的是唐初名相魏征除了善于纳谏之外，还是一酿酒高手，有一次，把自个儿酿的酃渌酒送给唐太宗李世民品尝，太宗尝之大喜，亲赐上诗以鼓励。

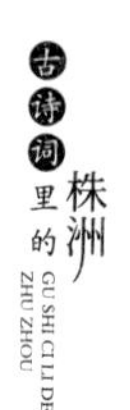


诗中的酃渌酒，最早见于西汉文学家邹阳的《酒赋》。公元280年，晋武帝司马炎平吴统一中国，荐酃渌酒于太庙，成为祭祀先祖、犒劳群臣的国酒，西晋文学家张载《酃酒赋》即记其事。

酃渌酒之得名，源于其产地，《水经注》卷三十七载“酃县有酃湖，湖中有洲，洲上居民彼人资以给，酿酒甚美，谓之酃酒”。因“酃渌”二字书写繁复，不易辨认，后人取“酃湖之酒”意简称为“湖之酒”，至今株洲茶陵、炎陵一带乡间仍有酿制。

酃县设县制较早，县域涵盖范围也多有变化，今衡阳市东及衡南县一带在一定历史时期内都归属酃县制下，这也带来一桩历史公案：唐太宗李世民赞誉有加的酃渌酒的原产地到底是在株洲还是在衡阳？

且不论公案定论如何，单以唐太宗李世民此诗而言，却是一份独到的产品说明书：既有产品口感、观感方面的描述，又有其功效和品质的保证，再加上撰写者又是文治武功一流的著名帝王，这宣传效果，简直不要太好！

# 题皇雩山图

宋·赵昚

仙鹅飞去是何年，灵迹犹存古岭边。
藤老龙蟠疑护法，山幽禽语似逃禅。
手攀古木身忘倦，口吸香泉骨欲仙。
邻叟不知唐世远，犹言谢母旧因缘。

**作者简介：**赵昚（公元1127年—1194年），初名伯琮，后改名瑗，赐名玮，字元永，宋太祖七世孙，宋高宗养子。南宋第二位皇帝，宋朝第十一位皇帝。

**译文：**骑鹅的仙人不晓得是哪一年飞走的，但肖禅和大师留下的神迹仍在——那枯藤缠绕得蟠龙一般，好似肖大师的护法，清幽山间的鸟鸣啾啾也好似禅语一般高妙。手攀古木，一步步向密林深处跋涉，周身疲倦也浑然忘却；再掬一捧山泉水喝下，沁人心脾，几有飘然欲仙之错觉。隔壁的老头子不知道唐朝已经远去，还跟你絮叨着肖大师和谢大娘的传说。

## 故事

### 宋孝宗御笔亲题皇雩山匾额

茶陵县秩堂乡东坑村，有白砂泉一眼，泉水自石壁而出，汩汩长流，四季不竭，向来被认为是蛟龙潜伏之地，每逢天旱不雨的年份，秩堂先民便来这里求雨。

后唐长兴年间（公元930—933年），秩堂境内遭遇大旱，茶陵灵岩寺开山祖师肖禅和应居住在白砂泉旁的谢家老妪之请，来白砂泉求雨，大雨应时而下。一时间，秩堂人把肖禅和当成了活神仙——雩仙（雩，古代指为求雨而举行的祭祀）。大家对雩仙肖禅和感念有加，特地在白砂泉边修造了“肖师祠”，专门祭祀肖禅和。这个“肖师祠”就是雩仙观的前身。

宋孝宗年间，江西大旱，按当时的惯例，朝廷派遣大臣专程到各地有“龙王潜藏蛰伏”的名山大川去祭祀求雨，但是，求而不应，旱情无法纾解。此时，当朝驸马都尉、秩堂沂江人谭斗南回家祭祖，当他知悉这个信息之后，马上将自己所作的《里居山水图》用快马驿递的方式进呈给孝宗。《里居山水图》上画有白砂泉和肖师祠，孝宗皇帝根据驸马的提示，知道白砂泉是有名的求雨场所，于是，在宫中对着《里居山水图》祷告求雨，结果是“雨应时至”。孝宗皇帝一时高兴，“敕建祠泉旁，遣官报祀”，以皇帝之尊下发诏书，在白砂泉边建造一座道观，把原本是祭祀雩仙肖禅和的专门祠堂升格成一座奉祀雩仙的道观。

道观建成之后，宋孝宗赵昚用飞白体御书题写“皇雩仙”匾额相赠，还特地写如上一首诗以“纪其灵迹”。就这样，白砂泉边新建成的道观正式定名为“皇雩仙”，“皇雩仙”随即也成了白砂泉周边的地名。

# 题皇觉寺

明·朱元璋

天为罗帐地为毡，日月星辰伴我眠。
夜间不敢长伸脚，恐怕山河社稷穿。

**作者简介：**朱元璋（公元1328年—1398年），字国瑞，原名重八，后取名兴宗，濠州钟离人（今安徽凤阳），明朝开国皇帝。

**译文：**以天为罗帐，以地为毡子，伴我同眠的乃是天上的日月星辰。只有一点不妙，夜间睡觉不敢将脚伸开，唯恐这一脚将山河社稷给踹坏了。

## 故事

### 朱元璋屏山寺题诗避难

唐贞观十三年（公元639年），大将尉迟敬德出检巡案到达今日醴陵市王坊镇屏山村大屏山巅，见此处地势险峻、云雾缥缈、林木丰茂、谷泉涌流，风景十分优美，遂在此建寺，号为太屏仙山寺，由于此地是吴头楚尾，后人也将此寺称之为“吴楚古刹”。

当地相传，元朝末年，朱元璋带母亲逃难来到此寺，时天色已晚，怕被人发现，不敢喊门，就歇宿于寺外的山门下。是夜，住在寺内的老和尚梦见火烧山门。

惊醒后，心想必有大事，便出门察看，一见熟睡中的朱元璋相貌奇特，未敢惊动。翌日晨打开山门，人已不见，只见寺门外题有诗。原来朱元璋怕被元军抓到，在天亮前写了此诗后，便躲进了山下的芦苇滩里……因此，屏山寺又叫“皇觉寺”。

以上传说出自《历代诗人咏株洲诗词选》中之注释，寺后还有罗汉松一棵，枝虬叶茂，生机勃勃，据说为朱元璋当年所植，寺内并有朱元璋生母之墓，只是太过简陋，不似帝王之家的陵寝，想是后人附会。

## 延伸阅读：

### 吴楚古刹，“株洲第一碑”的未解疑团

郭亮

1986年，醴陵信众捐资重建“文革”中损毁殆尽的屏山古寺，施工队在重整地基时，意外在寺庙原址地底下挖出两方古碑。其一为邑人傅泷所撰古刹碑志，讲述民国十二年（1923年）重建屏山寺事，亦见于民国版《醴陵〈十修〉县志》中；另一方古碑则署唐房玄龄所题碑文，讲述唐将尉迟敬德创古寺之功……

消息传出，举世沸腾，房玄龄乃唐初名相，所撰碑文此前未见史载，骤然出土，当可弥补研究空白，文史爱好者蜂拥而至，竞相传抄，一时有洛阳纸贵之势。

21世纪初，株洲市政协和醴陵市史志档案局先后出版《古今诗人咏株洲》与《渌江古今诗词选》两册地域性作品集，都将房玄龄的此篇碑文列于吟咏醴陵诸诗文之首，甚至这块出土的古碑亦身价倍增，描红嵌于重修完好的寺内保存不说，一定时间内，株洲市部分文物工作者亦将此碑誉为“株洲第一碑”，广为宣扬。

然而，笔者在实地探访及查询各种史志之后，这传闻中的“株洲第一碑”却还有着不少至今未解的谜团。

#### 太屏仙山一古寺

屏山寺不远，从醴陵城区出发，沿渌江大道出市区，再转075乡道，不过半个多小时便到位于王坊镇屏山村下的太屏山山脚，屏山寺即在山顶之上。

太屏山是武功山由江西省萍乡市杨岐山西行进入醴陵的支脉，巍然耸立于湘赣两省交会处——山这边是醴陵王坊，山那边则为江西萍乡湘东区荷尧镇——是一道天然屏障，所以名之为“太屏”。

沿山路而上，雨后的太屏山满眼浓绿，四周叮咚声不绝于耳，那是隐在山洞间的泉水淙淙流过的声音，自山上往下望去，两条玉带绕山而过、飘然远去，正是湖南的渌江和江西的澄潭江。未几，抬眼见一古色古香的牌坊式建筑，上题“太屏仙山”四字。门侧对联云：海天相色无边界；吴楚东南第一峰。一侧的墙上并有“屏山寺醴陵市重点文物保护单位”字样，这便是我们此行想要探访的屏山寺了。

入得门来，抬眼便见一飞檐反宇的古朴建筑，门头题“吴楚古刹”字样，此屏山寺之别名，此地古为吴楚边关，故有是名。古刹一侧有圆形拱门一座，门楣上书“皇陵”二字，据传元末时明太祖朱元璋携母避难于此，有“天为罗帐地为毡，日月星辰伴我眠。夜间不敢长伸脚，恐怕山河社稷穿”诗流传，后其母殁于寺，便于寺内安葬，并有明韩国公李善长所题碑文记其事，故屏山寺又有“皇觉寺”一名。只是，包括笔者在内的不少游客均表示，这有点附会太过了，且莫提有史可稽的安徽凤阳的明皇陵，堂堂大明开国太祖之母的墓葬规制竟简陋如斯，成何体统？

“皇陵”看毕，转过一重院落，便是二进的大雄宝殿，供奉本师释迦牟尼佛；再转便是三进的如来殿，被誉为“株洲第一碑”的吴楚古刹碑便嵌于殿旁一侧。相比嵌入墙内的其他碑刻，这块吴楚古刹碑显然保护得更为周全，字体全部描红不说，字迹亦不见丝毫漶漫，虽有斑驳之迹，却字字清晰可辨，端的是一方好碑。

## 待解的疑团

因为是专为这方古碑而来，所以我也看得特别细致。碑文系用楷体，天头上自右至左列“吴楚古刹碑”横额，下款署“房玄龄题”及“大唐贞观十三年己亥冬立”，中为正文，四字一句，共22句。文曰：

岩岩平山，积石峨峨。

远瞻昆仑，近缀衡庐。

南通闽广，北达荆吴。

惟山之高，壁立千仞。

创建古寺，尉迟敬德。

鄜州都督，威振山河。

密金不受，公心如山。

百战瘢痍，实忠于王。

功臣图象，凌阁争光。

名胜古迹，风景悠扬。

名垂不朽，万古流芳。

文意并不艰深晦涩，除了“密金不受”和“画阁凌烟”两个浅易的历史典故外，全文可以说是明白如话。全篇先写屏山多石、高峭、险峻，交通方便，再颂尉迟敬德的功德和荣誉，最后祝愿名山胜迹和功臣德望共同流芳千古。

然而，这篇并不艰深的碑文里却有着一些难解的谜团。

一是碑题中的古刹之说。民国版《醴陵〈十修〉县志》载，大屏山寺距县治35里，唐代始建，民国十二年（1923年）李莘田、刘禹臣等倡修，傅泷记。既然山寺始建于唐，可是初唐人房玄龄赋诗、刻碑，就把屏山寺称为“古刹”，事理上断然难以说通。

除此之外，碑文中的“创建古寺，尉迟敬德”也有自相矛盾处。所谓“创建”是说屏山峰巅原本无寺，寺庙是由尉迟敬德披荆斩棘首创营建起来的，那么、全新的建筑，油漆未干，正待剪彩，怎么能称为“古寺”呢？这“古”从何来？或说《醴陵县志》记载有误，大屏山上在唐代以前就有佛寺或道观之类的古建筑。那么，寺观倒塌了，人们只能重建；寺观朽败了，大家可以去修建，怎么用得着尉迟再在此去“创建”呢？房玄龄乃一代贤相，身怀经国济世之才，文章之小道更是不在话下，又怎么会犯这样常识性的错误呢？

二是文中提到的两个历史典故。一个是“密金不受”，说的是李世民为秦王时，太子李建成为了拉拢尉迟敬德，私以黄金一车相赠，而忠于秦王李世民的尉迟敬德却拒绝了这笔厚贿，后来登基的唐太宗李世民曾有“公心如铁石，非利禄能动也”之赞，碑文中引此，亦算贴切；再一个则是“画阁凌烟”，说的是李世民登基后，为纪念当初一同打天下的诸多功臣，而命画师阎立本在凌烟阁内描绘了二十四位功臣的画像之事，事见《唐书·太宗纪》，“十七年一月，图功臣于凌烟阁……”《唐书》中的秦叔宝、尉迟恭等功臣的传记中亦提到此事，而唐人刘肃所撰《大唐新语》更有“贞观十七年，太宗图长孙无忌……二十四人于凌烟阁，太宗亲为之《赞》”句。

问题正出在这里，吴楚古刹碑言碑立于贞观十三年，可凌烟阁绘像却是贞观十七年事。也就是说，四年前赋诗刻碑，就写到并刻出了四年后建阁、画像之事。如果说此前的古刹之说，还可用特殊的偶然例外来解释，那么，这种时光倒流，又该如何解释呢?

# 昭陵渡马伏波庙

宋·乐雷发

功名要结后人知，马革何妨死裹尸。
汉帝可能疑薏苡，湘民却解荐江蓠。
纸钱撩乱巫分胙，粉壁阑斑客写诗。
堕水跕鸢无处问，滩头斜照晒鸬鹚。

**作者简介**：乐雷发，南宋后期诗人。字声远，号雪矶，湖南宁远人。南宋政治家、军事家、文学家、诗人，特科状元。著《雪矶丛稿》5卷，清乾隆时选入《四库全书》，有《雪矶诗评》及《廷对八策》遗世。

**译文**：想让后人知道你当年曾立下的赫赫功勋，简单，首先得有沙场上“马革裹尸”的气魄。即便马援那样的名将，汉光武帝这样的明君，也有过“薏苡明珠”的误会，好在湘地老百姓明了伏波将军的心迹，自不会干此蝇营狗苟的勾当，仍然给马援修了庙宇。转眼过去千年，而今的马伏波将军庙前，纸钱纷飞，民间的巫婆神汉分食庙里的贡品——想来香火颇旺——庙里的前厅后壁，过此的文人墨客纷纷题下诗句来颂扬伏波将军的功绩……只是，当日因受瘴毒之厉而坠下的鸢鸟早就无迹可寻，滩头水急，夕阳斜照，三两成群的鸬鹚们正安详地晒着太阳。

故事

## 乐雷发的一首诗让昭灵变为了昭陵

株洲县洲坪乡昭陵村，因毗邻湘江昭陵滩而得名，其地“滩石险阻，行舟覆溺者甚众”。诗人杜甫著《解忧》一诗，中有“向来云涛盘，飞橹本无蒂”句，题注“上水得脱危险而作”，据后人考证，险些让杜甫丧命的“危险”就发生在昭陵滩这段水域。

但是，鲜有人知的是，昭陵原本是唤作昭灵的，至于为何成了昭陵，却与一个名为乐雷发的传奇诗人有关。这次，我们就一起来聊聊传奇诗人乐雷发的故事，以及昭陵这一古地名的变迁历史。

### 传奇诗人乐雷发

乐雷发，字声远，号雪矶，湖南宁远人，其父乐公明为南宋进士，也算是书香门第出身。

幼时的乐雷发在父亲乐公明的亲身教导下，奋力读书，刻苦求学，《湖南通志》记其“少颖敏，书无不读”，又有“颖悟警敏，博极群书”“精通经史，尤长诗赋”的评价。

宋嘉定十七年（公元1224年），29岁的乐雷发乡试中举，只是，科举之途似乎止步于此，这之后连续几次会试，乐雷发都未能考中。愤慨的乐雷发决定放弃功名，改而授徒讲学来维持生计，并四处结交朋友，诗酒唱和般地快意人生——《雪矶丛稿》中的大部分诗赋即写于此段时间——直到命运的再一次转机。

宋宝祐元年（公元1253年），江西筠州人姚勉（亦是乐雷发在江西讲学时的弟子）登状元第。按惯例，状元及第的头一件事便是打马游街、琼林赐宴了，可姚勉不这样，获知自己是状元后的第一件事便是给宋理宗上书一封，称录取不公，自己的老师乐雷发明明学问高过自己，却未被录取，自己这个状元得让给老师……理宗皇帝特旨召见乐雷发，问以“学、术、才、智、选、举、教、养”八

事，乐雷发“条对切直”，留下了著名的“廷对八策”。“文章天子”宋理宗大悦，当即赐以“特科状元”，授秘书省馆职。

乐雷发为官之时，正逢奸相贾似道当权，“廷对八策”中所涉及的建议和主张并没有落到实处。不想碌碌苟取爵位的乐雷发乃于宝祐四年（公元1256年）愤然称病回乡，隐居九嶷山，寄情山水，用诗词抒发自己的爱国热情，文前所引诗歌亦写于此时。

乐雷发退隐后，国势更衰，理宗皇帝多次诏请复出，都为乐雷发所婉拒。理宗皇帝深悔当时没有采纳乐雷发的忠言，赐建状元楼一所，褒奖其廷对之策、时政之议永垂不朽；赐良田800亩，恩赏乐雷发家族世代延续；赐公母铜锣一对，示意鸣锣警听其忠鲠之言，也示鸣锣开道，欲淑天下以其道。

## 昭陵滩史话

昭陵之名，古已有之，晋罗含《湘中记》云：“昭王南征不复，殁于此滩，因以为名。”但是，考究正史，并没有什么“昭王”殁于此，更无陵墓可以佐证。

据考，“昭陵”起先名为“昭灵”，其名出自五代十国时，马殷踞湖南，尊东汉伏波将军马援为其先祖，乃奏请唐王李升封马援为昭灵英烈王，并在马援所屯过兵的渌口、昭陵滩、武陵（今常德）、保靖（今邵阳）四处立“伏波祠”，塑伏波将军像奉祀于祠中，其地便易名为昭灵滩。

“昭灵”易名为“昭陵”却是拜乐雷发所赐，前已说过，乐雷发辞官归隐之后，便寄情山水，用诗词抒发自己的爱国热情。这一日，乐雷发来到昭灵，拜谒过江边的“伏波祠”之后，联想起马援的经历——马援为东汉名将，汉光武帝十八年（公元42年），交趾发生叛乱，光武帝封马援为伏波将军，领兵八千南下平判。战事进展很顺利，交趾的叛乱很快平复，马援回到京都洛阳，自然无限尊荣。两年后，武陵（今常德）蛮反，已至暮年的马援再次披甲上马，率军南下平蛮，驻军武陵，可惜出师未捷身先死，还未正经打几仗，就因病逝于军中。马援一死，朝中那些政敌的攻讦就纷至沓来，先是说他延误军机，继而又诬陷马援贪污，证据是南征交趾还都的时候，马援带了一大车珍宝回府……而实际情况却是，马援驻军交趾时，常吃一种名为薏苡的果实，据说有增强体质、抵挡瘴气之奇效，马援还都时，便带了满满一车薏苡果实，打算回家种上。洛阳城里的人都没见过薏苡，便想当然地认为这一车鼓鼓囊囊的物事都是马援在交趾搜刮的奇珍异宝，待得马援一死，便不分青红皂白地联名告起状来。汉光武帝见状大怒，不但收回封马援为新息侯的成命，还下诏不许马援灵柩回都……这便是成语“薏苡明珠”的来历——跟自己也有些类似，不禁诗兴大发，乃有这首《昭陵渡马伏波庙》传世，诗中“汉帝可能疑薏苡，湘民却解荐江蓠”毋宁说是替马援鸣不平，又何尝不是自己身世的真实写照呢？

只是，不知因何，乐雷发却将“昭灵”误写为“昭陵”，这之后时光流变，伏波将军庙亦在时光的流变中消失不见，久而久之，“昭灵”便成了“昭陵”，并一直沿用至今。

# 奉命告祭炎陵

明·何孟春

密迩吾邻邑，生平过未曾。
幸持星使节，来拜古皇陵。
灵气金芝茁，丰年玉粒登。
乾坤此开辟，千载祀频仍。

**作者简介：**何孟春（公元1474年—1536年），字子元，湖南郴州人，明朝文学家。明孝宗弘治六年（公元1493年）进士，累官至吏部尚书，善作诗，宗李东阳，为“茶陵诗派”柱石，著有《燕泉集》《何文简疏议》《余冬序录》等。

**译文：**虽然就在我老家隔壁，但我这辈子还没去过炎陵。这次奉皇上之命前来炎帝陵主持祭祀之事，也算是圆了多少年来的梦想了。神农陵寝之地，自有福荫，灵芝生长得旺，稻米也饱满得紧，好一派丰收景象；盘古开天辟地，始有人类之历史；神农教人耕稼、医药之事，万民方能繁衍生息。为感念神农之恩德，千百年来，这陵寝之地的香火就没断过。

## 故事

### 何孟春——二十年前奉旨祭神农，二十年后“忤旨”归田园

正德元年（公元1506年）秋，炎帝陵前冠盖如云、车马如龙，大明王朝新任皇帝明武宗朱厚照特派使者前来祭祀炎帝——这是宣德朝留下的老规矩，为感念神农功德，凡履任之天子都得派人前去炎帝陵致祭，以不忘本也——领头的主祭是时任太仆卿的湖南郴州人何孟春，文章开头的诗歌便写于此次祭祀期间。

#### 平顺的仕途

祖籍湖南的何孟春仕途一片光明，祖父是云南按察司佥事，父亲是刑部郎中，正儿八经的官宦世家，又拜在内阁大学士李东阳门下学诗，几乎可以预料到日后的飞黄腾达了。

事实上，何孟春也没让人失望。弘治六年（公元1493年），19岁的何孟春会试高中，进士出身的他并没有按惯例去翰林院报道，而是到兵部当了主事。虽只是六品小官，却有实权，比那些在翰林院当差的穷苦学究同年强太多了。

果不其然，在兵部升迁很快，主事没几年便升为员外郎，然后郎中，奉命到陕西管理马政，回朝后又被外调为河南参政，这就是明摆着“刷资历”了，日后升迁机会大大的。

明武宗朱厚照即位，按惯例要派人去炎帝陵祭祀炎帝神农氏，时为太仆卿的何孟春成为主祭人选。正德选择何孟春主祭也是有道理的，何是进士出身，一直根正苗红，朝野上下声誉也不错，祖籍又是挨着炎陵的郴州，可以借祭祀之机回老家看看，日后也必会感念自己的恩德，他初登大宝，正是笼络人心的时候，何况，这何孟春还是先皇指定的顾命大臣李东阳的得意门生。

祭祀进行得很顺利，怎么说也是挟天子令的钦差大臣，地方大员莫不给予极大的方便。只是，这奉命告祭炎陵的诗写得也太过一般，不但对不住他“茶陵诗派柱石”的名头，即连一般的应酬之作也说不上，尽皆空话套话，恰如今日之“老

干体”，除了宣示“皇恩浩荡”之外再无其他内容……

祭祀完炎帝回朝之后，何孟春不久便升为都察院右副都御史，后来更以右副都御史之职出任云南巡抚，负责剿灭十八寨造反的蛮人，一跃为封疆大吏之一员。

明世宗朱厚熜即位，何孟春升为南京兵部右侍郎，在半路上又被召回京师任吏部右侍郎。时值苏、松各府旱涝相继，何孟春上疏救灾之策，颇得世宗赏识，很快便升为左侍郎，其时吏部尚书乔宇因事被免，何孟春事实上行使着吏部尚书之职，位列六部之首。这一天，距他弘治六年高中进士，不过短短十八年。

## 身陷“大礼议”事件

本该在仕途上一帆风顺的何孟春，却遭遇了有明一代影响深远的“大礼议”之争，并主动参与其中，最终被贬。

要了解“大礼议”之争的来龙去脉，首先得从明世宗朱厚熜即位说起。明武宗朱厚照是历史上著名的风流天子，后宫妃子不少，但就是没有留下子嗣，驾崩后得挑选新皇帝人选不是？内阁首辅杨廷和草拟遗诏，立武宗叔父兴献王长子朱厚熜为帝，是为明世宗。

但这皇帝可不是白当的，你这是从堂兄手里继承过来的皇位，堂兄没儿子，也没有兄弟，伯父（明孝宗）这一门就算绝了后，你当了皇帝，就得给你伯父当儿子承继香火，你亲爹亲妈以后只能叫叔父叔母。这是以内阁首辅杨廷和为代表的一批守旧派大臣的意见，当时还在担任云南巡抚的何孟春也上疏支持杨廷和的意见。

明世宗当然不干，双方在朝廷上争执多日，最终只得各退一步，明世宗既是兴献王的儿子——当然，这会儿得叫兴献帝了——也是孝宗的儿子，诏书上称孝宗为皇考，兴献帝为本生皇考恭穆献皇帝。

到了嘉靖二年（公元1523年），世宗即位已三个年头，地位渐渐稳固，便想将孝宗改称为皇伯考，兴献帝为皇考，变成他亲爹一个人的儿子，而不是两兄弟共同的儿子。

此论一出，舆论大哗，正逢早朝结束，身为吏部右侍郎的何孟春义愤填膺，倡言群臣，“宪宗朝的时候，争论慈懿太后的葬礼，大臣伏阙力争才挽回，今天又得这么办了”。

于是，九卿、翰林、给事中、御史、各司郎官，共计二百二十九人都在左顺门跪地请愿，要求世宗收回成命。世宗大怒，传令逮捕了若干名五品以下的官员，而让何孟春等高级官员等候治罪。

第二天，编修王相等十八个人都被杖打而死，丰熙等人和杨慎、元正都被贬官或充军。何孟春则因认罪态度好，被罚一个月俸禄，不久又被调出去做南京工部左侍郎——按照过去的惯例，南京各部只设一个侍郎，当时工部已经有右侍郎张琮了，何孟春过去实际上便是冗员了。

经此一役，明代士大夫的骨气被磨蚀殆尽，自此以后无人敢重开议礼之事，后世史学家称为“衣冠丧气”。何孟春到南京后屡次称病告老，到嘉靖六年（公元1527年）才得到批准。

嘉靖十五年（公元1536年），何孟春于家中逝世，年六十二岁，谥文简。距他当日奉诏祭祀炎帝陵刚刚好三十年。

# 嘉庆己巳年五月攸邑遭洪示攸令蒋春岩

清·余世本

连宵暑雨溢乡城，父母忧深控急行。
天遣人间生佛至，星移秋首熟禾清。
忘餐废寝为谁苦，破屋颓垣可渐营。
还沐皇恩长揖定，侧听唱和感兹情。

**作者简介：**余世本，字立斋，清攸县人。乾隆四十二年（公元1777年）拔贡。深究宋儒之说，笃于伦理。父母殁后，手绘其象，事之如生。题所居曰“守事山房”，历主玉潭、三江、玉溪书院，培养人才甚众，学者称“五云先生”。

**译文：**连着下了好几天的雨，这城乡内外都被淹了，老父老母出行也颇为不便；幸得老天派了个“大救星”下凡，到得秋收时节，竟没有因这洪涝灾害而减产。“大救星”每日废寝忘食地忙活究竟是为了谁呢？为的是在洪灾中受到损失的千家万户可以早日恢复正常生产、生活。当然，受“大救星”恩惠的攸县父老也没忘记他，在作揖感谢完皇恩浩荡之后，也在心底里感念着“大救星”的名字。

故事

## 余世本，“攸北五子”之一的陈年旧事

攸县麻城包公庙，庙中有庙，殿中有殿。上百尊神像，集儒、释、道各教，互尊共荣。每年农历八月举行盛大庙会，来自两省三县的进香朝拜者络绎不绝，至今仍为地方盛事。

庙门前有“关节从来不到；黄河今日永清”之对联，书法遒劲有力，乃清乾隆年间攸县北乡望东市（今市上坪）著名才子余世本所撰，直至“文革”前夕，此联仍存。当然，本文无意追究这副对联是如何没的，余世本这位著名才子的生平轶事才是我们关注的重点。

### 书香世家

余世本，字立斋，号清征，又号道生，清乾隆七年（公元1742年）生于攸北望东市（今市上坪）余家里一个书香世家，系南提塘拣选卫千总余涛之后。其父余麓泉号鲲门，清副贡生，殚心经学，善书画，兼习音律，是邑中名宿。

有这样良好的家世门风，余世本自然不会辜负，从小承父庭训，后又兼师同里廪贡刘林青（字南村）先生，稽考经典，商榷史籍，四书五经无不融会贯通，同治版《攸县志》载其“博通经传，蔚然成章”。尤其是其书法造诣，得其父熏陶指点，笔力刚健又不失其婀娜之态，“王梅岭观察极推重之”，前文所述麻城包公庙门前的对联即余世本所撰。

文章书法之外，余世本对音律之学也极为精通，乾隆六十年（公元1795年），其在宜章官署写成《诗经音训》一书，在当时的湖广语言音韵界具有极高的学术价值；晚年归田后，又在今韵之学的基础上，研究音乐上的律吕、宫调与民乐，并根据僧佛道场诵经的腔调，为攸县寺庙庙会创作了祭祀朝拜的歌调。在此基础上，更是在道光五年（公元1825年）编纂了攸县第一部《寺庙醮歌歌谱》，集中收集了攸县流行的祭祀朝拜神歌。

## 攸北五子

尽管余世本才情过人，但科举之途却一直不畅，到了也只是小小一个拔贡生。有相关文献记载余世本中拔贡后被授州判一职，却无更多文献佐证出职之后的政绩，倒是有资料说余世本历主玉潭、三江、玉溪书院讲席——且培养人才甚众，因其所居为“五云阁”，故学界中人尊称其为“五云先生”——想来，仕途之路，余世本走得也不大顺畅，不然，何以以州判的实职去就了教职呢？

这点其实可以在《湖南历代人名词典》的记载中找到端倪，“深究宋儒之学，笃于伦理。父母殁后，手绘其像，事之如生……”通俗点说就是余世本这人有点儿高标准、严要求，为人处世都奔着圣贤大儒去的，不自然就迂腐了些，而所处的时代又是历史上有名的陋规横行的清朝中后期，自然与周遭同僚格格不入。与其受尽煎熬地由州判起步一步步向仕途之路攀爬，还真不如去书院里当个穷教书先生来得安逸。

当然，迂腐只是相对而言，若遇到声气相投之人，这迂腐便成了拉近彼此情谊的真性情。所幸，在攸县一地，跟余世本声气相投的人不少，常往来者有刘林青（字南村，岁贡廪生，亦是余世本之师）、刘祖穆（乡试解元，有文名）、刘玢（贡生，亦有文名）和贺升平（邑中名医，县志有传）四人，讲经释义、吟诗作对地好不热闹，时号“攸北五子”。

吟诗作文之外，余世本对邑中公事也是颇为热心。同治版《攸县志》载其“修桥铺路、捐资不吝”，是本地寺庙仙庵的常年施主：乾隆四十四年（公元1779年）与贺升平重修麻城包公庙，并书写庙门对联“关节从来不到，黄河今日永清”；嘉庆二十一年（公元1816年）监修本里葛江王祠，并撰“福隆怀葛，主宰攸江”嵌名联；次年又与子余扩斋（字叙敦），贡生邓世本、乡绅邓世槐倡修北江渡桥，自己则与监生余彦甫捐资建桥碑亭，并亲撰碑文……

道光十年（公元1830年），余世本与世长辞，终年88岁。殁后葬市前村余家里龙形坳上，有墓志，其子余叙敦亲撰碑文。

# 塔灯

元·冯子振

擎天一柱碍云低，破暗功同日月齐。
半夜火龙蟠地轴，八方星象下天梯。
光摇潋滟沿珠蚌，影落沧溟照水犀。
文焰逼人高万丈，倒提铁笔向空题。

**作者简介：**冯子振，元代散曲名家，字海粟，自号瀛洲洲客、怪怪道人，湖南攸县人。自幼勤奋好学。元大德二年（公元1298年）登进士第，时年47岁，人谓“大器晚成”。朝廷重其才学，先召为集贤院学士、待制，继任承事郎，连任保宁（今四川境内）、彰德（今河南安阳）节度使。晚年归乡著述。世称其“博洽经史，于书无所不记”，且文思敏捷，下笔不能自休。一生著述颇丰，传世有《居庸赋》《十八公赋》《华清古乐府》《海粟诗集》等书文，以散曲最著。

**译文：**看那铁塔擎天一柱般直刺天上，好似嫌弃云压得太低，阻挡了它一直向上的劲儿。到了晚间，塔灯燃起，暗夜照得白昼一般，那燃灯的铁塔更是火龙一般翻转，四面八方的星星也好像是从天上走了下来围绕在塔的周围……灯光在塔旁湖里的水波中荡漾，好似颗颗光芒四射的蚌珠；塔影落下，又像是沧海中走进出入有光的水犀。灯光逼人，直上万丈，燃灯铁塔顶尖而又入天的样子，好像是正在向着天空题写着什么的倒提铁笔。

故事

# 冯子振，攸县才子二三事

河南开封市北门大街铁塔公园，内有始建于北宋皇祐元年（公元1049年）的“铁塔”一座。铁塔本称“开宝寺塔”，因其地曾为开宝寺而得名，又因其遍体通彻褐色琉璃砖，混似铁铸，从元代起民间称其为“铁塔”，是中国首批公布的国家重点保护文物之一，素有“天下第一塔”之称。

“铁塔”之有名，除了本身具有较高的建筑艺术价值和科学技术价值之外——“铁塔”自建成至今，历经了37次地震，18次大风，15次水患，仍巍然屹立——历代文人墨客的吟咏也必不可少。然而，要说到对“铁塔”吟咏之作流传最广的却是文前所引的这首豪气干云的七律；更为重要的是，此诗作者不但是元散曲一代大家，还是名不折不扣的攸县才子。

## 仕途凶险

冯子振，字海粟，自号瀛洲洲客、怪怪道人，湖南攸县人，《乾隆攸县志》载其“博洽经史，文思敏捷”，更有事例说明，“其为文，当酒酣耳热，命侍者二三人润笔已俟，据案疾书，随纸多寡，顷刻辄尽”——写文章的时候，底下两三个人侍候着，先把毛笔浸好墨，这支笔写干了，另一支笔马上递上，不管桌上多少纸，总能把这些纸张写满才算完——更可怕的是，还不是瞎写一气，《元史》赞其为文“事料浓郁，美如簇锦，殆天才也”。

“天才”赶上了好时候，《元史》载元世祖至元二十三年（公元1286年）“三月己巳，御史台臣言：‘近奉旨按察司参用南人……’帝命赍诏以往”。冯子振亦在被“参用”之列，第二年即应召入大都——《十八公赋》云：“吾以丁亥之夏……价下忝燕台之延。”

应该说，元世祖忽必烈对这位“天才”还是颇为看重的，《沅湘耆旧集》载其与著名书画家、诗人赵孟頫同在翰林学士院供职，“轮番值日，以备顾问”；

而且，跟皇室的关系也处得不错，尤为忽必烈曾孙女、元武宗之妹、元仁宗之姊大长公主祥哥剌吉所宠信，常常被邀请在一些名画上题跋。现存经冯子振题跋、落款为“奉皇姊大长公主命题”的名画就有宋徽宗的《御河鸂鶒图》、郭恕先的《升龙图》、钱舜举的《硕鼠图》等，由此可见他与皇室的亲密程度。

只是，再是亲密的关系也躲不过朝廷内部的派系倾轧。元至元二十八年（公元1291年），权臣桑哥因贪腐事败，下狱处死，冯子振曾写诗赞誉桑哥，亦为人所弹劾，要追究“连坐”之责。所幸忽必烈较为开通，发话道：“词臣何罪！使以誉桑哥为罪，则在廷诸臣，谁不誉之！朕亦尝誉之矣。”冯子振这才算逃过一劫。

大约在元武宗至大四年（公元1311年）末或元仁宗皇庆元年（公元1312年）初，冯子振被罢官。罢官缘由现存史料已无从稽考，只知自此次罢官之后，冯子振便南下江南，过起了失意文人的流落生活。

## 梅花百咏

冯子振本就有“天才”之称，眼下罢官归隐，可以有更多的精力投入到自己的艺术创作之中，诗、文、曲、赋、书法诸方面都取得了骄人的成绩。明初文学家宋濂赞叹道：“海粟冯公以博学英词名于时，当其酒酣气豪，横厉奋发，一挥万余言，少亦不下数千，真一世之雄哉！”当然，这些诗文曲赋，最富有传奇色彩的还是“三绝碑”和“梅花百咏”的故事。

清汪鋆《十二砚斋随录》载扬州有两块“三绝碑”，一为唐吴道子画《宝志禅师像》，李太白赞，颜真卿书，谓之“三绝”；一为三元巷后关帝庙的《英济王碑》，由苏昌龄起句，冯子振脱稿，赵孟頫书写，三人都是名震一时的文人墨客，文字和书法都很高超，故也被称为“三绝碑”。

“梅花百咏”的故事则更为传奇，说的是冯子振南下江南，寓居吴门，时与赵孟頫相过从，而赵孟頫则与当时的高僧释明本（号中峰，又称中峰和尚）相友善，可能是文人相轻的原因吧，冯子振颇有点儿瞧不上这位高僧。一日冯子振赴赵孟頫家宴，饮酒正酣，见主人壁上所画梅花，灵感迸发，归家后一夜写出《忆梅》《梦梅》《友梅》《赏梅》诗百首，自辑为《梅花百咏》。次日，赵孟頫揩释明本回访，冯子振出示昨夜所作百首咏梅之诗，明本一见，立刻合成百首，又出自己所作《九字梅花歌》以示，二人遂冰释前嫌，相与定交。

后来，赵孟頫将两人的唱和诗题为《百梅双咏》，托人刻印传世。元、明、清三代，唱和《梅花百咏》者达数十人，后来更是编入纪昀主编的《四库全书》之中，“一夕梅花得百篇”也成了中国文学史上难得的佳话。

# 游隐真岩

清·刘光钰

访古觅仙踪，行行过岭东。
径幽多曲折，洞小却玲珑。
池面如浮镜，滕根类转蓬。
兹游真不负，清赏亦何穷。

**作者简介**：刘光钰，字子美，号一峰，湖南攸县人，岁贡生。有志操，慷慨敢言，以礼自持，而乐于成人之美。邑重大公务，必竭力襄事，斯底于成。有《一峰诗集》传世。

**译文**：沿着山坡拾级而上，想去寻访张司空当年修炼的仙迹，走着走着便到了山的深处，山路愈发逼仄弯曲起来，那相传为安放宝相寺僧人骨灰的“普同塔”，却是一小小的石窟窿，远远望去，也有几分玲珑可爱之感。再看边儿上的那口小水塘，波纹不兴，镜子似的平展，那枯藤老树根，也似随风飘转的蓬草一般轻盈可喜……此次“穷游”还真看了些好景，即便没有寻访到张司空当年修炼的仙迹又如何呢？

故事

# 刘光钰，攸县旧士绅典范

攸县钟佳桥钟先村寺门前组，有一小路直入山坡，沿山路前行约一公里，有一座名为寿龙山的大石山横空而过，山麓为宝相寺，村小组得名即因此也。

宝相寺之后即为传说中曾为张司空当年修炼之地的隐真岩，按同治版《攸县志》之记载，“岩右有石臼，臼底微有红色，如丹砂。臼旁有石莲花，方广盈丈。水清如鉴，虽旱不涸，人异之”。正因为有此独一无二的景观，从古至今，隐真岩便游人不绝，也留下了不少吟咏篇章，文前所引小诗即为其中代表，写的都是游览隐真岩这一路上的风景，若非对沿途风景熟谙的话，确实很难理解诗中所描绘的那些景象。

当然，这不是重点，本文无意为隐真岩再做一篇旅游攻略，而是此诗之作者，清初攸县岁贡生刘光钰，其言行操守，端的可称为旧士绅之典范。

## 书香世家

刘光钰，字子美，号一峰，清顺治六年（公元1649年）生于攸县一书香世家。其祖父刘学向，字藜然，号石阁，为明末县学生员。平生安贫好学，清操雅正，终日衣冠整洁，非公事不涉足公庭，杜门三十年如一日，全力照顾患病的母亲。乡里屡次推为大宾（古乡饮礼，推举年高德劭者一人为宾，称“大宾”），皆坚辞不赴，士人咸以古君子之风视之。著有《贻后录》，当时的攸县知县朱英炽为其作序，书中多是“势不可使尽，话不可说尽，福不可享尽，留有余地，受用靡穷”等规诫子孙言行的警句。

刘光钰的父亲也是读书人，名刘旦升，字友望，是县官学的负责人，捐修文庙，孝悌懿行，邑中人士奉为楷模，咸尊称为“友望先生”。

刘光钰便是这位“友望先生”的长子，有父、祖辈潜移默化之影响，从小便聪明好学，博览群书，其诗文俊秀、清逸，生气满纸，年纪轻轻便被选为县学贡生，眼见着前途一片大好，却不料遭逢了三藩叛乱。

康熙十年（公元1671年），已归顺清廷多年的平西王吴三桂发动叛乱，平南王尚可喜、靖南王耿精忠相继响应，史称“三藩之乱”。叛军声势颇为浩大，连下数城，湖南的常德、衡州、长沙、醴陵、攸县等地亦被吴三桂所占，驻扎在这些地方的提镇大员也纷纷竖起叛旗归附吴三桂。按说，以刘光钰之文名，归附吴三桂，谋个一官半职是一点儿也不难的，事实上，刘光钰很多朋友也是这么干的，纷纷成立反清复明组织来为叛军张目。但刘光钰却认为吴三桂成不了气候，而且叛军的军纪也不是很好，打清军不行，骚扰百姓倒很是有一套，便与那些依附了叛军的朋友决裂，徙于攸北市上坪岳麓山岭下隐居起来。

康熙二十年（公元1681年），清廷采取剿抚兼用的策略，平定了“三藩之乱”，湖南全境也重归清廷治下，隐居的刘光钰也重新出山。在一首名为《送衡州府于大守到京》的应酬诗作中，刘光钰写道：“清风久已遍南天，赖有衡湘砥柱贤。四野惊鸿安乐土，两歧秀麦绿平川。龙旌将转三台驾，凤诏旋从九阙宣。共托蒸流弦诵美，来游望泽亦欣然。”欣喜之情，溢于言表。

## 诗书传家

刘光钰是长子，下面还有三个弟弟，归功于刘家良好的家庭教育，这三个弟弟对长兄刘光钰也颇为恭敬。所谓长兄如父，自父亲“友望先生”辞世之后，刘光钰便担起了这个大家庭的家长之责，三个弟弟，乃至子侄辈的读书学习，都时时放在心上——县内有一教授，教学有方，四野闻名，刘光钰变卖近郊良田三十余亩，请该教授来家设馆授课——子侄辈倒也争气，很是出了些读书种子：弟刘光锡岁贡，刘光錞、刘光铉选教谕、县丞。侄刘应眉、刘应沂皆有文名。刘应眉获知郡崔青峙“有隽才奇才”之赞许。刘应沂著《梅花百咏》名噪诗坛，知县张屏读谓：“其英姿杰识附之于百梅之麟凤。”

除了全力资助弟侄们的学业外，对县内重大公务，刘光钰也从不落于人后。康熙年间，攸县重修北门文昌阁，因工程费用浩繁，中途因资金缺少而停工，刘光钰则捐金补其缺，保证了工程如期完成。康熙十年（公元1671年），他见望东市丝塘荒废，便出谷接买，整修塘坝，构筑涵洞，广植林木，至康熙三十年（公元1691）丝塘水面扩至二十余亩，两岸青山映映，风景秀丽，可灌田一千多亩。自撰《丝塘记》云："北乡丝塘，以山为岸，水宽而深，除荫田外，尚可蓄鱼。"如今丝塘由十八个山胯组成，七冲八坡，上弯下拐，蓄水面积达200多亩，定为小二型水库。康熙六十年（公元1721年），刘光钰又举重金修复双枫石桥……

康熙六十一年（公元1723年），刘光钰病逝于家，时年七十五岁，几前座右，除训诫子孙之规诫铭文外，再无他物。

刘光钰有子三人，长子刘应深，字静夫；次子刘应泽，先公而卒；三子刘应源，字桃川，笃学励行，有父风，为士林所推重。其事则载同治版《攸县志》，为著名学者陈履谦所撰。

采写记者　郭亮

# 春日饮洞虚观

明·刘友光

白云片片出篱根，卧对清风扫殿门。
移柳丝牵莺唤友，隔窗人报鹤生松。
杏花红暖邀藜杖，竹叶清香散瓦盆。
醉后快谈龙可牧，一天烟月照昆仑。

**作者简介：**刘友光，字杜三，别号鱼计。攸县人。明崇祯九年（公元1636年）举人。崇祯末入翰林院。归清，授沙河知县。居官廉慎，悉除陋规。调授行人司行人，未至任而卒。学问渊博，诗文有声于时，书法尤绝，交游皆一时名士。与济南王士祯友善，王选其诗入《感旧集》，著有《南国杂述》《香山草堂文集》等。

**译文：**白云片片从篱笆脚下钻出，风儿拂过殿门，吹在人身上昏昏欲睡。再看那院外，柳条垂下，如丝如缕，黄莺鸟穿插其间，啾鸣不休，好似在呼朋引伴，正看得入神，又听隔壁在呼，有只仙鹤立在苍松之间……这暮春时节，杏花一日红似一日，竹叶也一天清似一天。酒后微醺，友朋闲谈，使上天入地的蛟龙也能牵过来放牧……仰头向天，一轮圆月挂于天际，不觉已是夜深。

## 刘友光，是名士，亦称良吏

中国古代士大夫阶层往往在朝代鼎革之际会感到万分痛苦。不跟新政权合作，往往有性命之虞，披发入山做隐士，也只是看起来美好，天知道山中岁月有多么孤寂，最重要的是，自己一肚子经世济民的学问也没个用处；要是跟新政权合作，啥都不消说，一顶“贰臣”的帽子早早就替你预备着……

即以明末清初那一段改朝换代的岁月来看，固然有不少隐逸江湖的著名文士，但转而效力清廷的鸿学大儒也不在少数，只是大多数后世留下的名声不大好，《清史》中专有《贰臣传》两卷来收纳这些“大节有亏之人”。

只是，《贰臣传》毕竟是国史，能“有幸”纳入其中者多是高官厚禄之人，更多的是中下层“变节”官员，连进入《贰臣传》的资格也没有。不过，这也给了他们另一种“幸运”——既不需要在后世担负“贰臣”的恶名，又配合新政权给治下的黎民百姓带来了一定的福利，譬如本文主人公，仕清的攸县举人刘友光。

### 动荡时局

刘友光，原名刘自烨，因避康熙皇帝讳而改名友光，字杜三，号鱼计，攸县人，同治版《攸县志》载其“为人豪侠，富有才气”，明崇祯九年（公元1636年）中举人。

如果不是动荡不安的大时局，刘友光估计也和诸多前辈文士一样，乡试中举之后而会试，谋个正经的进士出身，而后一步步由基层官吏缓慢爬升到帝国的高层管理人员，从而青史留名，留下数之不尽的传说故事。

只可惜，刘友光没有赶上好时候，就在他中举的当年，后金国大汗爱新觉罗·皇太极登基称帝，改国号“大金”为“大清”，定都沈阳（改称盛京），并派多罗武英郡王阿济格等统八旗兵十万攻明，一度攻入昌平、房山、顺义等京畿重地；大明皇朝内部也是烽烟四起，农民起义军正四处劫掠，大明官军宛如“救火队员”般四处扑火，往往此地平定，他处起义军又蜂拥而起……

在此内忧外患之下，识文断字的文士莫说谋个进身，即连保住自家性命也实属不易。也因此，自崇祯九年（公元1636年）乡试中举，直到崇祯十七年（公元1644年）崇祯帝吊死煤山，大明覆亡，各式典籍中的刘友光履历一直是一片空白，直到明亡后的次年（公元1645年），《湖南古今人物辞典》中才有句“明湖广总督何腾蛟荐之唐王”出现，考同治版《攸县志》“曾献计助官军剿灭起义军”句。当可想象，正是因为“曾献计助官军剿灭起义军”，才有了之后“荐之唐王”的恩遇，不然，一个落魄的举子何以能跟堂堂总督扯上关联？

有必要解释下当时的历史背景，崇祯帝身亡之后，各地督抚既有献城降清者，也有据城死守与清军血战者，湖广总督何腾蛟便一直转战湖南、江西诸地与清军血战。当然，并不仅仅只有入关的清军，当时的农民起义军余部也一直伺机而动，既跟清军作战，也攻击明军，整个战局一团乱麻。刘友光是湖南人，又是举人头衔，也算是当地士绅，出于自保之目的，肯定对农民起义军又恨又怕，故有“献计助官军剿灭起义军”之举，赶巧湖广总督何腾蛟又是难得的“伯乐”，然后便“荐之唐王”了。

唐王便是南明隆武帝朱聿键——崇祯身亡后，明朝宗室、福王朱由崧在南京登基称帝，改元弘光，史称南明；次年五月，清军攻破南京，朱由崧亦被擒（后被押往北京处死）；弘光政权覆灭后，唐王朱聿键在福州登基称帝，改元为隆武——这样，刘友光便由何腾蛟的推荐而到了福建。

史载，刘友光到福建后，隆武帝“召对称旨，特授翰林院检讨”，以举人之身而出任翰林院检讨，圣眷不可谓不浓。只是，隆武帝虽为英明之主，奈何形势不如人，登基次年，清军便攻破福建，隆武帝也在逃亡途中被俘绝食而死（一说被清军乱箭射杀于汀州），刘友光这样“微不足道”的翰林院检讨也不知是如何在这纷繁乱局之中捡得性命的。

## 仕清良吏

自隆武帝“召对称旨”之后，刘友光再次在史籍中露面是在顺治十三年（公元1656年），“在长沙幕府与彭而述相交，后任推官”，而此时距隆武帝之死已经过了整整十年。

彭而述是清初著名文士，本为明末县令，明亡后仕清，任两湖提学佥事，守永州道，后迁贵州巡抚，赴任路上因降将陈有龙叛变、永州失守而被罢官；在家过了十年“饮酒赋诗，抒怀咏志”的文士生活后，于清顺治十四年（公元1657年）北上京城，拜会吏部尚书王永吉，并“被荐至洪承畴长沙军前，陈述黔、楚山川形势……”如是看来，刘友光入洪承畴幕还在彭而述之前，两人是前后脚的同事。只是，刘友光毕竟不比彭而述的资历（进士出身，仕清后都授了贵州巡抚衔，只因降将叛变而罢官），同是洪承畴帐下的幕僚，彭而述被“奏补衡州兵备道副使，任云南右布政使事。后调广西参政，分守桂林道”，而刘友光却只做了个小小的推官——明清时为各府、州、县的“佐贰官”（主官的副手），直到清康熙十年（公元1671年）才“转正”，授沙河县知县。

现在已无从得知刘友光从隆武朝的翰林院检讨到入洪承畴幕经历了怎样的思想转变，以后人之观点来揣测倒也不是特别复杂——能舍身成仁者毕竟是少数，苟且偷生也不易，至少得有个混饭吃的手艺，似他这般“手不能提，肩不能抗”的文弱书生又能干什么呢？又没个进士的履历可以求个官职，入幕写写画画好歹也是门营生，虽不能大富大贵，起码三餐无虞，更何况，自己的主子、奉命经略湖广的洪承畴仕清前可是崇祯朝的兵部尚书、蓟辽总督啊，这么大的人物都苟且偷生来着，自己怎么就不可以呢？

既已想通这层关节，也就不再纠结，不过苟且偷生而已，多想无益，好在身为幕僚，闲时颇多，正好给了他寄情诗酒、悠游山水的时间，诗文水平也在此期间突飞猛进。发誓死不仕清的大儒王夫之也不得不佩服这个“变节者”之诗文“虽自托于竟陵，而不全堕彼法，往往有深秀之句”（《南窗漫记》）。

即连“转正”之后，身为沙河一县之父母官，又近在近畿之地（沙河今属河北邢台地区，距京城较近），这种消极避世的生活态度也始终未改，还阴差阳错地得以成为“良吏”，深受当地百姓爱戴。

史载，刘友光任沙河知县六年，“鞭朴不施，催科不扰，以其闲优游翰墨”，基本上啥事儿也不管，以方便留出闲暇时间来舞文弄墨，却歪打正着，给了老百姓休养生息的机会。结果是“文章吏治，声震畿南”，好个一箭双雕，文章写好了，治下的吏治也没得说。

沙河知县任满，刘友光擢行人司行人（明清官职名，掌传旨、册封事，相当于皇帝的跑腿儿，“凡颁行诏敕、册封宗室、抚谕四方、征聘贤才，及赏赐、慰问、赈济、军务、祭祀，则遣其行人出使”），未及赴任便卒于沙河县县署，沙河百姓感其德政，“为建祠祀之”——特地建了座祠堂来祭祀他。

# 游峤阳岭栖云寺

明·刘稳

梦返山中已十年，登临今日兴悠然。
层峦秀结青莲蕊，曲水潜通白鹿泉。
柏影萧疏含晚照，崖阴回合淡秋烟。
禅房听说无生话，愧向长安索米钱。

**作者简介：**刘稳，字朝重，号仁山，湖南炎陵县人。明嘉靖三十五年（公元1556年）进士，历任南京兵部主事，广东佥事，晋南韶兵备副使。后隐迹衡山祝融峰，复构精舍于雁峰之麓，闭门读书作诗，自称“龙雁山樵”。晚年再起，任广东参政，晋南京大仆寺少卿，卒于署。有《山房漫稿》《粤政记》《二南瑶训》《易经折衷》等传世。

**译文：**十年之前我便想过要在这峤阳岭中归隐，直到今日才真真实实地登上此山，心情不可谓不舒畅。站在这峤阳岭上四处望去，但见山峦重叠恰如朵朵盛开的青色莲花，那曲水环绕，可是直接从白鹿泉而来？柏树疏落，红日西斜，崖阴山上淡烟环绕，好一派秋日盛景。又行至山上的炎帝祠，跟守祠的僧人谈些佛理禅宗，不禁有些愧疚，我这俗人还拿着朝廷的俸禄沾沾自喜呢。

故事

# 刘稳，新安建县首功

炎帝陵东，有山名为崖阴山，山上建有炎帝祠，清代以前香火旺盛，后遭毁坏，现祠不存，而遗址仍在。

却说明隆庆年间（公元1567年—公元1572年）的某个秋日，这香火颇旺的炎帝祠内来了一位贵人，却是因病致仕、隐于衡阳雁峰的前广东南韶兵备副使刘稳刘大人返乡小住，来这炎帝祠内与住持师父谈禅论佛来了。

## 治乱有方

刘稳，字朝重，别号仁山，湖广酃县（今炎陵县）人，明嘉靖三十五年（公元1556年）中进士，授南京武选主事，后擢广东南韶兵备佥事。

南韶在今广东省韶关地区，地当湖南、江西、广东三省交界处，辖内山高林密，又兼多民族混居，在交通不便的古代，常有少数民族据险自守，不服中央、地方政权管束。就在刘稳任南韶兵备佥事之前，南韶一地有大罗、小罗两处山头，自古以来便是瑶人的地盘，官府严禁当地居民靠近，一则是为地方居民人身安全考虑，二则嘛，也隐含着竖壁清野，将瑶人困死在山上的盘算。只是官府的盘算打得太精，瑶人并未困死，相反，总是趁着地方上防守松弛的时候下山劫掠，周边居民苦不堪言。

刘稳一到任，便得知这一情况，乃“自诣其巢”，亲自去往瑶人盘踞的大罗、小罗，“宣谕威德”，恩威并施地和瑶人讲道理，“瑶人感悟罗拜，愿受约束”——也怪不得瑶人会拜服，刘稳是兵备佥事，手上握有重兵，又以地方官之尊亲往招降，也较易获得瑶人之信任。于是，“因立瑶长联属之”，决定由瑶人的头领和当地政府一起管理大罗、小罗地区，并给瑶人一定的自治权，算是完美地解决了当地持续数年的汉、瑶冲突。“民夷晏然”，不管是周边居民还是山上的瑶人，都感觉满意，地方之前混乱的局势也很快得以平定。

刘稳也因此功升任南韶兵备副使，后调广西提刑按察司副使，在此期间，“屡次奏馘，蒙金绮之赐”，连立战功，获得皇帝亲自赏赐的金绮衣一件，如果不是突如其来的病痛，想必刘稳还会有更多建功立业的机会，也未尝不会走向更高的职位。

也就在刘稳调任广西提刑按察司副使不久，一场突如其来的病痛击倒了他。雄心勃勃急欲干出一份事业的刘稳不得不“以病告归”，隐迹于衡山祝融峰，复构精舍于雁峰之麓，闭门读书作诗，自称“龙雁山樵”。

文前所引之诗即为在南岳隐居时回炎陵老家小住所作，字里行间隐隐亦有归隐山林之意。只是，到底威名在外，又岂能安心归隐，一旦朝廷有事，他这个“以病告归”的老人自然脱不了干系。

## 立县首功

隆庆六年（公元1572年）初，刘稳被起用为广东参政兼提刑按察司副使，负责广东海疆的防御与安全。

当时正值倭患严重威胁广东沿海地区，自隆庆元年至隆庆五年，短短五年时间，倭寇数次自广东边陲海边登陆，一路烧杀抢掠，无恶不作。一个重要的原因是，唐朝至德二年（公元757年）改宝安县为东莞县，并将县治（今深圳南山区南头古城）移到涌（今东莞县境），致使海岸线离县治有百余里之遥，往来不便倒在其次，关键是遇有危急情况不能随时救援，才使得倭寇如入无人之境地，夺我财物、杀我人民。

就在刘稳上任后第一次巡行南头，当地民众推举深孚众望的乡绅吴祚拜会刘稳，力言重新恢复宝安县治之重要。以刘稳之才干，自然明了设县对海防的好处，只是，设县哪里能那么容易呢？此前的正德年间，当地百姓也曾请求从东莞县分出单独立县，但被当地官府驳回。

好个刘稳，既以认定建县之必要，便为立县之事而奔走，回到广州衙署，一方面向上头申请立县的立项，一方面争取在广州的各级行政官员的支持，如此齐头并进，也亏得他颇有战功，这立县之事竟然就让朝廷批准了。

万历元年（公元1573年），东莞县划出56里、7608户、33971人，设新安县，取革故鼎新、去危为安意，县治仍设在南头的城子岗（今深圳南山区南头古城）。

万历二年夏（公元1574年），刘稳再访南头，欣喜地看到建县之后的生机勃勃，作《入新安喜而有感》诗，诗曰："巡行边海上，此地几经过。县治从新建，人民比旧多。风清无鼓角，夜永有弦歌。睹洛如思禹，应知迹不磨。"

这一年秋天，刘稳晋升南京太仆寺少卿，消息传开，新安人民奔走相告。离别之时，官民拥道送行者多达千人，时任工部尚书陈绍儒在纪念刘稳的《海道刘公去思记》一文中总结道："思者三：以征输讼狱者，地之近，贷诈无以私也，谓之仁；以设险简戎者，诘之便，奸宄繇以寝也，谓之忠；以旷谋旦举者，任之力，陈修获以遂也，谓之断。断则民徯志而怀，忠则民感激而兴，仁则民乐利而悦。"

刘稳走后，当地人念念不忘，知县吴大训、耆民吴祚等人在南门外崇镇铺的风云雷雨山川坛之侧建起汪、刘二公祠，将他和汪鋐合祭一室，后者是正德年间的广东提刑按察司副使，因指挥屯门海战抵抗葡萄牙殖民者入侵而知名。祠堂有专门的田租、铺租、艇租，作为每年春秋祭祀的经费，县长官率士绅百姓亲诣祭之。

# 司空山

明·刘葵

卸却朱缨厌世氛，山头选石礼元君。
星冠顶上三花色，羽服身悬五岳文。
冲举已传当日事，寻真犹憩旧时云。
飞来瀑布湾湾水，别有芝田鸟代耘。

**作者简介：** 刘葵，字明卿，号六长，明攸县人。万历三十二年（公元1604年）武进士，官广东虎头卫守备。兼精书翰，好吟咏，所为诗近万首，今罕存者，有《四时舟居集》传世。

**译文：** 厌倦世事纷扰，脱掉朝服蟒袍，来到这司空山上寻仙问道。既是寻仙问道，也得有个寻仙问道的样子，星冠道袍早已披戴妥当，即连道袍上的符箓形制也绘制好了。遗憾的是，当日司空张岊一家白日飞升的往事早已成为传说，虽然山巅之上的朵朵白云仍是当年的模样，但张司空的境遇却永不会再发生在我身上。只有那飞来的瀑布在山底下盘旋成一湾湾的清泉，鸟儿飞来往复，好似在给张司空留下的田地辛劳耕种。

故事

# 刘葵，文武全才的攸县“将军”

中国历史绵延数千年，名臣贤相的故事数之不尽，连隐匿江湖的文人雅士也史载不绝，而与之形成强烈反差的却是驰骋沙场的马上将军，除去极个别传奇色彩浓郁的名将之外，大多数起自行伍的武人都没有在历史上留下任何记载。

其实，这也怨不得书写历史之史家，历史总由文人书写，重文抑武本是传统，旧时武夫又鲜有识字之辈，如果不是立下非凡的功业，断难在历史上留下只言片语的。但也有例外，若那武人本就是识文断字之辈，甚至还有些文采，诗词歌赋也能来上几笔，不消说，历史上肯定少不了相关记载，就譬如本文的主人公，攸县历史上唯一获封“将军”衔的武科进士刘葵。

## 弃文从武

刘葵，字明卿，攸县人，身长六尺，因以自号为六长。明代一尺约相当于现在的32厘米，身长六尺就该有1米9多了，这样的身高放到现在也是出类拔萃之辈，更遑论平均身高普遍低于现代的中国古代了，目之为“巨人”也不为过。

但这“巨人”并不是一生下来就走上了习武之路，而是苦读四书五经，想在科场上取个功名，并且还考取了生员的身份，只是不知什么原因——“弃诸生，中武科”——突然就放弃了生员（秀才）的身份，改而考取武举，并且于明万历三十二年（公元1604年）得中甲辰科武进士，任广州虎头卫守备。

旧时有“穷文富武”之说，科场取仕，四书五经熟读足矣，政府多重视文教，官学收费低廉，额外所费不过笔墨纸砚及若干埋头苦读的年岁，向为下层贫民阶层改变自身命运之良机，即便考不中，也无甚关联，退而耕作，下科再考便是。学武则不一样，政府不办武学，且对民间武馆多有干涉，这些沟通的成本都体现在学费之上；再一个，武学一道讲究个人身体素质，营养得跟上，在普遍缺荤少腥的中国古代，不是殷实人家还真供养不起。

从刘葵“弃诸生，中武科”之经历来看，估计也是穷苦人家出身，苦读四书五经，好容易中了生员，本指望科场连捷，谋个进士出身，奈何考运不佳，屡试未中，愤而“弃文从武”，又沾了“身长六尺”之难得的身体素质，竟然一试而中，得中武进士，也算是难得的际遇了。

## 征战百粤

有明一代，边患始终未平，隔不了几年，边远地区的少数民族总要起来“闹腾”下。因此，明代在各边远少数民族地区划分了大大小小的“卫”，并驻扎部队，以防少数民族作乱。广东虎头卫亦因此而设，其具体位置今已不考，大抵总在今广东、海南境内——明时海南设琼州府，隶广东行省——刘葵中武科进士后即为广东虎头卫守备。

海南一地，孤悬海外，在汉人上岛之前就生活着现今黎族人的祖先。五代藩镇之乱，大批汉人南下渡海移居海南，带来中原先进的科学文化技术的同时，也引发了大量的社会矛盾。黎人与汉人往往因小事构衅而酿成“民变”，“民变”又会掺和政治因素变为“叛乱”，再加上有明一代政治高压管控，矛盾就更显突出了——据学者综合各种资料统计，有明一代260年，海南一地共爆发了大小54次“黎乱”，而且越到后期规模越大，坚持的时间越长，波及的范围越广。

也就在刘葵担任广东虎头卫守备期间，“琼州、雷州二府黎人作乱”，考道光《琼州府志》所载，此“乱”当为万历四十一年（公元1613年）崖州黎歧那阳、那牙、那定等结合罗活、抱由诸峒作乱，“焚掠村市，势甚猖獗”，敌情险急，虎头卫守备刘葵擢升为昭武将军征剿。

战事进展并不顺利，万历四十二年（公元1614年），朝廷调南头副总兵张万纪、雷廉副将杨应春等领兵进剿，刘葵亦在麾下效力，此役“为贼所乘，万纪等皆战死”，刘葵也因统军失利而被降级留用。所幸不久又奉敕“仍加原爵”，继续以昭武将军之爵位征缴“黎乱”。

这一次朝廷汲取了以往的失败教训，兵分多路进剿，逐一攻破黎兵所占之城池，于次年二月突入罗活，“黎乱”终于宣告勘定。

## 寄情山水

“黎乱”勘定，按理该是论功行赏、封官晋爵的皆大欢喜，可不知为何，刘葵不但未获擢升，反被“解任回攸”——停职回了攸县老家——按《攸县志》的记载是“当朝有忌葵功者，不据实题奏”，意思是说，朝中有人妒忌刘葵的平“黎”之功，暗里指使军中的书记官上奏战报时故意抹黑刘葵，从而达到阻止刘葵擢升的目的。

《攸县志》没有说为什么刘葵会为人忌恨，但从刘葵“解任回攸”后的所作所为来看，也确实有遭人忌恨之处。

刘葵回攸县后都干了些什么呢？“治扁舟，载茶铛、笔床，无寒暑浮烟破浪，经旬不返”，架一叶小舟，船上放着茶具和笔墨，纵情山水之间，烹茶写字好不惬意，往往十天半月都不回家。这哪里是驰骋沙场的昭武将军该干的事儿？分明就是狂放不羁的名士范儿啦！尤为重要的是，这人还很是“势利”，“与缁徒布衣为侣，贵游罕得与狎”，跟僧侣及底层老百姓打得火热，有权有势之人难得跟他说上两句话。你说，就这样的性格，在官场上能不招人忌恨？

也得亏这样的性格，攸县历史上少了位能征善战的武将，却多了名诗咏近万首的著名文士——《沅湘耆旧集》载刘葵“肆力吟咏，诗近万篇，当时名士若陈徵君继儒辈，咸倾慕之”，连当时的《明史》有传的著名隐士陈继儒都钦佩得紧。可惜的是，这近万首诗咏之作大多数都没有流传下来，如今只能在《沅湘耆旧集》和《楚风补校注》这样专业的地方文献中窥得这一文武全才的攸县“将军”的大概风貌，也不能不说是一种遗憾了。

# 幽居

清·吴德襄

春水碧如染，春山翠作堆。
笋穿墙角出，桃傍案头开。
粗粝随餐饱，轻衫称体裁。
幽居无长物，瓜芋一时栽。

**作者简介：**吴德襄，字称三，号笋樵。醴陵人。清咸丰拔贡。选城步教谕。山区闭塞，在任转移士气，文风大振。升宝庆府学教授，又曾署永州府学教授。前后任学官凡四十年。能诗文。与罗汝怀、吴敏树、邓辅纶等并相引重。晚年主讲渌江书院。八十二岁去世，有《石笋山房诗钞》六卷、《读史札记》《石笋山房文集》《石笋山房题咏集》《醴陵县志艺文补》等著作行世。

**译文：**暮春三月，石笋山下，那水如染过一样碧绿，山则如堆起的翡翠一般清秀光亮，竹笋迫不及待地从墙角穿出，书案旁的桃花也次第开了……饭食虽粗糙，却也能混个三餐皆饱；衣衫虽陈旧，却也合体称身。幽居日久，并无长物，瓜芋栽下，静待收获，这便是最好的辰光了。

故事

# 吴德襄，渌江书院末任山长的书文往事

醴陵西山渌江书院，始建于宋淳熙二年（公元1175年），起先为学宫；清乾隆十八年（公元1753年）改为书院；并正式命名为渌江书院，到光绪三十年（公元1904年）废科举，渌江书院改为高等小学堂。前后百余年时间里，书院为醴陵培养了诸多科举人才，可谓醴陵“重教兴学”之传统的最好注脚。

书院之成功，与山长（旧时对书院执掌人尊称）定下的教学方针密切相关。渌江书院承岳麓书院讲学之风的余绪，所任山长都是一时名流，在51位有姓名可考的山长中，有进士12人。举人33人，拔贡、副贡及副榜3人，左宗棠未发迹前就在渌江书院做过山长，还在此与两江总督陶澍结下忘年交……本文所述主人公吴德襄也是渌江书院的山长，还是最后一任，且是唯一的醴陵本土山长。

## 学官四十载

吴德襄，字称三，号笋樵，道光七年（公元1827年）生于醴陵东乡塘冲，咸丰十一年（公元1861年）“膺拔萃科”，旋授城步教谕。

所谓“膺拔萃科”，指的是获得拔贡身份——拔贡是科举制度中贡入国子监的生员的一种，清朝初年定为六年一次；乾隆年间改为十二年一次，每个府学选拔二人，州县选拔一人，再由各省学政从中考选保送入京，经朝廷考试合格，可以充任京官、知县或教职——那年吴德襄三十四岁，年富力强，正是大干一番事业的好时候，可他却没有留京任职，也没有去某个县城当个父母官，而是选择去城步当个穷教谕。

城步今属邵阳，是湘西山区，即便今天也未脱国家级贫困县的帽子，其地山高谷深，苗瑶杂处，风气闭塞。吴德襄上任后，振兴文教，转移士气，不到两年便“文风大振”，学政（大抵相当于今之省教育厅厅长）张金镛以“大雅宏达，德望优崇”奏荐，擢宝庆（今邵阳）府学教授，署永州府学教授。

府学教授虽比县学教谕高一个级别，却也是出名的清水衙门——学宫之中，能有多少油水可捞？但也不是没有飞黄腾达的机会，有个名为李岫昆的前辈文士，曾与吴德襄有师生之谊，莫看这李老师只是个小小的县学教谕（比此时的吴德襄还低了一级），可却与当朝红人曾国藩相交莫逆。虽然李老师曾跟学生说过“为学宜探本根，若取科名则浅矣”的话，但到底心疼如此好的学生被埋没了，乃向曾国藩去信推荐，曾亦有闻吴德襄之名，于是来信招揽吴德襄入幕（李鸿章就曾担任过曾国藩的幕僚）。让人惋惜的是，吴德襄婉言谢绝了曾的好意，后来，湖南巡抚卞宝第也曾向朝廷举荐吴德襄担任要职，亦为其所婉拒，看来，吴德襄是打算在教书育人的道路上一走到底了。

事实也确实如此，到光绪二十九年（公元1903年）告老还乡，吴德襄仍只是个穷教授的功名，此时，距他初选城步教谕已过了整整四十年。无怪乎向以识鉴人物著称的郭嵩焘会赞赏他“做（学）官数十年，绝无干谒趋奉者，前有邓湘皋，后唯吴称三而已”——邓湘皋名显鹤，举人出身，为官只任宁乡训导（县学官副职），从不奔竞钻营，以搜缉乡邦文献掌故为己任，曾编辑著名的《沅湘耆旧集》一书，梁启超称其为“湘学复兴之导师”。

## 最后的山长

告老还乡的吴德襄并未闲下来，而是被礼聘为渌江书院的山长——也是唯一一位生于本土的山长——其时已是75岁高龄了。只是，吴德襄这山长当的时机不大妙，未及两年，清政府便昭告天下，废除科举，书院改为新式学堂，他这山长也算是当到头了。

尽管在渌江书院山长一职上只有短短两年时间，吴德襄却全心致力于书院的教学工作，并培养出一批后来大都投身于辛亥革命的优秀学生，为自己一生从事的教育事业写下了值得骄傲的一页。 这些学生中，有曾加入同盟会和“南社”的刘谦，有民国初年和蔡锷遥相呼应、参与“护法讨袁”的袁家普（字雪庵）、萧昌炽等。当然，最出名的还是有“吴门三绝”之称的宁调元、傅熊湘和卜世藩了——宁调元一腔热血，洒在“民主共和”的旗帜上；傅熊湘著述宏富，致力于弘扬“国学”，是著名学者和近代文学家；卜世藩才思敏捷，诗词古文创作都有

较高成就。

教书育人之余，吴德襄酷爱藏书，在长达四十年担任学官期间，坚持以微薄薪俸的一半用以置书、藏书，其中不乏珍品，如唐代名家李少温的小篆《营阳语溪铭》，古人著作很少提及，而他即有收藏。其藏书达五万卷之富，所藏金石墨拓亦数百种，为清末著名私人藏书家；藏书之外，喜治朴学，尤长考证，校勘笺注，朱墨满卷；此外，吴德襄还擅长诗文书法，曾师事道州著名书法家何绍基，被何赞为清才，亦与晚清湖南名流罗汝怀、吴敏树、李元度、邓辅纶、王闿运等相交甚密，都对他极为推崇。

宣统元年（公元1909年），吴德襄仙逝，年82岁。

1949年后，吴德襄的所有藏书由醴陵人民政府征收，送交湖南省文史馆珍藏。

# 沈邑侯隶书神农墓道碑刊成喜观

清·周本镐

老作炎陵草莽臣，烟云空鏁石麒麟。
丰碑镌出中郎迹，日日来看不厌频。

**作者简介：**周本镐，字辟雍，湖南酃县（今炎陵县）人。嘉庆、道光时庠生。生平慷慨，乐于助人，曾捐资倡修石桥数座，重建味草亭于陵北山顶，知县沈道宽为其义举所感，题写“长乐桥”“永康桥”“普济桥”“味草遗踪”等碑石。

**译文：**活了大半辈子了，一直都在炎帝陵跟前方圆十几里的范围之内活动，对炎帝陵周边的景色再熟悉不过了，就说那墓道吧，常年烟雾笼罩着，石雕的麒麟就藏在烟雾中……如今多了块碑，是县太爷沈道宽大人的手笔，字体飘逸，便是日日来看也不会厌的。

## 故事

### 周本镐，炎陵庠生二三事

炎帝神农氏墓前，有炎帝神农氏墓道碑，碑正中书写“炎帝神农氏之墓道”八个大字，虽有损坏，但并不妨碍观瞻。熟悉炎帝陵历史的人都知晓，这碑是清道光七年（公元1827年），当时的酃县知县沈道宽立的，那八个字也是沈道宽写的。

时间倒回到沈大知县立碑的当日，酃县诸多文士纷纷写诗道贺，文前所引诗句即出自此次盛会。公允地说，此诗格调并不算高，典型的“歌德派”，阿谀奉承外并无多少“干货”，倒是作者本身，以庠生身份终老的酃县文士却是个颇有“干货”的人。

## 孝悌第一

周本镐，字辟雍，号碧邕，湖南酃县（今炎陵县）人，行二，上头还有个兄长名周本丰。周家兄弟命不大好，很小的时候父亲就去世了，寡母一人含辛茹苦将兄弟俩拉扯大，颇是不易。

在旧时宗法制度下，这样没有成年男子的家庭总归有些势单力孤，周家就很是受过些欺侮。大概是周家老大不是读书种子，寡母便将全部期望寄托在老二周本镐身上，每逢被族邻欺侮，老母总对周本镐说：“儿啊，你要是不成名，咱们就得搬到别处去，不能再在这周氏大祠堂底下待着了……”许是这样活生生的现实刺激了周本镐，本就是读书种子，自此更加发奋读书，以第一名的成绩考取县学生员（庠生），也就是俗称的秀才，算是为备受欺侮的周家狠挣了一口气。

只是，貌似周本镐的考运不佳，虽以全县第一名的成绩考入县学，却未在之后的乡试中中举，更遑论后面的会试、殿试了，终其一生都只有个“秀才”的功名。但这并不妨碍当日老母对他的期许——就酃县这一县之地来说，周本镐确是个不大不小的名人。

俗话说，龙生九子，各有不同。跟周本镐不一样，大哥周本丰不喜读书，“性豪侠”，好与人争不平之事，这样尖锐的个性在一个势单力薄的家庭很容易吃亏，作为弟弟的周本镐当然极力劝勉，可性子不是一日两日养成的，又有兄长之尊，如何肯听？有时候，弟弟絮叨得烦了，当兄长的也就没个好脸色，难听的话就说出来了，更有的时候还要动手。当弟弟的逆来顺受，打不还手，骂不还口，脸上始终带着笑，完了该劝还是得劝……到兄弟俩成年分家的时候，弟弟一点儿也不怨恨哥哥，“概以田产让兄”——把家里的田产都让给兄长，自己半点儿也不要——大伙儿都说周本镐是酃县薛包（注：薛包，东汉汝南人，以孝悌闻，故事被编入《二十四孝》）。

## 行善第二

虽然功名之路不大顺畅，但周本镐赚钱的能力还是不错的，尽管分家时半点儿祖产也没要，但并不妨碍他乐善好施的财力——同治版《鄮县志》载周本镐以勤俭起家，据我估计应该不止勤俭这么简单，肯定有别的来钱的门路。

分家后的周本镐起了新屋，也是阴差阳错，这宅子边儿上的一块空地竟是难得的风水宝地，风水先生看了说有利阳宅。按一般人的想法肯定是另建个房子自个儿住，可周本镐不这样，而是在这块地上建起了周家祠堂，供奉周家历代祖先，不仅如此，还捐出田产百余亩，以为祠堂公共用度。

对周家族人有此德政，外间公事也绝不含糊，“凡城乡公事，省垣同善堂、衡郡考棚、育婴堂，均慷慨乐助”；遇有灾年荒歉，则主动给租种自己田土的佃户减租减息；借了他钱的贫苦乡民，实在还不上钱了，则主动将债券烧掉，声明再不追索；至于鄮县当地的修路补桥之事更是不胜枚举。晚年的时候，当地知县还特地向朝廷申请，给周本镐建了座“好善乐施”的牌坊来旌表他的善举。

## 福报第三

孝悌亲友，又乐善好施，老天也不会辜负这样的好心人的，周本镐之晚年实在是让人羡慕得紧。

大概是家业稳定了，也不用再去折腾赚钱的活计——当然，更大的可能还是崽女争气，不用年老的自己再去忙活——晚年的周本镐大部分时间都在家里教子弟辈读书，自个儿编了《身戒》《家戒》《官戒》《日省录》等书来传家。

子弟辈都争气，五个儿子俱有功名在身——尤其是次子周大勇，任布政使司经历（掌管布政使司文书出纳的属官，大抵类同现今的办公室主任），大概是工作出色，上司嘉奖，敕封父亲周本镐为儒林郎，也算是封妻荫子的殊荣了——至于孙辈、曾孙辈，有功名在身者就更多了。

周本镐活到92岁无疾而终，也算是老天对这样的好心人最好的福报吧！

# 春日眺状元洲

明·唐寅

笔峰斜峙渌江中，两道文光湛碧空。
汀草含烟宫锦绿，岸花光映杏园红。
争夸灵杰当年盛，共拟昌期此日逢。
古谶久虚终必应，迅雷何日起鱼龙。

**作者简介：**唐寅，明代诗人，字时亮，湖南醴陵人。明永乐二十一年（公元1423年）举人，初任光山训导，以师道自勉，教人复性敦行，九载擢岷府教授，有《史学提要》梓行。

**译文：**笔锋山像一只巨笔斜插在渌江之中，文华辞采之光冲天而起，将整个天空都点亮了。江边绿草茵茵，连两岸的房舍楼宇也带了些绿意；岸旁花团锦簇，杏花开得正艳，好一派红火兴旺的春日景象。争相夸赞状元洲当年的辉煌，也彼此认定，状元洲的再度辉煌就在今日……要知道，“洲过县门前，醴陵出状元”的谶语可是流传了好些年，总有应验的那一天，到时候，鱼跃龙门也就不再只是个传说了。

**故事**

# 唐寅，醴陵才子与状元洲的故事

世人皆知江南四大才子之首的唐寅唐伯虎，却不知，醴陵也有位诗人名曰唐寅，且比江南四大才子早生百余年，只是那位唐寅唐伯虎的名头太大，这醴陵诗人唐寅便湮没在历史的烟云里。

今日，且让我们来聊一聊这位与江南四大才子之首唐寅唐伯虎同名的醴陵籍诗人的故事，以及他与醴陵名胜状元洲的那些个传奇往事。

## 举人唐寅

唐寅，字时亮，湖南醴陵人，明永乐二十一年（公元1423年）中举人，《沅湘耆旧集》载其“学问该博”，这也可以从他的字号瞧出端倪，时亮——当时的诸葛亮，左宗棠亦自称“今亮”，没有一定的才学和气魄打底，万不敢取这个字号。

大概和左宗棠一样，心气太高的人在科举一途上总有些不得劲儿。唐寅也只中过举人，会试也是屡试不第，又没有左宗棠遭逢“三千年未有之大变局”的运气，不能文人带兵，沙场之上取得功名，便只能窝在学堂之中安心教育“下一代”了。

“学问该博”之外，唐寅还“操行至孝”，据《沅湘耆旧集》载，唐寅之父唐伯逊死在湖北嘉鱼，唐寅护送灵柩返乡归葬，行至洞庭湖，忽的湖面上起了大风，风高浪急，一时不能过渡。唐寅跪倒湖边，向着江心默默祈祷，不一会儿，便风息浪止，灵柩便也能过渡了。当时人们都说，这是孝心动大，感动了湖中的龙王爷，这才将风停住的。

尽管会试不中，举人身份的唐寅借助明初不拘一格降人才的开明政策，仍得以有个小小的功名——在河南光山的官学中任教谕，管理着县中官学学生的日常。应该说，唐寅这个教谕还是颇为负责的，“以师道自勉，士多化之”，时时刻刻以师长的身份严厉要求自己，底下的学子受其感化，也多有开窍而奋力博取功名者。

在光山，唐寅一待就是九年，直到升任为岷府教授。岷府便是岷王府，乃明太祖朱元璋庶十八子朱楩藩国，藩地时在湖南武冈，岷王朱楩将唐寅从遥远的河南光山调回湖南，估计也是听闻了唐寅的才气，才将他调回王府教导自家子弟的，不然，一个功名全无的举人何以得到皇室之青睐？

事实证明，岷王朱楩眼光不错，别的且不去论，总之，朱楩嫡二子、时封为镇南王的朱徽煣是服了唐寅，“日听启沃”——天天跟唐寅讨教治国之道——“时有河间君臣之谣”。民间都有歌谣流传，将朱徽煣比之西汉河间王刘德——史载河间王雅好儒学，广延学士，君臣相处从未有过的融洽。

因为母丧，举人唐寅离开了岷王府，回到阔别多年的醴陵老家，前文所引七律即作于此时，除了歌颂家乡风物之外，诗中还隐藏了一个流传了数百年的秘密。

## 状元洲的秘密

状元洲原名菜园洲，本是渌江中的一处堆积沙洲，因土地肥沃、水源充足，农家种菜最为便利不过，便得了个最为接地气的名字。

既要得种菜之利，如何方便往来便成了农耕时代的醴陵父老最为热衷之事。宋乾道年间（公元1165年—公元1173年），醴陵父老架了一座浮桥，由醴陵城区老街直通到沙洲之上，好巧不巧，这浮桥正搭在旧时醴陵县衙衙门口之前。

也不知何年何月开始，就有了“洲过县门前，醴陵出状元”的谶语流传，并且，这一谶语还堂而皇之地记录在明代《一统志》之中，当地人可谓无人不知、无人不晓。于是，就在《一统志》刊行不久之后，醴陵人便将菜园洲更名为状元洲，希望真能如谶语所言，也能出个状元来光大醴陵之荣耀，唐寅诗中所言“古谶久虚终必应，迅雷何日起鱼龙”就是这种朴素愿望的体现。

遗憾的是，自隋唐开科取士以来，醴陵在宋朝出过进士15人，元朝7人，明朝7人，清朝11人，也算是科举大县，状元却着实未出一个……

在有科举考试的历史上，醴陵虽然没能圆上状元梦，但待到晚清之后，在中国近代史上叱咤风云的醴陵人物，倒出了一批又一批。有在军事上建立卓著功勋的战将，有在科技领域写下鸿篇巨制的泰斗，有对教育事业做出重大贡献的巨擘……他们虽不曾被某个皇帝授予“状元”的功名，但他们在醴陵人心中，乃至华夏儿女的心目中，都是荣耀千古的“状元”。这批从状元洲边走出去的民族精英，不仅影响了中国近代乃至现代史的发展，同时还在很多领域里都占据了无可替代的显著位置。

1995年，老同志倡建状元阁于状元洲洲首，拔地而起，飞檐五重，耸立江中，高近30米。登阁可环眺全城。中设图书馆，藏书15万余册。渌江桥上侧有引桥与状元洲相连，洲上四周石栏围护、绿树成荫、百鸟争鸣、花开四季、芳香四溢……这个昔日寄托着醴陵人无限文化希望的宝地，今日正辉映无比的文化之光，正为醴陵诞育“新科状元”发挥着她文化孕育的作用。

# 观沈栗仲明府书炎帝墓道碑

清·夏恒

铜碑不可见，云是深潭藏。
文字出炉锤，想见真意亡。
谁持切玉刀，割取玉一方。
生鼍内倔强，怒跋奔涛长。
穗书自何世，穹碣横冰霜。
赑屃牢负载，毋使蛟龙攘。

**作者简介：**夏恒，字一卿，湖南攸县人，清代诗人。早孤，家贫，少有才名，曾参阅《（道光）炎陵志》。道光九年进士，选庶吉士，改吏部考工司主事。善诗文，诗爽健有古风。著有《一卿遗稿》。

**译文：**龙潭边的铜碑没入了深潭，现在已经看不见了，那刻在碑上的文字当日一定也曾字斟句酌地推敲过，如今，想来也已经湮灭在历史的烟尘里。那现在这块碑又怎么来的呢？上面的字又是哪位高人题的呢？那深潭之中的鼍龙踩着奔腾的波涛气势汹汹地闯来，却被这块碑拦住了去路……也不知这用以区分时令的穗书是哪年哪月传下来的，不过这炎帝陵前的墓道碑由赑屃驮着，也不用担心那潭中的蛟龙会时时前来侵扰了。

故事

# 夏恒，攸县穷文士的爱情故事

道光七年（公元1827年），酃县（今炎陵县）知县沈道宽重修炎帝陵殿，并亲题“飞香旧迹”“味草遗迹”“咏丰台”“炎帝神农氏之墓道”“奉圣寺”“永康桥”“长乐桥”等碑刻。

沈道宽是酃县县令不假，亦是当时颇有文名的诗人，与周边县市的一些文士常有雅集往来。此次重修炎帝陵殿，在当地是件大事，都不用沈道宽打招呼，工程竣工之日，平日里与沈道宽有过文字之交的文人雅士纷纷赶过来捧场，亦留下不少吟咏此次重修盛举的辉煌篇章。

文前所引五律亦出自此次雅集，坦白说，诗之格调很是一般，阿谀奉承之词不少，联系到此次雅集的主人是一县父母，有些逢场作戏的恭维客套之举也就不足为奇了。倒是此诗之作者，时为举人身份的夏恒夏一卿，其本人的人生故事比这首应酬诗歌不知高出多少倍。

## 穷小子的爱情

夏恒，字一卿，湖南攸县人。此君是个苦命的孩子，很小便没了父亲，身故的父亲也未留下大笔的田产，寡母一人拉扯大孩子的窘困自能想象。

俗话说得好，穷人的孩子早当家，夏恒打小便懂事，白天随着寡母干农活儿，夜晚便就着母亲织布时的灯光看书习字，如是的年年岁岁，竟也是一颗小小的读书种子，很小便在县里的读书人中闯出名头，而后更是被选送入省城的岳麓书院入读，并选优贡，入京师国子监就读。

也就是夏恒在岳麓书院就读的日子，穷小子却撞到了一桩好姻缘，与当时湖湘地区著名的女诗人王瑺王湘梅结为夫妻。

在叙述这段姻缘之前，有必要介绍下这位名为王瑺的才女的简历。王瑺，字湘梅，湘潭人，与湘中望族云湖郭氏有旧，为后来“湖湘诗派”领袖、湘楚大儒王闿运的姑姑，其父名王之骏，生员出身，屡试不就，乃弃儒从医，迁于省府长沙行医，也将未出阁的闺女带在身边。

闺女一天大似一天，又才名在外，王之骏在挑选乘龙快婿上可是颇费了番心思。女儿是才女，自然得配才子，岳麓书院士子不少，不定就有可心的人儿，果不其然，穷小子夏恒便入了老丈人王之骏的法眼。

必须说明，夏恒此前是结过婚的，按《沅湘耆旧集》的说法，王璊乃夏恒继室。也就是说，一个丧偶的乡下穷小子，在省城读书，竟然打动了著名才女的芳心，其人之风采自然可以想象。

## 伉俪情深

以如今之目光来看，夏恒和王璊的结合无疑有“攀高枝”之嫌，可即便这样，夏恒身边的朋友还不满意。

夏恒虽只是个穷学生，可也是才名在外，结交的都是诸如沈道宽、邓显鹤这样的名士。这些个名士还觉得夏恒吃了亏，及至看了王璊写的诗词文章，这才大为叹服，由是，王璊之诗名也就更为知名了。

夏恒与王璊成亲后不久，即被选为优贡，入京师国子监就读以谋取功名。长安居大不易，更何况是一前去赶考的穷学生？因此，大多数时候，新婚燕尔的夫妻俩都是聚少离多，丈夫在遥远的京城读书备考，妻子则在长沙城中苦等丈夫的归来。好在王璊不负才女之名，对丈夫的无限思念都倾注在诗词创作之中，《沅湘耆旧集》收其诗27首，再加上个人创作的《印月楼诗词賸》，泰半都是婉约闺怨的思亲之情，以及与远在京城的丈夫的唱和之作。

也有短暂的甜蜜时光，丈夫自京城返湘，惯例是先到长沙接到夫人，而后回攸县。其间要经过湘潭，便住在姐姐王玙家，王玙亦是同时代的著名女诗人，嫁在湘中望族郭家，与郭家的郭友兰、郭佩兰及郭润玉等女诗人是姑嫂关系。郭家一屋子诗人，夏恒、王璊两口子落脚后，便日与诸女唱和，数日即成一集，端的是伉俪情深，羡煞旁人。

道光九年（公元1829年），夏恒中一甲四名进士，点翰林，这也是攸县自乾隆十九年（公元1754年）陈梦元点翰林后，时隔七十五年的第一名甲科进士。

也就在夏恒点翰林后不久，与丈夫聚少离多的王瑺却走到了生命的尽头——染了风寒，不日即不治——其实，这事儿在之前就有征兆。还在夏恒在京备考期间，王瑺给丈夫写了首名为《暮春》的小令寄过去，中有“怨东君不许花开久”，夏恒见了，便觉得是不祥之兆，心下有些惴惴，等考试放榜，又分发了职位后，急急请假还乡，王瑺也觉得那诗写得有些犯忌，便将那诗稿烧掉，不想，几个月后，王瑺还是病重不治而亡。

夏恒点翰林后选庶吉士，后改吏部考工司主事，随萧山汤金剑相国出使江南，还京遽卒，时在道光十九年（公元1839年），距爱妻王瑺辞世刚刚好十年。

# 鸿雁来宾为攸邑茂才王三命赋

明·熊廷弼

秋风萧飒朔寒侵，日见南天候雁临。
远道不堪霜雪景，高骞宁有稻粱心。
一行阵列青霄影，千里书传紫塞音。
此际横空惊旅思，谁家对月又清砧。

**作者简介：**熊廷弼（公元1569年—1625年），字飞白，号芝冈，湖广江夏（今湖北武汉）人，万历二十六年（公元1598年）进士，由推官擢御史，巡按辽东。与广宁（今辽宁北镇）巡抚王化贞不和，终致兵败溃退，广宁失守，因罪下狱，不幸又陷入党争之中，天启五年（公元1625年）为阉党魏忠贤所害，并传首九边。崇祯二年（公元1629年），熊廷弼得以归葬故里，谥襄愍，有《熊襄愍公集》。

**译文：**秋风一天紧似一天，北地偏远，已见寒意，候鸟正成群结队地飞向南方——此去南方，路远水迢，也不知前方会否遭逢霜雪险境——高天之上，大雁排列成行，你若见到，不知会不会想起我这个远在北地的故人。而我见到这候鸟南飞之景，便会想起南方的家，那朗月之下，谁家浣衣的妇人在捶打着衣服呢？

故事

# 大明边将与攸县秀才的莫逆之交

大明万历年间（公元1573年—公元1620年）的某个深秋，现攸县坪阳庙乡笔伍村的某个深宅大院里头，上了年岁的老秀才王三命收到一封远方的来信，随信而来的还有文前那首乡愁颇浓的诗赋。寄信人是朝中重臣，以兵部右侍郎衔署理辽东经略的熊廷弼。

王三命揽信感慨不已，二十多年前，尚未发迹的熊廷弼曾在攸县王家担任过十年之久的塾师，如今虽已身居高位，却分毫未忘当日落魄时结识的山野穷苦秀才。如此看来，当日自己慧眼识珠，将落魄的熊廷弼聘为自家的塾师可是没错半点儿……

## 慧眼识珠

熊廷弼，字飞白，号芝冈，湖广江夏（今湖北武汉）人，《明史》载其“万历二十五年（公元1597年）举乡试第一。明年成进士，授保定推官，擢御史……”但却缺乏对其中举之前的早年履历的介绍，查同治版《攸县志》“流寓”卷载，“熊廷弼，江夏人，少落拓。历洞庭，上湘江，旅于攸。与茂才王三命、周元相友善，因授徒王宅，历十余载……”可知，在万历二十五年（公元1597年）乡试中举之前，熊廷弼曾在攸县王三命家担任过十年以上的塾师。

因现存史料太过稀缺，无以得知熊廷弼是何年何月因何来到攸县的，但据《湘东文化》杂志《仙女坛》一文援引当地九旬老人李三阳生前讲述，熊廷弼前去攸县是为谋生而贩卖字画的，与王三命结交则是互为欣赏彼此的才学。

按李三阳的讲述，王三命是攸县当地名士，虽只有秀才功名，却坐拥万贯家财，更兼英俊豪迈、沉稳好学，在当地颇有名气。熊廷弼日后是威名一方的辽东经略，当时虽是落魄秀才，但骨子里的那份傲慢却是永难磨灭的，既来攸县，听闻王三命的名气，便想着前去拜访下。

但是，一般有大才的人行事总是不按常理出牌的，拜访嘛，大方上门，通报姓名即是。可熊廷弼却不这样，他选择了大半夜去往王三命家，就睡在王家大门外的木案板上——据说王三命当夜便梦到一只大白虎睡到自家门前——第二天一大早，王三命开门一看，见案板上睡着个眉目清秀的后生，瞧打扮也是个读书人的样子，便口占一联问道：“燕子衔泥二月时，先生失馆将何之？”熊廷弼揉揉惺忪的睡眼，马上接道：“凤凰飞出丹山外，暂借梧桐栖一枝。”对仗工整不说，也适时地讲明了自己的处境。

王三命心知面前这青年必有不凡之处，乃再出一联，“仲尼有道终归鲁，孟轲无心赖仕齐”，这是举孔子和孟子入仕为例，问熊廷弼为何不去求个前程，而要流落到这乡野之地。熊廷弼回道，“卖剑吾又嫌价短，弹琴又恨知音稀”，意思是说并非我不想求个前程，而是我所遇到的那些个人都是短视之辈，见识不到我的才能。言外之意是，你王三命素有识人善任之名，又能否见识到我的才能呢？

王三命一听，大奇，当下便通报姓名，引入家中好生款待，彼此越聊越投契，引为莫逆，并延聘熊廷弼为自己两个儿子的塾师，这便有了“授徒王宅，历十余载”的故事。

## 莫逆之交

熊廷弼在王三命家一住就是十余年之久，直到万历二十五年（公元1597年）乡试得中举人，次年又中进士，入朝为官为止。

这十余年里，熊廷弼和东主王三命的关系一直处得不错，同治版《攸县志》载：“（熊廷弼）每赴武昌秋试，（王三命）同舟唱和……”熊廷弼是湖北人，乡试得去武昌，攸县距武昌在交通不便的旧时不可谓近，每回乡试，王三命都陪熊廷弼一起，走水路去往武昌，一路上诗酒唱和不停……

万历二十五年（公元1597年），熊廷弼得中湖北乡试第一名，次年以“解元”之身得中进士，翰林院简单历练之后，授推官之职，而后擢升御史，巡按辽东。按，熊廷弼曾三度巡按（经略）辽东，文前所引诗歌写于辽东，限于史料匮乏，故未知何年所写。

熊廷弼前两次巡按（经略）辽东都立有奇功，不但巩固了明军固有阵地，还让当时的后金军队一时放弃了入侵的想法。天启元年（公元1621年），后金天命汗努尔哈赤攻破辽阳，明朝廷再次启用熊廷弼为辽东经略，只是这一次，命运没有继续眷顾熊廷弼——因为与广宁（今辽宁北镇）巡抚王化贞不和，熊廷弼主帅的明军在后金军队的攻势下溃不成军。广宁失守，熊廷弼指挥失当而下狱，又不幸陷入当时的党争之中……天启五年（公元1625年），狱中的熊廷弼被阉党魏忠贤所杀，并传首九边，以儆效尤。直到明崇祯二年（公元1629年），熊廷弼才得以归葬故里，当然，这都是后话了。

除了这一首诗，熊廷弼留给王三命这位莫逆之交的还有一块题有“龙阶尺木，万历丁酉菊月吉旦，夏汭（今武汉汉口）熊廷弼题”的匾额，“龙阶尺木”出道家“龙欲腾翥，先阶尺木”之典——道家传说，龙首之上有物名尺木，龙欲腾空，必先有尺木才行——以之赠王三命，却是再恰当不过了，意即没有王三命，就没有他熊廷弼今日的飞黄腾达。

此匾额原悬挂在王少南（王三命之父）公祠内，土改时，王氏后裔王正华母子搬入祠堂居住。1970年祠塌，匾额掉地被砸去右上角，王正华一直把它收藏在家。

# 俚言呈万峰和尚诗

清·蓝应象

独住深山第一峰，傍无依附片云通。
炼成彻底梅花骨，迸出连根柏子风。
不作人情面自冷，谁多烦恼本愿空。
蓬中栗棘何时会，槛外月明听晚钟。

**作者简介：**蓝应象，字坎公，湖北黄州人，出身举人，清康熙初任攸县教谕，任内主修学宫树灵星们两坊，重展学苑风采，协助编纂《宝宁寺志》。

**译文：**大和尚你倒晓得享福，禅居在这云雾缭绕、风景绝美的深山老林之中，日日看这好山好水，怕也是炼得一身仙风道骨，不食人间烟火了吧？哪像我这俗世之人，日日在这污浊不堪的红尘打滚，满腔愁苦烦闷也不知向何人消遣……不过，话说回来，和尚你日日寄情山水，可还记得那些禅家的机语因缘呢？

## 故事

### 宝宁寺，一千三百年的流淌时光

“大千世界无双地，不二法门第一山。”

这是民国时期高僧了悟大和尚题攸县宝宁寺的楹联，刊于寺外的山门之上。

山门者，寺院楼门之谓也，过去寺院为避市井尘俗，往往建于山林深处，而于进山之处设楼门以为指引，故有山门之称。

如果不是当地朋友领着前来，我实在很难想象，这传承千年的宝宁寺山门竟简陋如斯——一进三间的砖混结构建筑，并不比乡间常见的民居阔大多少，顶上也是寻常的双筒陶瓦，只房屋两侧突兀立起、高过屋顶的封火墙，飞檐翘角地展示出一种特有的中国古典建筑之美——且所处隐蔽，隔主马路有百数步之遥，隐于郁郁葱葱的行道树之后，若非熟门熟路，不留神就一脚油门岔了过去。

那副语气颇大的楹联就悬于这方简陋的山门的中门两侧，中国佛教协会原会长赵朴初所题“宝宁禅寺”的匾额亦悬于正中，似乎与这芄野僻壤所在的简陋山门不甚相协。但只要了解熟知宝宁寺的历史渊源，便能明了，赵朴初题写的匾额乃至那句有些托大的楹联，嵌于此处，并无任何不妥。

## 从保宁寺到宝宁寺

迈过山门，一块巨石横亘于前，上书“宝宁寺及旷长髭墓足称国宝”几个大字，笔力遒劲飘逸，题款“吴立民”，系当代佛学研究大德，曾任中国佛教文化研究所所长，字里行间对宝宁寺及其开山祖师旷长髭极为推崇。

据史载，攸县之有佛域，始自旷长髭，其本攸县俗家子，幼从南岳石头希迁禅师学佛，后遵师嘱，返攸修行，结庐居于现宝宁寺后山。时当唐天宝十年（公元751年），历十数寒暑而大成，乃买地山麓，正式开辟道场，弘扬佛法。

长髭传衣钵于石室善道，再传勇禅师。史载勇禅师本粤东名宦子，少年披剃为僧，从石室善道学佛，又得法祖长髭点化，佛法大精进，并于成年后与乃师石室善道一起，将法祖长髭所辟道场增扩为寺，取“至尊延祚，国宝昌宁”意，名“保宁寺”——时当唐元和三年（公元808年），唐宪宗继位后一改乃祖德宗以来对藩镇的姑息政策，重用宰相，加强中央集权，“以法度裁制藩镇”，陷于强藩多年的河南、山东、河北等地区，又归中央政府管辖，唐王朝复归于统一，时有“元和中兴”之谓——故清顺治版《攸县志》记保宁寺条有“唐元和三年勇禅师开建”语。

保宁寺建成前后，正逢禅宗南宗势大取代北宗之日——六祖慧能弘法于广东，弟子南岳怀让和青原行思则以独特的方式分别在湖南、江西传法，并分别演化沩仰、临济、曹洞、云门、法眼五宗，临济之后又分黄龙、杨岐二宗，是所谓禅宗之“五家七宗”。其中曹洞宗开创者洞山良价即云岩昙晟法嗣，云岩昙晟又为旷长髭法嗣，故保宁寺亦可称曹洞祖庭——南宗讲顿悟，子弟参学有成，往往会寻高僧大德辩驳验证，即高僧大德之间，行脚参禅亦多辩驳诘难之举，俗称“打机锋”，禅宗经典《五灯会元》中多记此事。慧能传法两脉，一在江西，一在湖南，而后开枝散叶，遍及大半个中国，子弟往来参学，少不得要拜会祖庭，江西、湖南之间，便常年可见一代又一代禅宗子弟竹杖芒鞋艰难跋涉的身影，俗语“跑江湖”亦因之而来。保宁寺地当湘赣边区，“跑江湖”者往来其间，多会来寺与驻寺僧人辩禅论法，机锋尽出，留下不少脍炙人口的佛门公案的同时，亦使当时的保宁寺声名远扬，成为湖南名蓝。

宋以后，保宁寺兴废不一，迭有翻建，元末兵燹，寺院毁为废墟。明洪武三十年（公元1397年），住持僧无暇大为修复，保宁寺乃重放光彩；延宕至明末，兵燹水火不断，保宁寺仍复荒落；至清康熙三年（公元1664年），应时任宝宁寺住持顽石禅师再三相邀，衡阳东山万峰智韬禅师飞锡来攸，出任保宁寺住持，以十八年之苦功，募化县内外居士信众，对寺院进行大规模修复。据《宝宁寺志》载，修复后有殿、堂、楼、阁、台共24座，占地面积14亩，规模恢宏，时有“十方丛林”之誉。

万峰出任保宁寺住持期间，感于长髭祖师弘法不易，寺历近千年仍法脉不绝，为正本清源计，特邀省内外名流九十余人，历时十二载，成功编写出一部史上少有的寺院史志。在纂修寺志时，鉴于其时以“保宁”名寺者颇多，乃将“保宁”二字易为“宝宁”，以示与其他寺院区别。

## 诗僧往事

绕过那块吴立民上师所书“宝宁寺及旷长髭墓足称国宝”的巨石，拐而向左，荒草遮径，两侧是一片洼地，显见之前是个水池，只是如今不见半丝活水，不知名的野草在初夏和煦的阳光下放肆疯长，几乎要将行脚的小径淹没。

行不过数十步，眼前豁然开朗，跟山门同样式的飞檐翘角式建筑跃然于前，黑底黄字的“古宝宁禅寺”的匾额隔着一片水面和阔大的广场在视野远处熠熠生辉。水面是放生池，史载始设于唐末五代时，后渐荒落，此为易址重修，一尊巨大的汉白玉石龟卧于水面，十八墩曲桥蜿蜒着通过池中假山与彼岸相接，人行其间，栖于水面或假山的乌龟懒洋洋地爬开——都是信士放生之物，日见游人往来，并不怕人。

当然，在穿行放生池与不怕人的龟类嬉戏之前，不妨先驻足广场东南面的百米诗碑长廊。108块诗文碑刻半月形地排列于亭墓式的琉璃瓦之下，碑文所记则是历代文人墨客所留与宝宁寺有关的诗文墨宝，以王夫之手书的《〈宝宁寺志〉叙》真迹复刻最为打眼，列在长廊正中右侧，自甬道拾级而下，抬眼便能望到“禅分五叶，其茎二也。南岳，江西，既两相峙立，抑互相印契，交错以纬之。五茎二，二茎一也……”这篇在禅宗发展史上极具重要性的理论文章——时为康熙二十三年（公元1684年），《宝宁寺志》编成之后，大儒王夫之应住持万峰禅师之邀，欣然为寺志撰写序言，短短500余字，条分缕析禅宗在中国的发展脉络，肯定了宝宁寺在禅宗史上的地位，为中国佛教史上的重要文献之一。其手稿真迹刻于修成的《宝宁寺志》卷首，与寺志一起被称为宝宁寺“三绝”之一。

《〈宝宁寺志〉叙》之外，诗碑长廊里刊印的墨宝多为诗体，七言、五言不论，绝句、律诗皆有，年代多属明清，盛世大唐的诗酒风流已成遥远的过去，诗品之艺术成就自不能算高，更莫提其间更多虚应故事的“名人赞颂”之类。倒是一些寺中僧侣与地方名士的酬唱往来之作，村言俚语中野趣十足，颇多玩味处，如清康熙年间攸县教谕蓝应象的这首《俚言呈万峰和尚》：“独住深山第一峰，傍无依附片云通。炼成彻底梅花骨，迸出连根柏子风。不作人情面自冷，谁多烦恼本愿空。蓬中栗棘何时会，槛外月明听晚钟。”尾联中“栗棘”一词，典出《嘉泰普灯录》，记禅宗杨岐方会禅师事，意指禅家之机语因缘，结合颈联所述，一语而双关，既指作者羡慕时任住持万峰禅师超然物外的闲适生活，又隐有调侃禅师寄情山水而修禅不精之玩笑意味所在，不是亲近的朋友，断难如此随意。当然，若能了解万峰禅师其人，自能明了这样的调侃玩笑实在是再正常不过。

万峰禅师俗姓刘，衡阳人，世家子弟出身，诞时其母梦见一长髯老僧来家募化，醒而万峰禅师已呱呱坠地。人言长髯老僧即宝宁寺开山祖师旷长髭，万峰禅师为旷长髭转世后身。万峰禅师12岁出家，修行于南岳古梅峰，“日将历代祖

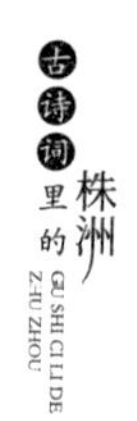


师语录机缘细心研索”，某日阅神赞禅师《蜂子投窗偈》“空门不肯出，投窗何大痴。百年钻故纸，何日出头时”而顿悟，“遂释卷参学”。先投西山邃谷净源禅师参学，而后“遍历诸方，不惮险阻，不畏寒暑，不就裘枕，芒鞋穿破，死心参学”，终于参学于当时禅宗曹洞正宗二十九世百丈石涧泐禅师座下，并得师嘱印证，为曹洞正宗第三十世。

出家之前的万峰曾入私塾，习句读，有“过目成诵”之美名，若使未入佛门，也当是一代才子。《船山师友记》中说万峰有诗文30集，《宝宁寺志》中收万峰语录达6000余言，诗碑长廊中的108块诗文碑，半数都是万峰与各路诗友的往来酬唱之作。如此也就能理解前文中攸县教谕蓝应象在诗中与万峰禅师的逗趣之举，也更能理解《宝宁寺志》之修纂能请得动包括黎元宽、王船山（夫之）、刘友光、陈之骏等在内的省内外儒学名流90余人，若非缁衣在身，这万峰禅师原也与身边诗酒风流的文友一般无二。

万峰禅师攸任宝宁寺住持后，曾三次返衡，与隐居于石船山的王夫之相交莫逆，有《三过东山吟三复》的诗文传世。王在《七十自定稿》中有《代书签舌剑韬》（万峰禅师俗字舌剑，法名智韬）诗，曰：“洣水东浮岳阜西，鱼书遥问武陵溪。千峰访旧孤轮月，双脚难拼一寸泥。大誓余生闻虎啸，衰年残梦弄驴蹄。东山只履归何日？日软烟柔一杖黎。”诗中道出他们情同手足，急切希望见面叙旧的感情。万峰接信后亦发出“不愿成佛，愿见船山”的回应，奈何天不遂人愿，没等到王夫之前来叙旧，在此信寄出后的第二年，万峰禅师便唱着“月满乾坤水满溪，我唱还乡曲曲西，果然枝头蒂自落，永不人间借岩栖”的《临终偈》而圆寂。王夫之深以为憾，作五律一首以为悼念，曰：“大笑随吾党，孤游有岁年。从来愁虎啸，几欲试龙渊。别路琴心回，他生锦李传。瞿塘烟棹在，洣水接湘川。”

驻足诗碑长廊，粗读留存于上的万峰禅师与文友的往来酬唱之作，一个佛法精湛而又不缺人情味的高僧形象逐渐丰满——曹洞正宗三十世印证，佛法自然精湛；诗酒唱和，用语清新自然，亦庄亦谐，自可见其人情练达——总说佛门超凡脱俗，不食人间烟火，可人间处处皆不脱修行，与一味参禅苦修、不问俗事的高僧大德相较，在红尘间游走戏谑的万峰禅师显然更让我亲近。

## 说不尽的“三绝”“三奇”

看罢诗碑长廊，再沿蜿蜒向前的十八墩曲桥穿过放生池，便到了宝宁寺的正门，黑底黄字的“古宝宁禅寺”匾额为吴立民所书，两侧对联为“佛域称保宁，只为众生多普渡；法界有圣寿，岂因楚王而独尊”。上联好理解，佛家普度众生意，下联则有出典，指的是五代楚王马殷赐宝宁寺第三代祖师勇禅师“圣寿”号事，至今宝宁寺后山仍称“圣寿山”。

现在的宝宁寺是依清同治年间修建的式样重修的，单排三进大殿，依山势而上，分别为天王殿、大雄宝殿和观音堂。跨过大门，即是天王殿，殿中正台前为弥勒佛、背为韦陀天尊塑像，左右两边则供奉手持宝物的四大天王像；天王殿之后为大雄宝殿，也称正殿，正中供释迦牟尼佛像，像前左右分供迦叶、阿难尊者，两侧各奉十八罗汉、二十四诸天神像；后殿则为观音堂，奉千手千眼观音菩萨圣像，慈眉善目，救苦救难之风度灼热，望之能让人心静。

正梭巡于各大殿之间，忽见一着黄褐色僧衣的僧人自大殿左侧的禅堂出来，同行的当地朋友介绍，这是宝宁寺现任住持万休师父。万休师父衡阳人，俗姓谢，2010年受禅宗曹洞正宗第四十八代麓山圣辉大和尚心印传承，为曹洞正宗第四十九代法嗣，使自清末民初在曹洞正宗第四十一世保宁圆觉和尚手中中断八代的传承再度延续。

相比清初“十方丛林”的盛况，如今的宝宁寺冷清不少，万休师父带了个徒弟，当日外出办事，未在寺中。有位年逾八旬的老僧，蹒跚着脚步在给佛前供上饭食，这是每日例行的功课，马虎不得。一位上了年岁的妇人在饭堂忙活，噼里啪啦的声响里传来阵阵炒菜的油烟味，显见已到用午膳的时段，这是在寺修行的居士，顺带着干些浆洗、炊爨的活计。眼下疫情，游客罕至，万休师父打算趁着这个空挡将寺内建筑翻修下，门窗、廊柱之上的红漆都是新上的，可能还有些木工类的活计，大殿右后侧的厢房里，不时响起电锯刺耳的嘶鸣，午膳时便见到两个憨厚的汉子，用公筷夹了满满一碗菜端到外间去吃——入乡随俗，庙里的膳食自然是素斋，也难为两位卖力气的工匠了——除此之外，寺内再无常驻的丁口，初一、十五会热闹些，左近信众会携家带口前来礼佛，佛前添些香资也是题中应

有之义，庙里少不得也须布施一餐斋饭。

一般慕名而来的游客，多会被旅游推介资料牵着鼻子走，“三绝”“三奇”举世闻名，我也未能免俗，进庙就逮着万休师父问“三绝”“三奇”何处可观。“三绝”者，《宝宁寺志》及王夫之所撰《〈宝宁寺志〉叙》与祖师塔、普同塔之谓也。寺志及志叙前已详述，此不赘言，祖师塔并普同塔均在后山，容后再述。“三奇”者，千年沉水樟、四季青绿观音芋、常汲不涸卓锡泉。古樟在后山，观音芋便栽种在观音堂前的石阶下，略有十数株，阔大的叶片郁郁葱葱，一片生机，四季青绿是物性使然，并不算奇，奇在这些芋种只长于寺内，移外则不得活，当然，我是听当地朋友说的，并未得到确证；卓锡泉就在大雄宝殿左侧，四方的一口古井，井沿边布满年岁久远的青苔，水却是澄澈无比，能清晰看到井底栖身的藻类植物。据寺志载，宝宁寺建刹以来，寺内用水皆取自后山山泉，竹枧导入，时断时浊，至清初万峰禅师来攸住持，感寺内僧众缺水之虞，乃升堂念偈，曰：“川原归迹，野树云深，镜成像而像灭，水为泉而泉失，非谓洪荒辨不出，山僧在此，死蛇弄得活，何由直待到今日。”说罢，用禅杖（禅话称“卓锡”）朝地猛力一杵，喝一声“出”，但见平地忽涌一泉，水流不息，因之整饬成井，并以“卓锡泉”名之。当然，此说太过荒诞，近于神迹，旧时工具简陋，人力亦不比机械，打井非大财力、大决心不能成，而万峰禅师恰好具备这样的财力和决心，困扰寺内僧众近千年的缺水之虞也一夕得解，少不得要敷衍些神迹出来以为答谢。只是，如今寺内早有了入户的自来水，这卓锡泉的功用也就大大退化，偶有游客会往井中扔些硬币祈福。我心疼钱，没扔，只拿井边的水桶打了半桶水上来，水清且冽，洗手净脸，暑热顿消。

梭巡着来到后山，山麓处突兀地立着一座六角飞檐间隔的墓塔，正面墓标刻有“保宁开山祖师长髭旷老和尚之塔”字样，此即“三绝”之一的祖师塔。塔者，亦名浮屠，梵语窣堵波之音译，原意为“高积土石，以藏遗骨者”，也即高僧大德坐化后的墓葬。长髭系宝宁寺开山祖师，圆寂迄今1300余年，虽饱经劫难，经过复修，仍保存良好。1985年，中国佛教文化研究所所长吴立民先生发现时，誉其为“国宝”。

除长髭墓塔之外，后山还保存有十余座形态各异的高僧墓塔，不规则地散落于山麓至山腰的坡面上，草深林密，偶露峥嵘，望之自有肃穆庄严之气。当然，我更感兴趣的还是“三绝”中的另一绝，普同塔。《十二因缘经》云，“许凡僧以上造塔，依位之高下而塔之级层有限制……”出家人既已堪看破红尘，为何圆寂后栖身的墓塔还有高下等级之分？正是基于这样朴素的平等观念，清康熙十年（公元1671年），万峰禅师以重金购地基一块，仿南台寺石头希迁墓塔式，用红石砌成“普同塔”一座，圆寂僧人之遗骨，不分地位高下，皆可入藏。三四百年前的出家人，有此平等思想，殊为不易，后人阅史至此，当浮一大白！

遗憾的是，我并未找到普同塔的确切所在，祖师塔旁有一方“普同塔由此去”的指示路牌。顺着路标指示向后山深处跋涉，一片巨大的平地跃然眼前，脚下是颗粒状的黑色碎石块，前方凸起的山间有红砖砌成的人工建筑遗迹，空门洞开，千疮百孔，显见是废弃未久的煤矿，自不会是普同塔的所在。在煤矿左近梭巡良久，并未找到，也只得不舍下山，后面看资料才知道，普同塔在那块平地一侧的小径深处，行百里者半九十，也好，留个念想，下次再来探访。

倒是“三奇”之一的千年沉水樟，就在后山入口处，祖师塔旁不远，巨伞如盖，荫庇整个寺院。底分两茎而直上，至中段横生一枝干，将分距约2米的两茎合而连理；叶则分五种形式——底叶宽而圆，顶叶圆而尖，左叶朝东、略呈三角形，右叶朝西、全呈椭圆形，中间寄生枝干，叶似柳枝——恰与王夫之《〈宝宁寺志〉叙》所言“合二茎以连理，翕五叶以承跗”之禅宗发展脉络不谋而合，故有“禅樟”之谓。

尤可奇者，古樟根部，竟生有菌菇一朵，形如伞盖，离地半尺，阔处约有十数厘米，显见年岁不短。同行友人打趣，佛门圣地，生此灵芝，食之当有延年益寿之神效。我没搭理他，却想起寺志中所记一段久远的往事：明崇祯三年（公元1630年），广东岭南道按察司副使、邑人洪云蒸从海防督师返攸，览胜宝宁寺，见寺院倾颓，大为叹息，游后山时，见灵芝一颗，以为数十年后宝宁寺必定兴隆，遂作《攸邑圣寿山保宁禅林三祖考》以为验证。后遂有万峰禅师飞锡来攸任住持，并修复庙宇，建成“十方丛林”事。如今，灵芝再现，是否意味着宝宁寺又将走向另一个高峰呢？

# 白蛟山（三选一）

清·尹惟日

旧是双忠祠，沧桑遂易位。
今当寻卧沕，添上两行字。

**作者简介：**尹惟日，字冬如，茶陵火田人。清顺治壬辰年（公元1652年）进士，任广东和平县县令。当时，和平县驻军与盗匪串通一气，挟官扰民，历任地方官员惧之如虎。尹惟日上任后，单骑入溪峒安抚，平息战事。后升赣州知府、岭北兵备道，并管理岭南及连、韶两道军政要事。不久，因积劳成疾，卒于任上，年仅28岁。著有《和平政绩》《行吟集》《制艺稿》传世。

**译文：**这里本来是供奉岳飞将军和族中先祖尹穀先生的忠烈祠堂，世易时移，也不知什么时候变成了这神神道道的道观；今日既有缘到此，就多在壁上题两行字，好让后人知晓，这长生观原是我尹氏先人的祖业。

## 故事

### 尹惟日，戎马书生二三事

大清顺治十年（公元1652年）早春某日，茶陵火田长生观，观内来了个器宇轩昂的年轻后生，却是自小便有“神童”之誉、年前高中进士、这会儿要外放广东和平县县令的冬如先生尹惟日。

贵人驾到，观里的道士自然上赶着巴结，奉过香茶，又陪着冬如先生游览了观内风景，才坐定，便有机警的小道童奉上了笔墨纸砚，这是要这曾经的“神童”、现在的县令爷题字呢！

但见冬如先生接过笔墨，略一沉吟，提笔便在纸上写下如上那首晓畅易懂的五绝……这下该轮到道观里众人脸红了，原来，这道观竟是尹家的祖产，曾是祭祀岳飞将军和尹氏族中壮烈殉国的尹毂先生的忠烈祠堂……

## 火田尹氏

在茶陵，尹姓是大姓，据茶陵尹氏族谱载，其先祖尹雄飞为甘肃天水人，唐开平年间（公元907年—公元910年）曾任衡山伯，后去官，携其弟尹鹏飞、尹翼飞狩猎茶陵、攸县一带。雄飞即卜居茶陵火田，为茶陵尹姓基祖。

南宋绍兴二年（公元1132年），岳飞追剿杨幺农民起义军余部，率兵八千由江西转战茶陵，火田尹氏后裔尹彦德率尹氏族人“给赀粮、扉屦，犒师三日，士饱马腾”。岳飞感其诚挚，手书“彦德长者，财有余，而学不足，当以一经教子孙”以赠，著名文学家杨万里从临安亲书“一经堂”相赠。

尹彦德之子尹士望构建“一经堂”五间于住宅之近圃，又于住宅之东隅，建造“明经堂”，并广延名师，以供尹氏子弟求学。之后，宋高宗赵构御赐“明经堂”为“明经书院”，至南宋末年，通过明经书院而得中进士的尹氏子弟有十余人之多，为南宋其间颇有名望的民间书院组织。

宋末战乱，书院渐至萧条。元延祐三年（公元1316年），尹氏族人尹月山带徒弟廖洞观将明经书院改建为长生观，尹氏子孙仍肄业其中。

长生观后堂，特设双忠祠，祭祀岳飞（岳飞忠义为先，且与尹氏先祖有交往），并以尹毂配享。尹毂亦由明经书院培养而中进士，并在宋末的潭州保卫战中壮烈成仁（详见《株洲晚报》2016年5月29日A04版《颜雷焱、尹毂：舍生取义的茶陵文士典范》相关报道）——只是时日渐久，这双忠祠亦荒芜颓败，更莫提之前明经学院的渊源了，这才有了文章开头尹惟日挥毫题诗的那段因果。

# 戎马书生

回头再说尹惟日。尹惟日，字冬如，茶陵火田人，幼时即有聪慧之名，11岁应童子试，深为当时的长沙府知府堵胤锡所赏识。清顺治九年（公元1652年）举进士，授和平县县令一职，时年23岁，在此之前，和其他尹氏子弟一样，尹惟日依然在长生观中读书，是故知道长生观与尹氏祖业的种种关联，并借观中道士巴结之际题下文前这首五言诗。

却说尹惟日官授和平县县令，却不是个美差。原来，这和平县位于粤、闽、赣三省交界处，山高林密，地势险要，占山为王的草寇颇多，且与地方守军互为勾结，时有打家劫舍之事出现。

尹惟日刚到任，就接到上司"清剿匪盗"的手谕，他作为一介书生，又初来乍到，不知如何清剿，便去拜会驻地守军，讨教清剿之策。谁知守军个个都避而不谈，后来还是一名把总见他为人诚恳，便悄悄告诉他一些"贼至而纵贼，贼去而自为贼"的守军内幕。

得知内情的尹惟日大为震惊，自知不但不能借助守军清剿，还得提防守军为贼内应，乃组织百姓，以自保为名操练乡勇，并暗派耳目以为策应。恰在此时，守军因有别的任务暂时调离和平县境，趁此良机，尹惟日即率乡勇，对盘踞于山间的匪盗发起了突然袭击。

由于没有守军策应，本是乌合之众的匪盗一战即溃，纷纷作鸟兽散。尹惟日采取分化瓦解之策，只抓首犯，余党一概不问，且一一安抚，如是大小数十战，连战连胜，最终将残匪围困在一处山坳之中。残匪见大势已去，乃放出话来说要谈判，尹惟日为表示诚意，不顾部属劝阻，单骑前往匪营谈判、安抚，余匪感其诚意，纷纷投诚，境内匪患亦被初步肃清。

也因此功绩，尹惟日升任赣州知府、岭北兵道总兵，又以和平县境匪患初平，仍留其在和平县署内办理善后，"昼接戎马，夜清案牍"，最终积劳成疾，于顺治十四年（公元1657年）卒于任上，时年仅28岁。

# 岳忠武祠

明·张治

寒雪汤阴道，萧萧忠武祠。
阴风疑杀气，落日想征旗。
离合君臣际，存亡治乱期。
山川空古迹，俎豆寄深思。

**作者简介：**张治（公元1488年—1550年），字文邦，号龙湖，湖广茶陵人，正德十五年（公元1520年）进士，选庶吉士，授编修。嘉靖间历官南京吏部侍郎，翰林学士掌院事，南京吏部尚书。嘉靖二十八年（公元1549年）二月，晋礼部尚书兼文渊阁大学士，召入内阁，加官至太子太保。嘉靖二十九年十月十四日病卒，赠少保，谥文隐。著有《龙湖文集》。

**译文：**寒风萧萧，北雪飘零，那风雪之中耸立着的可不就是祭祀岳飞岳武穆将军的忠武祠嘛？站在祠堂跟前，阴风阵阵，杀伐之气扑面而来，正当傍晚，红日西沉，隐约好似看到当年的战旗飘飘，遥想当年，岳飞将军率子弟兵在此征伐拼杀，朝中却奸佞当道，君臣失和，当可想象岳将军的不易……如今，几百年过去了，当年战事的惨烈和人事的纠葛都随时间流逝而变了模样，只有在岳将军祠前祭上些微薄的祭品，以此来表示后人的深思之情。

故事

# 岳忠武祠&青云庵，岳飞的茶陵往事

大明嘉靖十六年（公元1537年）冬，时为翰林学士掌院事的大学士张治返乡小住。

这一日，张大学士来到幼时读书的青云庵，庵中主事的大和尚忙不迭地前来迎接。茶事毕，主事的和尚又请张治这位乡贤留下墨宝。

张治接过笔墨，略一沉吟，便信笔题下文前这首律诗，我们也得以从这首诗里知道，这青云庵与岳忠武祠的种种关联。

## 岳飞在茶陵

南宋绍兴二年（公元1132年），宋高宗赵构传旨驻兵藕塘的岳飞征缴汝南叛将曹成、曹亮。曹成、曹亮是兄弟，本是宋将，北宋末年，金兵步步紧逼，宋室南渡，自顾尚且不暇，散落各地的宋室将领既有誓死效忠的忠勇之士，也有投降金军的苟且之徒，当然，也不乏曹成、曹亮这样趁乱拥兵自重的地方豪强。

此前的一年，岳家军在安徽藕塘关大败南下的金军，宋金之间形成短暂的对峙局面，宋室得此喘息之机，便开始着手收拾那些拥兵自重的地方豪强们。此时，盘踞贺州（今广西东部）的曹氏兄弟已拥众万余人，并已将势力范围延伸到湖南，欲扼守素有“三路襟喉”之称的茶陵。

岳飞率部日夜兼程，经江西入茶陵境，与湖南安抚使李纲所部转战茶陵，合剿“二曹叛军”。

由于历史过于久远，且地方史志各有抵牾之处，现已无法还原岳飞在茶陵的行军路线。但可以确定的是，战事爆发之前，岳飞在茶陵至少经停了三处地方，分别是秩堂的墨庄、高陇的光泉以及火田的一经堂，各处皆有相应的民间传说和历史遗迹，篇幅原因，此处不再赘述，读者诸君可参考胡应南、谭恒辉所撰《岳飞在茶陵的遗迹》（收录于中国人民政治协商会议湖南省株洲市委员会文史资料研究委员会 1984年所编《株洲文史·第6辑》）一文。

## 从旌忠祠到青云庵

回过头再说岳飞在茶陵的这场战事。

按《说岳全传》的说法，岳飞在茶陵的这一场战事是因之前救下忠良之后张立，而固守茶陵关隘的则是张立的兄弟张用。兄弟俩战场遭逢，互诉离别之情，而后张立晓之以理，张用则献关以降，岳飞可以说是不费一兵一卒便得了茶陵关。

当然，小说家言不能当真，实际上在茶陵的这场战事颇为惨烈。当时的茶陵城是因造船业而兴起不久的小镇，名为“船场镇”，还没有筑城。“二曹”部占据县城后，构筑了临时战壕和营寨，坚守不出。岳家军久攻不克，便将茶陵城围了个严实。

围困一段时间后，城内叛军缺粮严重，不得已出城迎战，与岳家军决战于“旗山”（今茶陵城关镇农林村村境）。城内叛军并非“二曹”主力，遭逢的又是百战之师的岳家军，自然是一触即溃，乖乖将茶陵城奉上。

即便是一边倒的战争，伤亡也在所难免，此役岳家军阵亡亦有数十位弟兄，再加上水土不服而病亡的，共有百余位岳家军将士埋骨茶陵。战后，岳飞将岳家军阵亡及病亡的将士葬于离“旗山”约一公里的山丘之上，并建旌忠祠以祭祀。之后，岳飞屈死风波亭，当地士人将旌忠祠更名为岳忠武祠，供奉有岳飞的木主神位。

南宋末年，岳忠武祠毁于战火，仅存残砖断瓦。明正德元年（公元1510年），当地老百姓在岳忠武祠旧址修建了“旌忠庵”，虽是佛寺，却依旧供奉有岳飞的木主神位。

旌忠庵位于原茶陵县机关幼儿园处，山虽不高，当时却“寺宇窈然深藏，其中竹木阴翳，禽鸟时鸣。亦可以远嚣突而畅逸兴者”。所以，不少读书人寄居此处闭门读书，以求高中，文前所题诗歌之作者张治未中举前即在此庵苦读。

张治于明正德十二年（公元1517年）中举，曾在《青云庵记》中回忆过自己当日寓居佛寺刻苦攻读的往事——“予丙子读书其中，至之夕，梦云霞其宅，光气烛于天。是岁，予即举乡录。”更要命的是，张治之后又高中会元，且入朝为大学士，地以人贵，旌忠庵便改名为青云庵，以彰张大学士当日所梦之“异象”。

1974年，在茶陵县机关幼儿园后挖防空洞时，发现了一处古墓葬，内有七十余个瓦罐，据说内里皆为当日岳家军死难将士遗骨，记有死者姓名及籍贯，惜乎当时时局动荡，这一极其珍贵的历史遗迹竟未完整保留下来。

# 自题二十九岁小像（八选一）

清·左宗棠

九年寄眷住湘潭，庑下栖迟赘客残。
娇女七龄初学字，稚桑千本乍堪蚕。
不嫌薄笨妻能逸，随分齑盐婢尚谙。
睹史敲诗多乐事，昭山何日共茅庵？

**作者简介：** 左宗棠（公元1812年—1885年），字季高，一字朴存，号湘上农人，湖南湘阴人。晚清重臣，军事家、政治家、著名湘军将领，洋务派首领，官至内阁大学士、军机大臣，封二等恪靖侯，曾任醴陵渌江书院山长。

**译文：** 带着老婆孩子在湘潭住了九年，身无长物，偏屋容身，实在是有些惭愧。女儿七岁，也该发蒙读书识字了，后院种下的桑树郁郁葱葱，正好拿来养蚕。所幸爱妻安贫乐道，粗茶淡饭也能甘之若饴，闲时读史赋诗，也是乐事一桩，只是不知道什么时候，我才能在这风景如画的昭山脚下有一间属于自己的房子。

## 故事

### 左宗棠，封疆大吏的落魄时光

清道光二十年（公元1840年）秋，湖南安化，左宗棠在前两江总督陶澍老家的府上已待了半年有余——自己是三年前在醴陵渌江书院认识陶澍的，那年陶澍以两江总督衔在江西阅兵。后告假回乡省墓，途径醴陵，竟与自己这个不名一文的穷苦山长聊得火热，后来更是结下了儿女亲家……年前，这个长自己三十余岁的亲家病逝在两江总督任上，遗下七岁孤儿陶桄，之前自己曾答应过教他读书识字的。

转眼半年时间已过，陶家上下对自己都客气万分——毕竟，自己除了是陶桄的私塾教师之外，还是陶家货真价实的亲家翁——别的不说，就说早几天吧，有个走街串巷的民间画师到陶家画像。陶家上下十几口人都画了像，自己这个亲家翁也没落下，开销都是陶家账房里统一支取的。

这几天，那画像就挂自己卧房壁上，别说，虽是民间讨生活的手艺人，画功还真不赖，自己“虎面燕颌”的神韵跃然纸上，就连早几日来探亲的夫人周诒端也说画得像，要知道，夫人可是湘潭当地有名的才女，诗文书画皆通，向来很少夸人的。

哦，对了，夫人是来给自己过生日的，自己是嘉庆十七年（公元1812年）壬申年十月初七生人，今年是道光二十年庚子年，男进女满，过不了几天，就是自己的二十九岁生日了。夫子说三十而立，可自己呢？距而立之年只差一年了，莫说立业，若不是亲家公生前让自己来陶家当私塾老师，这会儿不定还蜗居在老丈人家院子旁边的偏房中长吁短叹呢！

盯着画像中的自己，好似盯着过往的二十多年岁月，左宗棠心中百感交集，那些个诗句仿佛是从脑子里冒出来似的，一首写罢，又来一首，就为了这副画像，前后竟写了八首七言律诗……

## 无奈晚婚

道光十二年（公元1832年），21岁的左宗棠终于结婚了，这在当时已经算是晚婚了。并非他不想结婚，亲事在父亲在世时便已定下，对方是湘潭望族周家，按说定亲时也是门当户对的人家，只是这些年，他们左家实在是太不幸了。

左宗棠是家中幼子，上头有两个哥哥三个姐姐，父亲春航公是县学廪生（秀才），家贫无以供养家口，常年在外开馆授徒。很小的时候，他便跟着两个哥哥在父亲底下读书，两个哥哥先后中了秀才，按理说前途应该一片光明，不说金榜题名、光宗耀祖，至少也配得上湘潭望族周家这个未过门的媳妇儿。可不幸总是接踵而至。

先是大哥左宗棫，道光三年（公元1823年）因病去世，年仅25岁；母亲悲伤过度，恹恹成病，也在道光七年（公元1827年）十月去世；连历丧子、丧妻之痛的春航公也于两年后病逝于长沙……除开出嫁的三个姐姐，留给左宗棠兄弟俩的只是一个千疮百孔的家和父母在世医病时积下的陈年旧债。

生活所迫，二哥左宗植常年寄食在外，谋一个小差事糊口，足迹遍布邵阳、新化、武昌、北京等地；左宗棠则在长沙的城南书院内学习，领取些膏火费（助学金）维持生活，偶尔也外出授徒，挣些散碎银子以偿还父母在世时积下的那些债务。

道光十二年（公元1832年）八月，三年一届的湖南乡试举行在即，乡试若得中便可北上京城参加会试，日后拜相封侯、光耀门楣也有了盼头。只是，左宗棠却没有参加乡试的资格——县试得中的生员身份，也就是俗称的秀才——这也不能怪他，年前县试，他还在丁忧期间（旧时礼仪，父母死后，子女按礼须持丧三年，其间不得行婚嫁之事，不预吉庆之典，任官者并须离职），按规定是不能参加县试的。好在规矩是死的，人却是活的，其时朝廷用度颇大，国库不支，遂有“捐生”之制——交一笔钱就可以获得“生员”名分。迫于无奈的左宗棠只得四处筹措了百余两银子，捐了个“生员”身份，以获得参加乡试的资格。

乡试一过，未及放榜，湘潭周家催婚的消息便传到了省城长沙——其实，这几年，湘潭那边的催婚消息一直就没断过，自春航公过世之后，隔三两个月总要打发人来问，总被左宗棠以各种理由搪塞过去。深究起来也是面子问题，周家在湘潭是望族，向重自家声名，既已缔结婚约，便不管贫富也是自家女婿，虽然左家自春航公过世后是一日不如一日地穷困，周家却一日日地催婚催得更为急迫；而在左宗棠看来，自己不但贫无立锥之地，还有欠债在身，这个时候上赶着跟周家成婚，无疑有攀附之嫌。但现在不一样了，自己已参加乡试，凭自己的文章功底，中个举人应该问题不大，日后北上京城参加会试，蟾宫折桂也未必不可，这会儿结婚也不算攀附了吧；更何况，周家女儿跟自己同龄，21岁还未出阁，乡人总会有些闲话，可莫害了人家姑娘……

这一次，左宗棠没有拒绝，回了催婚的人消息，略事修整便前往湘潭完婚。

## 三试不中

桂在堂，俗称贵子堂，位于湘潭县排头乡紫山居村，距隐山东麓3公里，是左宗棠岳家周家的居所。

周家在当地是望族，当时的户部左侍郎周系英便是左宗棠岳父周系舆的族兄。左宗棠夫人名周诒端，字筠心，家学渊源，自幼能诗，是当地小有名气的才女。因为家贫无以立锥，婚后的左宗棠就寄居在周家，便算是入赘了，其时岳丈周系舆已逝，岳母王太夫人对自己颇不赖，很是欣赏这个“上门女婿”。但左宗棠生性高傲，对自己婚后寄居岳家颇为苦闷，回忆起这段生活时曾说过“余居妇家，耻不能自食”。

所幸婚后不久，乡试发榜，左宗棠高中举人，也可略略减缓“不能自食”的苦闷了。当年冬天，左宗棠和二哥左宗植一起北上京城应来年的会试——八月乡试之中，二哥和左宗棠一起考试，双双高中——结果双双落第。

道光十五年（公元1835年），左宗棠再次赴京会试。这次成绩还算不错，会试总裁评语为“立言有体，不蔓不枝”，原拟录为15名。可惜事有不巧，阅卷完毕才发现湖南取中的名额已超过一名，而湖北省却少取了一名，于是便将左宗棠的试卷撤去，改换为湖北的一名举人。这次会试，又未中！

道光十八年（公元1838年），左宗棠第三次赴京会试，结果又未如愿，照样名落孙山。这次，他终于彻底死心了，在给妻子周诒端的家信中，他如此写道：“榜发，又落孙山。从此款段出都，不复再踏软红，与群儿争道旁苦李矣！”苦闷之情，溢于言表！

## 夫妻情笃

第一次会试不中回家之后，左宗棠便搬离了岳家。倒不是岳家见他会试未中便另眼相待——岳母王太夫人待他一向不赖——只是有些闲话实在难听。他本是心性高傲之人，在岳家出入间也不会那些个逢迎之术，没来由地也得罪了些人，再加以会试不中，仍一直在岳家搭伙过日子，便有些风言风语传出，更有好事者编出歌谣来讥讽他，说“湘阴左宗棠，来到贵子堂，吃掉五担粮，睡断一张床”，这些多多少少都传到了他的耳朵里。于是，便和妻子周诒端商量，由妻子出面，向王太夫人借得贵子堂西边的几间偏房，分家另过日子。

分家过日子，生活来源是大问题，尽管夫人周诒端是大户人家的小姐，自有不少私房钱可供夫妻二人生活，但左宗棠却不是个“吃软饭”的主儿，还是要凭自己的本事谋食的。

会试未中的举人能干些什么？无非四处开馆授徒，挣几个嚼谷而已，这就不得不和夫人两地分居了。周诒端亦深知夫君孤身在外的孤寂，乃作《渔村夕照图》并绣于枕套之上送给左宗棠，画面为一叶轻舟，系在杨柳之下，远山笼翠，碧水含烟，旁题小诗一首，曰：“小网轻舟系绿烟，潇湘暮景个中传，君如乡梦依稀候，应喜家山在眼前。”左宗棠每每外出，总是携带于身。每当客居异乡，孤枕寒衾，乡愁涌入，难以入睡之时，心中默念浪漫多情的枕套，犹如爱妻即在身旁，欣然入睡。后人评说，这个枕头是左宗棠客居异乡的安眠药。

不特如此，周诒端在左宗棠治学一途上也颇有助力。第二次会试归来，左宗棠打算绘制一幅全国地图，再画出分省、分府图，周诒端全力支持。据其子左孝同《先考事略》载：“周氏有新楼，公止其上，详阅方舆书，手画其图，易稿则先妣为影绘之，历岁乃成。”之后夫妻俩又抄录了《畿辅通志》《西域图志》和各省通志，“于山川关隘、驿道远近，分门记录，为数十巨册”。日后左宗棠治疆无往而不利，就是这一时期绘制地图打下的良好基础。

绘图之余，夫妻俩则谈经论史，共同探讨学术问题，据《左文襄公文集·亡妻周夫人墓志铭》载：“常时敛衽危坐，读经史，香炉茗椀，意度悠然。每与谈史，遇有未审，夫人随取架上某函某卷视余，十得八九。”所谓的“琴瑟鼓之”，大抵便是如此吧！

## 忘年之交

道光十七年（公元1837年），应湖南巡抚吴荣光之邀，左宗棠出任醴陵渌江书院的山长。虽是山长，收入却很少，“几无以给朝夕”，好在他是苦惯了的人，并不在意，一心扑在教学工作上，学生进步很快，更难得的是，他还在此期间结识了“贵人”——时为两江总督的陶澍。

陶澍字云汀，湖南安化人，嘉庆、道光两朝名臣，当时以两江总督衔在江西阅兵，顺便请假回原籍省墓。道经醴陵，地方上自然要好生款待，醴陵县令请山长左宗棠书写楹联一副以表欢迎之意，联曰：

春殿语从容，廿载家山，印心室在；
大江流日夜，八州子弟，翘首公归。

印心石屋是陶澍年轻时随父亲读书的地方，在家乡小淹石门潭边。因为潭中有一块石头，矗立在巨流中，形状像一颗印章，陶家书室就取名为“印心石屋”。道光皇帝在召见陶澍时，听他谈起幼年读书的事，亲笔为他题写了“印心石屋”的匾，这是陶澍很引为荣幸的一段故事。

陶澍见之大喜，亲往书院拜会左宗棠，“目为奇才，纵论古今，为留一宿”，次日又与左宗棠周游醴陵，交谈甚深，引为忘年之交——左宗棠时年二十六岁，陶澍则已五十九岁——得知左宗棠次年将赴京会试，临别时再三嘱咐：“会试毕，不论中与不中，务必绕道南京，来督署衙门盘桓几天。”

次年左宗棠会试又落第，秋天回家时就绕道南京，拜会了陶澍。陶澍留他在总督节署住了十多天，“日使幕僚、亲故与相谈论”，临行前，又提议要将自己唯一的儿子（时仅5岁）陶恍和左宗棠5岁的长女左孝瑜订婚。左宗棠固辞不许，毕竟地位、身份相去太远——他可不愿让人戳着脊背骨骂他“攀附高门”——直到陶澍逝世之后，在陶澍的门生、自己当年的老师贺熙龄和陶澍遗孀一再敦促下，这门亲事才算定下来。

## 安化坐馆

道光十九年（公元1839年）六月，陶澍病逝于南京两江总督任上，家眷迁回安化老家。也就在这年，左宗棠生了一场重病，病中，他自写挽联道：

倘此日骑鲸西去，七尺躯萎残荒草，满腔血洒向空林，为谁来歌骚歌曲，鼓琵琶井畔，挂宝剑枝头，凭吊枯木秋魂魄，情激千秋，纵令黄土埋予，应呼雄鬼；

喜今朝化鹤东还，一瓣香祝完本性，三身月显出金身，愿以此为樵为渔，访鹿友山中，订鸥盟水上，销磨锦绣热心肠，逍遥半世，只怕苍天厄我，又作劳人。

所幸这挽联并未用上，在病榻上辗转数日之后，左宗棠的身体慢慢恢复。次年春天，左宗棠辞去渌江书院山长一职，前去安化陶家坐馆，教陶澍遗子、日后自己的女婿陶恍读书——这是当日在南京总督节署时答应过陶澍的，他义难容辞，更何况，陶家所给束脩颇丰，一年有200两银子，远非一个贫苦的书院山长可以比拟。

陶家藏书颇丰，左宗棠教书之余，博览群书，“凡唐宋以来史传、别录、说部及国朝志乘、载记，官私各书有关涉海国故事者，每涉及之，粗悉梗概”。虽然三试不中，也发下了“决意仕进”的念头，毕竟抱负仍在，只是一时找不到实现的途径，所以，自己才会在那幅画像前一连写了八首七言律诗，以浇心中之块垒！

就以本文所引之诗为例，同辈之人多有建树，而自己仍只是一名蜗居乡下的私塾教师，虽说已分家另过，但湘潭隐山之下的那处小院落仍是岳家的，说到底还是赘居，大丈夫无以家为，又何以济世救民？所以，他还在这首诗末加了自注云：“素爱昭山烟月之胜，拟买十笏地，它日挈拏老焉。”

所幸妻子是个解人，见诗即知自己心里想的什么，乃和诗一首，曰：“轩轩眉宇孤霞举，矫矫精神海鹤翔。蠖屈几曾舒素志，凤鸣应欲起朝阳。清时俊贤无遗逸，此日溪山好退藏。树艺养蚕皆远略，由来王道本农桑。”先以蠖屈求伸之意相勉，继以朝阳鸣凤美誉的李善感相许，末则劝他暂时退藏，农桑之事自有乐趣，也是远略王道，不定以后就有用得着的地方。

## 成家立业

道光二十三年（公元1843年），左宗棠以历年教书的积蓄在湘阴东乡柳家冲买下七十亩田土，并自己设计，建了一座小庄园。庄园内除了稻田之外，还有坡地和池塘，为保障安全，还筑了围墙，挖了壕沟，庄园门上，是他亲笔题的“柳庄”二字。

次年九月，夫人周诒端携子女自湘潭迁来，赘居十三年之后，夫妻俩终于有了自己的家！

咸丰元年（公元1851年），洪秀全、杨秀清等领导的太平天国起义爆发，一路势如破竹，攻州陷府，次年七月直抵长沙城下。湖南巡抚张亮基厚聘左宗棠出山辅佐军务，日后战功赫赫、威名远扬的二等恪靖侯左文襄公也就此开启了波澜壮阔的后半生。

# 登月岩

明·廖希颜

谋王定国竞知名，断碣残篇委落英。
独有岩前旧时月，夜深还对月岩明。

**作者简介：**廖希颜，字叔愚，号东雩，茶陵秩堂人，明嘉靖十一年（公元1532年）举进士，历高安知县、工部主事、工部郎中，贬山西学政提举，升浙江按察司，曾积极组织军民抗击倭寇，以劳累卒于任上；著有《东雩诗集》《思复堂集》等。

**译文：**陈光问当年在这里读书的时候，怕是也没想到日后自己会有名满天下的那一天吧？当年隐居于此读书时所作的锦绣华章，都化为纷繁而落的野花，再也寻不着踪迹，独有这月岩之上的明月，仍如当日那般明亮，每日夜深之时，仍然不知疲倦地照耀在月岩之上。

## 故事

### 廖希颜，秩堂进士二三事

秩堂一地，地处茶陵东北部罗霄山脉中段，文脉颇盛，从明至清三百年间，先后出了明首辅大学士李东阳、明文渊阁大学士张治、清协办内阁大学士彭维新，世称“三大学士故里”，更莫提数之不尽的举人、进士等读书种子了。

当然，相比名满天下的“三大学士”，其他的读书种子之声名总归有些落寞，但这并无损于这些人足资彪炳史册的赫赫威名，譬如，本文所述主人公，从茶陵秩堂走出的进士廖希颜。

## 少年得志

明正德四年（公元1509年）九月二十四日，秩堂东首村廖府宅院内，一声清脆的婴儿啼哭声打破了这个静谧的村野之夜。

在秩堂乡间，廖家颇受人敬重，同治版《茶陵州志》载：“廖本祥，明成化中，为社学师，教诲有方，州人士多出其门……为乡邑仪型。”廖本祥便是廖家这位新生儿的祖父，此时虽已亡故，但家风犹存，父母赐字希颜，典出《晋书·虞溥传》“希颜之徒，亦颜之伦也”，又因行二，乃以叔愚为字……

出在这样的诗书世家，廖希颜自小受到的熏陶可想而知，茶陵乡间至今仍流传有廖希颜巧对的民间传说：说的是廖希颜小时，父母要托人请写春联，小小的廖希颜说不必劳烦人家，自己就能写，挥笔写下“门绕一湾水，家藏万卷书”一联，盖因其家门前便是环绕而过的雩水。此事传开后，邻村有位刘姓秀才很是不服，有意要考考廖希颜的才能，便在廖希颜回家的路上拦住了他，并口占一联曰“小犬无知嫌路窄”，廖希颜马上回以“大鹏展翼恨天低”。刘秀才一听，大为叹服，从此逢人便说廖希颜才能出众，日后必成大器。

事实也确如刘秀才预言的那样，明嘉靖十一年（公元1532年），廖希颜得中进士，时年二十三岁，可谓是少年得志。

## 不畏权贵

得中进士的廖希颜外放高安（今属江西宜春）知县，任上“整顿户口，设常平仓，修筑堤防，民赖其利”，颇有能吏之范儿。也因此功，廖希颜得以擢户部主事，继迁户部郎中，其时亦不过三十出头，前途无限光明。

可廖希颜却放着大好的前途不要，与翊国公郭勋杠上了。郭勋为明初开国勋臣武定侯郭英六世孙，在“大礼仪”事件中第一个站出来支持嘉靖皇帝，大得宠幸，并晋封翊国公。有句话叫恃宠而娇，这话用来形容郭勋再为恰当不过，仗着被嘉靖恩宠，其人“擅作威福，网利虐民，京师店舍多至千余”。当然，郭勋之行事作风也遭到了言臣的群起反对，“言官交章论劾”，只是郭勋毕竟是开国勋臣之后，又在“大礼仪”事件于己有功，这些反对意见大多被嘉靖皇帝搁置了。

可户部郎中廖希颜却不信这个邪，继续上奏章弹劾郭勋，矛头直指郭勋主管的城郊兴建之事，谓其借修行宫之机中饱私囊。其实这着实是一枚昏招，满朝文武谁个不知郭勋修建行宫还不是为了方便嘉靖皇帝巡幸出游，在这点上说郭勋坏话不就是指责嘉靖皇帝巡幸出游的不是？所幸嘉靖皇帝虽则耽于嬉游，毕竟是一代雄猜之主，知道此问题不宜讨论过深，也打算像以往言官的奏章一样置之一旁。可郭勋却不干了，以往言官弹劾自己毕竟是本分所在，自己虽有不甘，碍于祖制也不便如何，可小小的一个户部郎中，并无言官之议事权，何以也教训起自己来了？当下就要找廖希颜的茬儿。

还是嘉靖皇帝和了这个稀泥，急下旨将廖希颜外放为山西儒学提举，让他暂时离开京城这是非之地。

## 千金一壶《三关志》

应该说，廖希颜在山西儒学提举任上还是颇为尽责的，同治版《茶陵州志》载其“讲业河汾书院，人以仲淹目之”——在河汾书院讲学，当地人都把他当成兴学育才卓有成效的范仲淹来看待——但其最大的功绩却是，以儒学提举之职，干了一件与本职工作丝毫不搭界的军事工程。

山西地处明代九边之一的延绥边防地段，延绥边防的句注山（今雁门山）、飞狐关为古代要塞，自汉代起便置重兵把守，百余年前明英宗亲征瓦剌，就是在句注山附近的土木堡战败被俘的。按理说，经此一役，明朝廷应该对边防更为重视才是，可嘉靖一朝吏治腐败，嘉靖帝本人又沉湎于神仙道术，这曾经让大明皇朝颜面尽失的边关防务竟也渐渐成了摆设。

廖希颜刚在山西站稳脚跟，便主动请命巡视边防军务。按理说，这事儿跟他八竿子也打不着，儒学提举是一省的文化教育行政长官，而巡防军务则属“三司”（都察司、按察司、布政司）管辖范围之内，廖希颜的“多此一举”无异于越权干政。也是奇怪，“三司”竟然没有对廖希颜的越权干政横加干涉，反而大开绿灯，任由廖希颜在自己的辖区内考察调研，只能说明廖希颜在山西人缘实在太好，这样犯忌的事儿竟也能干得成。

廖希颜请命巡视边防军务的要求得到批准，便带着仆人出发，自山西代县句注山（今雁门山）到陕西榆林一线，全长300余里，风餐露宿，一路前行，对每个关塞的军事地位、城堡的兴废、哨所的设置、士兵的战斗力、军马武器的数量质量、粮草储备的优劣多少，一一进行考察。在此基础上，提出了切实的整顿措施，如“塞其侵轶之径，策其防遏之方，定其烽燧侦伺之法，酌其戍守增减之数，筹其屯贮之所、挽运之涂”之类，编撰而成《三关志》。

《三关志》是我国古代军事著作史上极其重要的著作，明清两代，兵家推崇备至，清雍正年间协办内阁大学士彭维新称其为“承平之长城，而边警时之千金一壶也”。

也因此一功绩，当时朝廷正为东南沿海的海盗猖獗而头痛不止，便有言官上疏，让廖希颜前去缉捕，朝廷乃进廖希颜为浙江按察使，未久便因劳累过度卒于任上，时年三十有九。

# 渌江漫兴

清·张邦柱

袅袅晴丝卷，苍苍夕景斜。
层山成雉堞，一水抱人家。
鹳下争相浴，蜂归自放衙。
题桥输壮志，消息滞京华。

**作者简介：**张邦柱，字芷乡，一字蔚斋。湖南醴陵人。雍正十二年（公元1734年）选贡，授永明教喻，擢江西信丰知县，官至贵州思州知府，有循吏之风。工诗，著有《天籁山房集》《啸松楼诗集》。

**译文：**正是春日，不知道什么名字的小虫儿吐了丝袅袅而来，远处青山隐隐，夕阳斜斜地照过来，映得那层峦叠嶂都如城墙似的，那自山上蜿蜒而下的小溪便自然是那护城河了。鹳鸟飞下来，在河里嬉戏沐浴，日已向晚，蜜蜂劳作了一天也开始嗡嗡地往回飞。那渌江桥上，不知是谁题写了一些诗文，想来能在桥上题写诗文的必定是有头有脸的大人物了，也不知此人现在在做着什么营生。

故事

## 张邦柱：为官四十载，赢得循吏名

电视剧《万历首辅张居正》里，张居正谈论为官之道，说的是：“这当官呀，有多种当法。有的人冲虚淡薄、谦谦有礼，遇事三省其身，虽不肯与邪恶沆瀣一气，却也不敢革故鼎新、勇创新局，此种人是清流，眼中的第一要务是个人名气，其次才是朝廷社稷；还有一种人，大瑜小疵，身上有这样那样的毛病，让人家一揪一个准，但是他们心存朝廷，做事不畏权贵、不必祸咎，不阿谀奉上，不饰伪欺君，这种官员叫循吏。我们只要循吏，不要清流。”

相比洁身自好的清流，传统道德观念对循吏的评价并不高，总觉得其行为举止不契合圣人之道，但正如张居正所言，很多时候，往往就是这样毛病多多的循吏成了事儿，概因其行事之先首要考量的是如何去把这事儿办下来，而不是纠结此事是否契合所谓的圣人之道……就譬如本文主人公，出自醴陵的选贡张邦柱，为官四十载，虽然最高品衔也不过小小一个知府，却难得地留下了“循吏”之名。

### 选贡获官

张邦柱，字芷乡，一字慰斋，清康熙五十四年（公元1715年）生于醴陵清安铺（今属醴陵市仙霞镇）一个普通的农户家庭。按《湖南古今人物辞典》的记载，这个张邦柱自小便有神童之目，年仅十岁便入了县学，更是在清雍正十二年（公元1734年）以选贡生的身份入读国子监，时年未满二十。

有必要介绍下科举时代的贡生制度。明朝平定天下，百废待兴，人才奇缺，寻常的科举考试一时无以提供如此多的官员缺额，明太祖朱元璋乃在南京设国子学（后更名国子监），着品官子弟和京城士民中俊秀通文义者都到国子学读书，日后予以官职，成为与科举考试并列的人才选拔路径之一。清袭明制，亦设国子监，除录取京官子弟之外，亦挑选府、州、县生员（秀才）中成绩或资格优异者入学，称为贡生，意谓以人才贡献给皇帝。贡生分多种，有岁贡、恩贡、副贡、选贡和例贡之别，其中选贡为“岁贡之外考选学行俱优者充贡”，含金量最高，仅次于科举场中有举人功名者。如是看来，张邦柱神童之名也绝非虚言，以不足二十之龄而选贡入国子监，怎么也得是一方俊秀之士。

前已说过，既入国子监，便算是后备的官员了，张邦柱入监后，授永明教谕一职。永明县即今天湖南永州江永县之古称，教谕为主管一县文教之职官，大抵类同如今县教育局局长吧。仍是《湖南古今人物辞典》的记载，在永明教谕之职上，张邦柱还有桩壮举——有县学生员，因为某件事情触怒某权贵，被诬以重罪，已在监牢中押了不少时日，家人一直申诉无门。张邦柱探知其情，乃“向上官立白其冤”，其实嘛，这事儿倒真不在他这个教谕的管辖范围之内，司法腐败，历来是州、府推官的活儿，可这个教谕却挺身而出，不但为这个素未谋面生员辩白，而且，上司显然还听进去了张邦柱的话，被诬下狱的生员很快得到释放，“县人交口称颂”。

## 循吏之风

乾隆二十七年（公元1762年），张邦柱由永明教谕擢升江西信丰知县。《湖南古今人物辞典》载其“在任课农桑、兴学校、平狱讼、缓催科”，虽只短短十数个字，哪一桩哪一件不是费心费力的苦差事？

“课农桑”，这是农业发展大计，半点松懈不得；“兴学校”，这是致力于地方教化，更是利在当代，功在千秋；“平狱讼”，这是司法领域的拨乱反正，若干悬而未决的疑案就此平定，含冤入狱的无辜民众也得以重返家园；“缓催科”，这是税收层面的仁政，自古纳粮完税乃良民本分，然总有风雨不顺、粮草歉收之年，此时再催科逼税，良民很可能就变暴民，历代农民起义莫不因此而起。张邦柱显然意识到这点，以一己之力周旋于上峰与治下黎民之间，让催科逼税的政令来得晚些、再晚些，好给治下民众更多休养生息的时间……

也正是些费心费力的苦差事，张邦柱在信丰知县任期结束后，以“治绩最佳调户部主事，迁员外郎，充则例馆纂修，转刑部郎中”——以知县之职奉调入京，数年之间辗转各处历练，品秩也逐步高升，可见其人治政方面着实有一把刷子。

乾隆四十年（公元1775年），年逾六旬的张邦柱擢升贵州思州（今贵州黔东南州所在）知府，遗憾的是，年龄原因，思州知府也是张邦柱就任的最后一任官职，未几年，张邦柱便以“老病乞归”，回了醴陵老家养老。倒是儿子张煓，以增贡生任贵阳府经历而走上仕途，做出比老爹更大的成就，当然，这又是另一个故事了。

“历官四十余年，清廉明干，有循吏风。”这是《湖南古今人物辞典》给张邦柱下的结语，由于史料之匮乏，我们无以从更多的层面来诠释张邦柱的“循吏”之名，但这些粗略的行事风格还是能让我们窥一斑而知全豹，足以佐证“循吏”之名所言不虚。

# 过明月山

明·彭友信

他山岂无月，此山独得名。

我行风雨夕，亦觉诗肠清。

**作者简介：** 彭友信，字以实，湖广攸县人，洪武初以贡生召，命为北平布政使，后致仕归卒，著有《方伯诗钞》，清道光十年（公元1830年）刻《攸舆诗钞》本。

**译文：** 别的地方的山上难道没有明月，为何独独此山名唤明月山？风雨如晦，我行此山间，亦觉诗情大发，忍不住想要吟咏一首。

## 故事

### 彭友信，续诗得官的传奇诗人

2015年10月，醴陵乡镇区划调整方案对外公布，其中一条款项是，贺家桥镇与大障镇合并为明月峰镇。

不想，这一寻常的行政区域划分，却引发醴陵、攸县两地网友迄今仍未平息的“口水战”，“口水”的焦点则是明月峰镇之取名——明月峰即明月山之别名，处攸县、醴陵市、株洲县三县（市）交界地，《名胜志》称：“月出光耀先见，故谓之明月”——两地网友都认为明月山是自家县（市）境内所有，纷纷在网上引用对自己有利的各种典籍来证明明月山的真正归属，并借以指责对方的蛮横无知……

本文所引之诗即历代吟咏明月山之诗的典型代表，明月山隶属何地不在本文讨论范畴之内，倒是此吟咏明月山之诗的作者，却是一极富传奇性的攸县贡生。

## 续诗得官

彭友信，字以实，攸县人，洪武初以贡生召，命为北平布政使，后致仕归卒。正史中关于彭友信的记载只有短短十数字，然而，一段“续诗得官”的奇遇却让彭友信成为中国古典文化常识上绕不过去的一个典故。

明洪武二十四年（公元1391年），攸县人彭友信以岁贡生的身份入京求学。贡生，俗称“明经”，是指明清两朝秀才（又称生员）成绩优异者，可入京师的国子监读书，称为贡生；岁贡生则是按惯例每年或者每两三年从各府、州、县学中选送入国子监读书的优质生员。以此而论，至少在攸县当地，彭友信的才学是拔尖的，不然也不会被选送入国子监读书。

与普通生员有别的是，贡生不必参加乡试，可与举人一同参加会试。却说彭友信来至京师，一日闲游至京师的一处竹桥边，其时雨过天晴，一条彩虹横挂于天边，说不出的壮美。正沉醉于美景中的彭友信耳边突的传来两句诗，“谁把青红线两条，和云和雨系天腰”。彭友信应声望去，却是一衣着考究的长脸老汉，吟罢此句，沉吟再思，显然让后两句“卡壳”了。

出于“职业”的习惯，再加上看老汉憋得实在难受，彭友信随口接了下两句：“玉皇昨夜銮舆出，万里长空驾彩桥。”坦白来说，对比彭有信写的其他诗歌，此诗之意境颇不深远，但架不住“正能量”爆棚——彩虹是咋来的？昨儿个玉皇大帝乘轿出行，特意给驾的一座彩桥——千穿万穿，马屁不穿，自古以来当政者就喜欢这个调调，更何况，那衣着考究的长脸老汉不是别人，正是微服私巡的大明王朝开国皇帝明太祖朱元璋。

朱元璋听闻续接的诗句大喜——马屁拍得实在太到位了——忙叫人唤过彭友信来，问过姓名籍贯，知是国子监的贡生，进京是特为赶考而来，明日还得入朝面圣。朱元璋也不点破，只说自己亦是国子监贡生，也得入朝面圣，便让彭友信次日仍于原地等他，二人可结伴同去。

第二日一大早，彭友信便如约来到竹桥边，等着昨日偶遇的长脸老汉一同入朝。却不料，直至日上三竿，也不见那长脸老汉的人影，不得以只得孤身一人前去朝廷觐见。到得朝廷，朱元璋叫内监问话，为何入朝觐见到此时方来，彭友信回以有约在先，要等一位偶遇的朋友一同入朝，那朋友却久等不至，是故耽误了时间……到此时，朱元璋才吩咐下面的人将面前的珠帘撤掉，直愣愣盯着跪在台下的彭友信，可不就是昨日竹桥边的长脸老汉？

彭友信连称该死，朱元璋却并无顾忌，哈哈大笑道："彭贡生文思敏捷，续诗有法，这是才学；萍水相逢，便能信守承诺，这是德行。如此有才有德之人，必须重用！"然后便叫吏部检点官缺，授彭友信北平布政使之职——明袭元制，全国府、州、县分属十三个承宣布政使司，每司设左、右"布政使"各一人，与按察使同为一省的最高行政长官——恩眷不可谓不隆。

## 诗宗少陵

除了"续诗得官"的奇遇，各式典籍中对彭友信生平记载极少，只知其任北平布政使后，致仕归卒，想来政声一般，既非饶有政绩的能官干吏，也非大奸大恶的贪墨之吏，平凡得都未在浩如烟海的历史典籍里留下半个字。但有一点，彭友信之诗却是得到学界公认的具有强烈的现实主义风格。

彭友信诗歌以叙事诗最能体现个人风格，如七言长律《鸬鹚行》，讲述的是湘江捕鱼船上鸬鹚捕鱼的过程：它们"黑衣如鬼"般的"乱飞斗下深潭底"，将水中的鱼儿"东浮西没恣噬吞"。不过鸬鹚入口的鱼儿还没有下肚，就被捕鱼船上的人们勒住脖子将鱼挤了出来，"可怜食鱼未下臆，舟子扼吭鱼尽出"。诗人感慨这些鸬鹚辛苦捕鱼却依然不能填饱肚子，而它们劳动只是在为别人累积财富，"杀生未得充尔腹，徒为傍人积金穀"。诗末"街头日日车马声，雕鞍锦茵愿少停，听我歌此鸬鹚行"之句，则点名了全诗的主旨：鸬鹚恰如那些贱如蝼蚁的下层劳动者，他们终日辛劳却依然食不果腹，而那些"雕鞍锦茵"的贵族却能够通过抢占劳动者的劳动成果而出入车马、不劳而获。彭友信以诗人的慧眼敏锐地捕捉到了鸬鹚与捕鱼者、下层劳动者与上层贵族二组关系之间的异曲同工。

除了关注下层劳动者的疾苦之外，彭友信的叙事诗中还涉及了流民的内容。杂言诗歌《流民叹》用了二百七十六字，将逃难流民托老携幼背井离乡的惨状——“担头儿号寒，担后妻呼饥，彳亍蹒跚寸步移”——和无良官吏欺压百姓横征暴敛的凶悍——“年来吏胥弄刀笔，蚕食黎庶欺朝廷”——表现得淋漓尽致。“随粗铜，随程锡，随粳棉花随檀铁，随提军袄与棉裙，冬布未了春布迫”，面对这样名目繁多的苛捐杂税，诗人写下了“可怜辛苦剜疮肉，寸寸皆入官家籍”的诗句。全诗风格沉郁顿挫，将客观的真实叙述与主观的强烈抒情融为一体。

《沅湘耆旧集》在彭友信的作品前有“不失风人之旨”的评价。的确，彭友信的作品，尤其是他的叙事作品，将诗歌“兴、观、群、怨”的社会现实功能很好地体现了出来。探究彭友信现实主义诗风的成因，一个自然是受到杜甫“三吏”“三别”的深刻影响，二个嘛，无论“续诗得官”的说法准确与否，他能够以贡生晋北平布政使，的确是得益于明初“不拘一格降人才”的政策。因此，发挥以诗歌讽喻现实的“史笔”之功，大概就是作为文人的彭友信报效大明王朝的另一种方式了。

# 游司空山

宋·彭天益

扶筇疑是入天台，云锁岩扃次第开。
未得路通游紫府，且随溪转上丹台。
藤萝映带皆天设，山水潆洄总地裁。
历历仙家遗旧迹，清奇端不让蓬莱。

**作者简介：**彭天益(公元1067年—1164年)，攸县大坪人，宋元祐三年(公元1088年)以荐举出仕。历任太学博士、湖广提举等职，后辞官隐居司空山。

**译文：**杵着竹杖爬上司空山，一步一险，几有攀登浙江天台山之错觉——山上云雾缭绕，掩藏其间的岩壁洞穴像门锁一样次第打开。升仙而去的张司空到底住哪儿呢？并没有道路可以通达，且随着这潺潺流水的方向往前跋涉，不定就到了张司空住的神仙洞府……这山上藤蔓处处，山水潆洄，总归，天地造化之功在此展现得淋漓尽致，更何况，这山中处处皆有历代仙家遗留下来的旧迹，清奇脱俗，端的是不让蓬莱仙山的好地方啊！

故事

## 彭天益&司空山，名臣与名山的传奇

北宋政和三年（公元1113年），宋徽宗检阅天下郡籍图，得知攸县有司空山，乃南齐明帝时司空张岊一家八十余口白日飞升之地，后来唐玄宗敕令在此建观，赐名朱阳观……宋徽宗自号“道君皇帝”，对一切道教遗迹都有着浓厚的兴趣，那朱阳观虽经唐玄宗敕令建观，但年长日久，几百年过去，已然破败萧条得不像样子。宋徽宗看不过眼，乃令湖南路转运副使程元佐主持修复朱阳观，并赐名阳升观，且加封白日飞升的司空张岊为“大素冲升真人”。

按惯例，地方大兴土木之后，会邀请当地有名望之人撰写碑记以为庆贺。此时，曾任太学博士、湖广提举等职的攸县世家子弟彭天益正赋闲在家，便接下了这个任务，信笔写下了《重修阳升观三奇碑记》一文，着力宣扬修复阳升观时所发生的三件“奇事”。不特如此，彭天益还赋诗一首（即文前所录之诗），将司空山之景与自己致仕后的生活联系起来，超然脱俗，尽在其中。

### 仕途不畅的彭天益

彭天益，出身世宦之家，祖父彭澧通系淮西提举，北宋真宗年间迁攸县大坪村定居，父亲彭洩承袭祖父封职。

天益少时聪慧。宋哲宗元祐三年（公元1088年），21岁的彭天益便乡荐进士。宋徽宗崇宁（公元1102年—公元1106年）年间任太学博士，因此有了与皇帝直接接触的机会。一日上朝，徽宗问天益攸县风土如何，才思敏捷的彭天益立即以诗作答：“鸾山对凤岭，金水绕银坑。金柑玉版笋，银杏水晶葱。更有十万户，俱称是故家。”时人传为美谈。

不过，此一美谈只见于旧版的《攸县县志》，其他典籍中并无此记载，倒是“金柑玉版笋，银杏水晶葱”之妙对所在皆多，宋罗大经《鹤林玉露》、明张岱《夜航船》、明冯梦龙《古今笑史》中都有此记载，但主人公却换成了南宋文坛盟主周必大。周必大封益国公，时人称为周益公，与彭天益之名相近，所以县志中有此张冠李戴之谬也不足为奇。

却说彭天益为官的北宋末年，正是国事日非之际，他出身世家，又少年得志（21岁就高中进士），有些锋芒也是自然之理。可惜朝政为权奸蔡京等把持，一个不注意，便得罪了这帮人，便外调为湖广提举——提举乃是闲职，专为安置老病无能的大臣及高级冗官闲员而设，坐食俸禄而不管事，称为“祠禄之官”。

即便如此，彭天益仍不死心，大观年间（公元1107年—公元1110年），秘密给宋徽宗上了一道折子，力言蔡京等擅权误国的后果。当然，如泥牛入海般没有任何回馈，要知道，蔡京这会儿可是宋徽宗跟前的红人了！彭天益知道事不可为，乃辞官归乡，隐居在司空山上修行，时年不过五十余岁。

## 传奇不断的司空山

司空山，原名麒麟山，位于攸县县城东南25公里许之凉江乡。相传南齐明帝时，司空张岊不满吏治腐败，带家人隐居在麒麟山下，又筑坛朝斗，结庐修道，早晚诵《太洞真经》三十九章，得其妙旨，养神育气。得葛洪子传授金液之诀火鼎之功，采药炼丹，济世救人。梁天监二年（公元503年）八月十五日，全家除留下侍女卢琼守坛外，八十余口白日升仙而去。麒麟山也因之改称为司空山。

唐玄宗时始建朱阳观，晚唐毁于兵燹，唐光启元年（公元885年），唐僖宗皇帝敕旨修复。宋神宗熙宁元年（公元1068年），曾为攸县县令的枢密大尉吴居实与都使同游朱阳观，以县内外每遇旱涝灾疫，前往朱阳观祈祷立时显应，大为惊叹，留诗一首，称赞此山是“静中日月长，玉宇清风赊”的“灵山”。

宋政和三年（公元1113年）春三月，徽宗皇帝“览图籍，异其事，惜其迹废”，命中奉大夫湖南路转使副使程元佐来攸县主持修复朱阳观。却说修复期间，也是奇事不断，让人实在地相信司空张岊白日飞升的故事并不仅仅只是传说，这一切都被彭天益写在那篇《重修阳升观三奇碑记》里。

程元佐修复阳升观时，曾梦见到一小祠宇，有一女子出来告诉程元佐：“我在这里居住已久，请不要迁移。”程大为惊异，与执事者来到山北卢氏庙，见其与梦中人相似，于是决定不迁移并将塑像粉饰一新。此为一奇。

当年八月十五日黄昏时分，有数百民工见一星冠红衣朱履在大殿升殿以礼，香炉中当初无火，不久香烟袅袅，而不见其人。此为二奇。

阳升观竣工之日，程元佐召集道士成七日醮礼，本是淫雨绵绵之时，而于九月二十九日始事日，忽天开晴日，至傍晚时，星辉焕然，以此知张真人鹤驾临庭。此为三奇。

彭天益亲历三奇事，将之一一记载在那篇《重修阳升观三奇碑记》，用以昭信后世。此碑因年代久远早已不存，但碑文内容仍可在历代《攸县县志》中找到。

宋孝宗隆兴二年（公元1164年）六月二十日，彭天益病逝于司空山，乾道元年（公元1165年）时任秘书阁修撰的朱熹闻讯后作悼诗曰："先生高节抗浮云，自是长平好子孙。昭代勋名垂竹帛，清风明月对琴樽。传家谱在遗芳远，积庆堂高德泽存。赤石孤坟荒落日，为君洒酒赋招魂。"

# 贻靖兴寺袁道士（四选一）

明·徐一鸣

卫国勋名垂日月，曾闻于此驻征鞶。
空山寂历鸣风叶，万马犹疑战后嘶。

**作者简介：** 徐一鸣，字伯和，晚年自号渌江迂人。醴陵人。正德十一年（公元1516年）举人，翌年举进士。初授礼部主事，转迁吏部员外郎。少时慷慨尚节，工诗，尤善七言古体，音节和谐，气势畅达，为世所重。著有《渌江集》。《沅湘耆旧集》收其诗12首。

**译文：** 李卫公（名将李靖封卫国公，世称李卫公）战功赫赫，名垂日月，听人说，这靖兴寺便是当年李卫公的屯兵之所。千百年过去，唯余空山寂寂，风吹过树叶激起的呜咽声倒衬得这山野之间更为寂静，当年征战的硝烟早已成为过去式，这呜咽声倒有些像战马在嘶鸣呢，可是当年战死的将士还不肯归去吗？

## 故事

### 徐一鸣，是“迂人”，亦是能吏

醴陵西山靖兴寺，据传是唐初开国名将卫国公李靖，奉命征伐南方割据势力梁王萧铣时的屯兵之所，寺旁并有“李卫公祠”一座，专为祭祀大唐卫国公李靖。

年深日久，到明嘉靖年间，这“李卫公祠”便逐渐荒废。有一道人，名为袁明空，不忍一代名将的祠堂就此成废墟，乃发愿修复。这之后的数年，明空道人四处募资化缘，数年辛劳，终得将祠堂重新整修。

祠堂修成之日，本文主人公、寓居醴陵老家的前吏部员外郎徐一鸣特意赠诗四首（文前所选即为其一），并撰文详述袁明空募资整修“李卫公祠”之经过……

## 左顺壮行

徐一鸣，字伯和，明户部郎中徐廷用之子，自幼便随父入京为官，“性伉直刚正，以气节自许”，明正德十二年（公元1517年）中进士，授礼部主事，后转吏部员外郎。

员外郎虽是小官，但分管事务较为具象，朝中重臣多有此历练过程，假以时日，未尝不会有更高的职衔在前方等着他。尤其，徐一鸣的父亲在户部为官多年，门生故旧遍及朝野，怎么也会照顾下他这个“官二代”的。

只是，徐一鸣为官的时机不大对，在吏部员外郎任上没几天，便遭遇了有明一代影响深远的“大礼议”之争，并主动参与其中……

有必要介绍下“大礼议”之争的出台背景。明武宗朱厚照无后，薨后立武宗叔父兴献王长子朱厚熜为帝，是为明世宗。但这皇帝可不是白当的，你这是从堂兄手里继承过来的皇位，堂兄没儿子，也没有兄弟，伯父（明孝宗）这一门就算绝了后，你当了皇帝，就得给你伯父当儿子承继香火，你亲爹亲妈以后只能叫叔父叔母。

明世宗当然不干，当个皇帝还没尝到甜头，首先就把自己爹娘给搭进去了！双方在朝廷上争执多日，最终只得各退一步，明世宗既是兴献王的儿子——当然，这会儿得叫兴献帝了——也是孝宗的儿子，诏书上称孝宗为皇考，兴献帝为本生皇考恭穆献皇帝。

到了嘉靖二年（公元1523年），世宗即位已三个年头，地位渐渐稳固，便想将孝宗改称为皇伯考，兴献帝为皇考，变成他亲爹一个人的儿子，而不是两兄弟共同的儿子。

此论一出，舆论大哗，当日早朝结束，身为吏部右侍郎的何孟春义愤填膺，倡言群臣，“宪宗朝的时候，争论慈懿太后的葬礼，大臣伏阙力争才挽回，今天又得这么办了”。

于是，九卿、翰林、给事中、御史、各司郎官，共计二百二十九人都在左顺门跪地请愿，要求世宗收回成命。世宗大怒，传令逮捕了若干名五品以下的官员，而让何孟春等高级官员等候治罪。几天后，锦衣卫请示如何处理逮捕的大臣，世宗下令四品以上官员停俸，五品以下官员当廷杖责，十六人被杖毙，再无朝臣敢对“大礼议”持反对意见。

当日左顺门跪地请愿的二百余位朝臣中，徐一鸣也在其中，运气比较好的是，可能是因为年轻，身子骨扛得住，当廷杖责之后，并未命毙杖下，“出为江西提学副使”——去主管江西一省的教育工作，很明显是靠边站了。

## 坎坷仕途

在江西提学副使任上，徐一鸣先是迁建余干县儒学，又创东湖书院，再修建龙光书院，还令属下重建玉溪书院，并为之作记；又为白鹿书院添置田产等，《明一统志》称“司宪纲礼，自一鸣始明”，虽然不无夸大之处，却也是基于事实做出的判断。

徐一鸣任上的这些举措，对江西一地的地方教化出力良多。也正因此，万历年间，署提学参政姜士昌在南昌校士公署后堂建督学名臣祠，举祀江西学使李梦阳、徐阶等十七人时，亦列徐一鸣名于其中。

徐一鸣对于地方儒学的倡导无疑显得十分热心和积极，与此同时，对地方上的那些非儒学思潮及传播场所，则极力加以扼抑，“崇正学，正文体，毁淫祠，并寺观”，不想，就是这一拆毁佛寺的举动，让他再一次吃了官司。

当时有所谓的镇守中官制度，为明永乐之后为牵制地方行政官员权力而设，直接听命于皇帝，多由宦官担任，亦可视为明时东、西厂特务机关在地方的延续。这些太监大多崇信佛教，对徐一鸣拆毁佛寺的举动自然不满，于是秘密地给明世宗上疏，将徐一鸣逮捕至京师问罪。

所幸，这一次跟“大礼议”事件不一样，“大礼议”再怎么说也算是儒家内部所谓的纷争，而拆毁佛寺而下狱显然是对整个儒家的正统思潮发起挑战，所以，包括当时“大礼议”事件中站在徐一鸣对立面的朝中大臣都纷纷出面为徐一鸣辩护论救。有惊无险，徐一鸣并未被治罪，改为外放松江同知，让他暂时远离朝中纷争，也算是暗地保护。

嘉靖七年（公元1536年），由明世宗亲自写序，并授意编撰的论述“大礼议”事件合法性的《明伦大典》刊布天下，当日参与“大礼议”之争的群臣又被翻了个底儿掉，徐一鸣这个落网的松江同知也被削职归籍，回到醴陵老家。

削职后的徐一鸣构草堂于醴陵黉宫之侧，莳花种树，优游赋诗，虽然朝廷日后多次下诏起用，坚辞不就。

徐一鸣逝后葬于醴陵黄沙乡庄埠村江口月形山，其墓犹存，墓有一联，云：“豪气撼朝堂，左顺壮行充大块；忠魂贯日月，渌江诗节照千秋”，可谓的论。

# 九日槠洲舟中

宋·戴复古

几年重九客他州，少泊槠田古渡头。
人向饮中言我乐，谁知笑里是吾愁。
黄华可忍抛三径，白发犹堪奈几秋。
今日登高无处所，一樽携上枕江楼。

**作者简介：**戴复古（公元1167年—1248年后），南宋著名江湖诗派诗人。字式之，常居南塘石屏山，故自号石屏、石屏樵隐。天台黄岩（今属浙江台州）人。一生不仕，浪游江湖，后归家隐居，卒年八十余。今存《石屏诗集》10卷，兼收其父、弟及诸孙诗。

**译文：**好些年的重阳节都是在别处过的，今年也不例外，就让这小舟在株洲古渡跟前稍停会儿吧，权当过节了。大伙儿酒喝得挺酣的，话也没个深浅，都说今儿个过节，连我脸上也有了些笑容，可谁也不知道，我笑脸里隐藏的那些个愁绪。韶华易逝，白发亦渐渐爬满额头，确乎够资格过重阳节了，只是这逆旅之中，也没法子登高望远，且再去市中买些好酒，和这些个朋友们大醉一场便是了。

故事

## 戴复古，江湖诗人的游历一生

南宋嘉定年间（公元1208年—公元1224年），诗人戴复古第二次出游，相比第一次北上探访宋金交锋前线，这一次走得更远一些，从浙江到江西，又从江西至湖南、湖北、江苏等地，前后长达二十余年……

这年重阳节，戴复古游历到了现在的株洲一带，此时的他已五十开外，两鬓已爬满白霜——旧时重阳是大节，向有登高望远之俗。显然，泛舟游历、暂泊株洲的戴复古无以从俗——看着舟中饮酒正欢的友朋们，再想起这些年来自己游历的经历，不禁有些心酸，乃作《九日槠洲舟中》，一抒心中的烦闷之情，且末句又发豪迈洒脱之心，以示自己年岁虽高，仍有壮志在心……

### 诗学放翁

南宋乾道三年（公元1167年），戴复古出生在天台道黄岩县南塘屏山（今浙江省台州市）的一个穷书生之家。父亲戴敏才，自号东皋子，是一位“以诗自适，不肯作举子业，终穷而不悔”的硬骨头诗人，在当时东南诗坛上颇有声誉。

有这样一位诗人父亲，戴复古的家学渊源自可想象，据《戴式之诗集·序》记载，有一天，戴复古捧着一大摞自己写的诗稿找到比自己年长的朋友楼钥（《戴式之诗集·序》作者）说，我要继承父亲未尽的事业，继续把诗写好，但写诗挣不来钱，我该怎么办（吾以此传父业，然亦以此而穷）？楼钥回答道，写诗致穷固然没错，但还有一句话叫作“只有贫穷才能出好诗”，如果你能一直这样穷下去，诗不愁写不好！（夫诗能穷人，或谓惟穷然后工，子惟能固穷，则诗昌矣！）

果真是一语成谶，戴复古以诗名世，却常年落魄江湖，未考取任何功名。其时的台州文脉颇盛，书院遍地，科举入仕的台州籍举子比比皆是，以戴复古之才，要博个功名确乎是再容易不过之事。只是，他志不在此（这点倒是遗传其父），在江湖间浪迹一生，吟诗作赋才是他毕生的追求。

大约在宋光宗年间（公元1189年—公元1194年），成年后的戴复古第一次出远门，第一站便去了山阴（今浙江绍兴），拜访自己的文字偶像陆游——《黄岩新志》载，“其诗远宗少陵，近学剑南”——陆游其时因“嘲咏风月”而罢官归居故里山阴，对这个登门拜访的青年诗人很是客气，指点诗学也不遗余力，戴复古则“刻意精研”，“诗益进”——在陆游的亲身教诲之下，戴复古的诗写得越发地好了。

## 两度出游

从陆游那里学诗有成后，戴复古便志得意满地前去京城博个富贵。满以为凭自己的满腔诗文定能一举成名，哪曾想，当时像他这样想的诗人太多了，“为谒客者，什百为群”，他一个初出山门的乡野少年，又哪里能够出人头地？

几年蹉跎后，戴复古不得不另作他图，乃北上宋金抗争前线，想走从军入幕这条路，结果却仍是“活计鱼千里，空言水一杯”。当然，也不是全无收获，在前线目睹人民饱受战争离乱之苦，使得他的诗作更贴近现实，黍离麦秀之悲跃然纸上。

所以，从前线归来之后，戴复古只在家小住了一段时日，便又启程前往他处游历。这次的目的地是江西，听闻当时他在京城时结交的不少京官都调到江西任职，所以想找熟人寻个出路，当然，结果仍是失望，“山林与朝市，何处着吾身”的感叹便发于此间。

## 凄美爱情

江西虽没有给戴复古出人头地的机会，但却给了他一段足以流传千古的爱情故事。百多年后陶宗仪所著《辍耕录》一书就详细记载了这一故事，全文虽仅百余字，但凄美悱恻之境如在目前，特全文照录如下：

戴复古未遇时，流寓武宁。有富家翁爱其才，以女妻之。居二、三年，忽欲作归计。妻问其故，告以曾娶。妻白之父，父怒。妻宛曲解释，尽以奁具赠夫，仍饯以词《祝英台近》，夫既别，遂赴水死，可谓贤烈也矣！

未遇，指未发迹（戴复古终其一生都未曾发迹，未遇当指其还未成为名满天下的大诗人）；武宁，今属江西九江。这一年，戴复古到了九江，还不是日后名满天下的大诗人，虽也写诗，但只在诗友圈子里略有些知名度。这个身份显然对一个乡下的土财主来说太过陌生，但土财主有见识，知道这个谈吐不俗的年轻人有大才，于是，便将自己的女儿许配给了这个来历不明的外乡人。

过了两三年，这个外乡人突然说要回家。住得好好的，怎么就想到回家了呢？当时结婚的时候也没说过有家啊？妻子问突然想回家的戴复古。戴复古只得告诉妻子，自己在老家还娶过亲，两三年未归家，得回家看看。

可以想象妻子听到这个消息的时候有多崩溃，同床共枕两三年的丈夫竟然另有婚娶……拿不准该如何反应的女人只好去向自己的父亲——那个当初看上这个外乡人的土财主讨主意。财主闻听实情勃然大怒，当时就要枷了上门女婿送官——骗婚在当时可是重罪！

毕竟是拜过堂的夫妻，一日夫妻百日恩，妻子心还是向着自己丈夫的，见父亲发怒，忙急急替丈夫解释，好歹平息了父亲的怒火。然后，这个都没有在各种典籍中留下名字的女人把丈夫叫到房间，将自己的嫁妆全部拿出，以为丈夫归家的路费，还写了首《祝英台近》的词送给丈夫，以示夫妻恩爱却又不得不分开的难分难舍之情。等丈夫行远，这个刚烈的女子便投河自尽，连名字也没留下，只给武宁留下了一个名为节妇潭的古迹供后人凭吊。

现在已难以追究当年这名刚烈女子为何要投河自杀，但其词《祝英台近》却一直流传下来。词曰："惜多才，怜薄命，无计可留汝。揉碎花笺，忍写断肠句。道傍杨柳依依，千丝万缕，抵不住、一分愁绪。如何诉。便教缘尽今生，此身已轻许。捉月盟言，不是梦中语。后回君若重来，不相忘处，把杯酒、浇奴坟土。"

十年后，戴复古再返武宁，昔日贤妻已化为黄土一抔，坟前青草离离，再不复当日的深情相望……怀着对故去妻子的愧疚悔恨之情，戴复古在妻子坟前写下了《木兰花慢》一首，词曰："莺啼啼不尽，任燕语，语难通。这一点闲愁，十年不断，恼乱春风。重来故人不见，但依然，杨柳小楼东。记得同题粉壁，而今壁破无踪。兰皋新涨绿溶溶。流恨落花红。念着破春衫，当时送别，灯下裁缝。相思谩然自苦，算云烟，过眼总成空。"

## 以诗订交

以事外人的观点来看，戴复古当日别妻而去其实另有隐情，他早有娶妻不假，但妻子早在他第一次外出游历之时便已过世，“求名求利两茫茫，千里归来赋悼亡”（诗见戴复古《续亡室题句》）便是当日失意而归又逢丧妻的真实写照。

是什么原因让戴复古撒了这个谎而离开武宁呢？前已说过，戴复古此行前往江西，本是想找在江西做官的京城朋友求个前程，奈何事与愿违，赶巧又碰上了武宁乡下的这个土财主看上了他，便安之若素地暂时做了段时间的上门女婿。可他到底是胸怀天下的伟大诗人，自不甘心做个土财主的上门女婿，既求不到前程，那外出广交诗友，彼此切磋诗艺，使自己的诗歌创作再上一个台阶也是极好的。当然，最重要的是，还在刚开始学诗的时候，前辈诗友楼钥就说过“惟能固穷，则诗昌矣”，当一个养尊处优的乡下土财主的上门女婿肯定是写不出好诗的……

于是，戴复古离开武宁，继续行走在路上，从江西出发，足迹先后到过杭州、福建、湖北、湖南、江苏、安徽等地。这期间，他的诗名越来越大，时贤、官吏、游士争着与他结交，如楼钥、乔行简、魏了翁等高官便与他时有唱和；赵汝腾、包恢、王子良、巩丰、赵蕃、曾景建、高翥、刘克庄、赵以夫、翁卷、孙季蕃等同期诗人更是与他或同结诗社，或互相品评诗稿，并逐渐在当时的诗坛上形成了江湖诗派（因书商陈起刊刻的《江湖集》而得名）。戴复古则是个中翘楚，“蹭蹬归来，闭门独坐，赢得穷吟诗句清”（戴复古《沁园春·一曲狂歌》）便是此时期的真实写照。

尤值一提的是，当时的湖南提举赵汝谠（宋太祖八世孙）还将戴复古的诗歌辑录成集，以《石屏小集》之名刊行，序言则由赵汝谠之兄、时任刑部尚书的赵汝谈所作。至于文前所录这首《九日槠洲舟中》，亦在此间而作，说不定，那小舟之上诗酒言笑的若干诗友，其中就有正儿八经的皇亲国戚赵汝谠在。

## 《论诗十绝》

大约在绍定元年（公元1228年）前后，戴复古离开江西，启程返家，“无奈秋风动归兴，明朝问讯下江船”，这时他已六十开外，距他再次离家远行已有二十年。

但是，这一次，戴复古在家也没住多少日子。同上次离家相比，他此时已是名满天下的大诗人，诗作颇多，都得一一付梓刊行，更少不得同辈诗人的精美序言。于是，在家暂歇一段时日后，他又再次出门，一个是请同辈诗人为自己的诗集作序，另一个嘛，则可借机访友，并饱览祖国的大好河山。

端平元年（公元1234年），戴复古游历到了福建邵武，当时的邵武太守王子文素来倾慕戴复古的诗才，便将邵武学官教授一职授予他，这样，年过六旬的戴复古在漂泊多年之后总算是跟功名稍微沾了点边。

却说邵武城东富屯溪畔有家酒楼名为望江楼，楼高十余米，檐牙三重，登之可望十里。这一日，太守王子文约上戴复古，还有当地著名文士严羽，三人同登望江楼饮酒作诗。自古文人相轻，太守也不例外，三人喝酒作诗本来好好的，却因为某句诗句的优劣而吵了起来。太守王子文是当时江西诗派的拥趸，讲究“点铁成金、夺胎换骨”，重视文字的推敲技巧；而严羽参禅理，提倡“妙悟”，力追盛唐，反对江西派过于追求词句的严丝合缝；戴复古虽然反对江西诗派刻意的锤字炼句，但也不同意像严羽那样把诗说得太过空灵和玄妙。

有鉴于此，戴复古乃作《论诗十绝》系统地表达了作诗的见解，成为以诗论诗的杰作。后人为纪念这一雅事，把望江楼改称了诗话楼，并塑三人像于楼上供人瞻仰，成了福建的一大名胜。

嘉熙元年（公元1237年），戴复古终于厌倦了四十年的江湖生涯，辞别故人，踏上归程。“阻风中酒，流落江湖成白首，历尽间关，赢得虚名满世间。”“落魄江湖四十年，白头方办买山钱。”他终于回归林下。

淳祐八年（公元1248年）前后，戴复古病逝于黄岩老家，时已年过八旬，在当时算是难得的高寿了，或许，这也与他多年来游历江湖锻造的强健体魄不无关系！

# 题资福寺壁

宋·刘锜

迅扫妖氛六合清，匣中宝剑气犹横。
夜观星斗鬼神泣，昼会风云龙虎惊。
重整山河归北地，两扶圣主到南京。
山僧不识英雄汉，只管滔滔问姓名。

**作者简介：**刘锜（公元1098年—1162年2月25日），字信叔，秦州成纪（今甘肃静宁）人，南宋抗金名将，在伐夏抗金的过程中屡立功勋，于顺昌之战中大破金兀术军，官至太尉、威武军节度使，去世后赠开府仪同三司，赐谥武穆（一说谥武忠）。宋孝宗时追封为吴王，加太子太保。

**译文：**世道污秽、鬼怪横行，且看我涤污除秽、降妖伏魔，那匣中的宝剑犹在嘶鸣不已，好似仍随时处在战斗状态。夜晚遥观星河浩瀚，隐约有鬼神哭泣之声；白昼起看风云际会，仿佛有龙虎惊吓之音。我收复大宋失地，重整大好河山，还两次护送当今天子到南京；你这秃驴好生没趣，竟连我刘锜都不认识，还巴巴地问我姓甚名谁。

故事

## 抗金名将的大气度在资福寺流传千年

南宋绍兴二十六年（公元1156年）的某个春日，资福寺门前来了群气度不凡的客人。为首那人两鬓已然泛白，自是上了年纪，神色却是异常精神，跨坐在马上的身姿也甚是挺拔，想是惯于在马上讨生活之辈。

见来人不俗，知客僧赶紧迎上前去打招呼，自报家门后也问来客姓名表字。来客却不答话，只唤笔墨伺候，大笔一挥便在寺庙的墙壁上题下如上一首气势磅礴的律诗——有宋一代向有题壁诗之传统——知客僧这才知道，来人便是赫赫有名的抗金名将、十六年前在顺昌大败金兀术、年前刚被起用为潭州知州的刘锜。

对刘锜等主战派将领而言，刚刚过去的这一年无疑是特别重要的一个时间节点。这年年底，力主议和的奸相秦桧病逝，朝野上下主战的呼声又多了起来，偏安一隅的宋高宗赵构倒也是个机灵人，知道秦桧一死，自己镇不住这帮战功赫赫的主战派将领。更何况，宋金虽议和有年，却也是摩擦不断，那弑兄夺位的金帝完颜亮又是个雄才大略的主儿，早就垂涎南宋朝廷的膏粱锦绣，厉兵秣马也早非一朝一夕之事，还真缺不了这些个在战场上历练多年的主战派们。反正秦桧死了，就把所有的屎盆子都扣秦桧一人头上，以往秦桧安插的那些个主和派官员也被翻了个底儿掉，一个个都被主战派所取代，朝野上下咸呼“皇上圣明”，中国数千年来的宫廷政治莫不以此循环反复。

刘锜便是在这样的背景下被起用为潭州知州的，在此之前，绍兴十一年，宋金签订《绍兴和议》。在合约签订之前，宋高宗和以秦桧为首的主和派担心主战派抗议，先行解除了韩世忠（后辞官郁郁而亡）、张俊（后投靠秦桧，成为主和派重要代表）、岳飞（同年年底被构陷赐死狱中）三大将的兵权，刘锜因而自请退闲，尽管岳飞一再恳求不要罢免刘锜的兵权，但刘锜仍被罢兵权，改任为荆南府（今湖北江陵）知府。到了绍兴十七年，干脆去做了江州太平宫的“提举”，这是一个闲职，专为安置老病无能的大臣及高级冗官闲员而设，坐食俸禄而不管事，称为“祠禄之官”。可刘锜并不是老病无能，他时年四十有九，正当壮年，又有赫赫战功在身，怎能坐食朝廷俸禄而诸事不管呢？只是形势比人强，现在是主和派的天下，他刘锜再有能耐也不能逆潮流而动，岳元帅的惨死犹在目前，留得青山在，日后才有柴好烧，且先夹紧尾巴做人，风水轮流转，总有主战派扬眉吐气的一天。

只是，这一天来得太晚，一直到绍兴二十五年，秦桧死后，他们这些个主战派才一一得到重用。接到朝廷重新起用他为潭州知州的消息时，刘锜哭了，这距他淹留"提举江州太平宫"之位已过了整整八年！

赴潭州上任后，刘锜稍事整理，第一件事便是南下株洲，秘密查访两年前的一桩"冤案"：绍兴二十四年八月，湘潭县丞郑玘、主簿贾子展酒后"妄议中央"（想来无非发泄下对议和派的不满，顺带为被冤杀的岳飞鸣不平之类言语），不想却被在场的湘潭县监酒税雍端行告了密。几天后，潭州府来人锁了二人，直接送到京城临安（今浙江杭州）问罪，因未找到贪腐证据（向来政敌攻讦，多从经济问题入手），只得依大宋律例，分别发配至容州（今广西北流）和德庆（今广东德庆）严加看管起来。

查访都是秘密进行的，那告密的雍端行虽只是一个小小的监酒税（大致相当于现在国税局的某个科长，最基层的公务员），却与一代奸相秦桧有着千丝万缕的勾连。虽说秦桧已死，可百足之虫，死而不僵，谁知道那些心有不甘的主和派会闹出什么幺蛾子？只是，那资福寺的知客僧却不晓事理，一再询问刘锜姓甚名谁，刘锜也是烦了——行伍出身，本就没那么多弯弯绕绕，便明白告诉你姓名，变暗访为明察又待如何——信手便在寺壁上题诗以答之。

在刘锜的明察暗访下，这一"冤案"很快"平反"。当年六月，郑玘、贾子展被召回湘潭，官复原职，而揭发告密的雍端行则被发往宾州（今广西宾阳县）监管，"后不知所终"。

后人将刘锜题于资福寺壁上之诗刻于碑上，并嵌于寺内——碑于1949年后作市政府大礼堂基础建筑材料用掉——寺址原在南湖街一带，民国年间毁于兵燹。1998年，经湖南省人民政府批准，资福寺迁往株洲市河西五马奔糟山现址，由南岳南台寺释妙开大师任主持。

# 与王守履诗

明·文士昂

螺川攸水汇渊源，事宋事明总是君。
留得此身羞见祖，楼前黄鹤永为群。

**作者简介：**文士昂（公元1585年—1648年），字抑之，号台仙，湖南攸县黄丰桥昭村人。明天启二年（公元1622年）中进士，历任四川华阳县令、工科给事中、云南参政、太常寺卿等。清顺治三年（公元1646年），与督师大学士杨廷麟、兵部尚书万元吉等在江西吉安抗击清军，城破逃出，隐于攸县凉江。顺治五年（公元1648年），明降将金常桓反清，有人向清廷告发文、金同谋，遂被捕入狱，后被杀害于武昌。

**译文：**文天祥（其家吉安有水名螺川）和我（作者家乡有攸水）都姓文，五百年前是一家，文丞相事宋忠贞不贰，我也不会忍辱偷生、一事二主的。如果我顾惜性命向清廷投降，百年之后有何面目面见地下的先祖呢？

## 故事

### 文士昂，忠臣不事二主的典范

顺治五年（公元1648年）八月，武昌，湖广行省天牢之中，一身囚衣的文士昂又见到了老熟人，时为湖北巡按的王守履。

二十多年前，还是前朝天启年间，王守履是跟文士昂同科的举子，并且两人都考中了进士，而后文士昂外放四川，王守履则在朝中载浮载沉，两人算是站在了同一起跑线上。只是世易时移，一晃二十多年过去，文士昂成了清廷的阶下死囚，而曾经的同科举人王守履则在清军入关后降清入仕，眼下已是为政一方的地方大员。

毕竟是故人相见，虽则身份不对等，王守履对文士昂还是颇为礼让的，更何况他此行还有重要任务在身——代表清廷招降文士昂。叙旧毕，王守履开门见山，叙以天下大势，并劝文士昂打消死忠明朝的想法，早些归顺清廷才可得享荣华富贵……文士昂并不多言，口占一诗以送——即正文前之诗——王守履亦知难以挽回，不再赘言，悻悻而退……

## 为政有声

文士昂，字抑之，号台仙，湖南攸县黄丰桥昭村人。明天启二年（公元1622年），38岁的文士昂赴京会试，得中进士，翰林院简单历练后，便外放为四川华阳县令。

华阳在成都平原东南，地势高亢，气候干燥，田土不耐久旱，雨水若不及时，极易受旱成灾，所以，当地百姓生活十分困苦。文士昂到任，了解此情况，便发动民众，筑坡修塘，大兴水利。

水利既兴，如何灌溉至田园还是一个难题。华阳偏于西南一隅，旧时信息传递不畅，在攸县等地已蔚成风潮的车水用的筒车还未传至华阳地区。文士昂乃教以筒车制作之法，比之肩挑手提的原始灌溉手段，筒车之便显而易见，灌溉之利也有极大改善，也因为此，华阳地区年年得以丰收，人民生活水平得到显著提高……百姓感戴其功，乃为文士昂建生祠，日以香火为祭。

华阳县令任满，文士昂擢升工科给事中一职。明制，六科给事中虽则品秩不高（正六品），权力却很大，可以直接向皇帝进言，检举纠弹文武百官的错误过失，与监察御史互补其不足，尤为重要的是，朝廷内外臣工奏章，皆得经过给事中之手方可呈于皇帝御前。可见，文士昂外放华阳县令期间的政绩朝廷上下是有目众睹的，不然也不会在入朝后担以如此重任。

## 福泽乡里

工科给事中任上，文士昂主要办了两件事。一是当时河南、陕西两省大旱而致饥荒，其时吏治腐败，行政效率低下，地方上申请赈灾的报告一直“行走在路上”，难以落到实处，文士昂乃奏请皇帝，特事特办，请求从速命令两省巡抚颁发急赈救济……难得的是，皇帝竟予以批准。于是，无以计数的待死灾黎得以活命；第二件则是奏请废除中宫监军制，其时边地多事，宦官权倾一时，对边地军事政策多有染指处，文武将臣受其掣肘之害而不敢明言，文士昂乃上奏章，痛陈宦官染指边地之弊，并奏请废除中宫监军之制……皇帝是否从善如流废除此弊，史无定载，但在宦官权势高涨的明季能挺身而出，力陈宦官滥政之痛，这种勇气却是难得的。

除此二事之外，文士昂在工科给事中任上，还给攸县父老办了两件好事。一是奏请增设凤岭巡检司——巡检司为县级衙门之下的基层行政机构，主司“提督盘诘”之事，在此之前，攸县县衙之下只设渌田巡检司一处。因攸县地属湘赣进出要道，现有的巡检司无以满足日益高涨的出行需求，乃于凤岭增设巡检司一处，以策应出行旅人之安全——二是奏请将原来土筑的攸县城墙，改为砖石筑砌，至今《攸县县志》仍有记载……也因为这两件事，文士昂在攸县一地声望颇高，日后其武昌遇难，便是由其同乡收殓安葬的。当然，这都是后话了。

## 边地历练

文士昂在工科给事中任职有年，资望既深，朝廷迁其为云南参政——明制，布政使掌管一省之政务，下设参政分守各道，并分管粮储、屯田、军务、驿传、水利、抚名等事，为从三品官职——据《攸县史志通讯》考证，文士昂任云南参政时所辖地域涵括今云南省红河哈尼族自治州彝族自治州及相邻的通海、华宁、新平、峨山等县，其地为汉、哈尼、彝、苗、傣、壮、瑶、回等多民族杂居区，又濒边境，形势错综复杂，历来称为难治之境。

文士昂到任后，先是整顿军备，修缮军械，加强训练，以提高部队的作战能

力，从而加强和巩固边防力量；其次则严肃军纪，严禁官兵骚扰百姓，军民相处分外融洽；再次则劝导各族人民和平共处，不可轻启衅端，发生械斗……

文士昂云南参政任内数年，辖境之内，政治清明，民情安定，百姓感颂，督抚将其功绩上奏朝廷，着进京述职，以候重用。

## 内忧外患

明崇祯十六年（公元1643年），文士昂进京述职，行抵贵州偏桥地界，闻听湖南泰半已为张献忠起义军所占，去京的道路已然堵塞。于是，就近联系正在贵州处理公务的御史陈荩和代理贵州巡抚的李若星，并提调自己在云南训练的土、汉官兵，由贵州出发，经由湖南的辰溪、常德等地，攻打张献忠所率的农民起义军，并迫使张献忠部回撤湖北，并再次西入四川。

张献忠部虽西撤四川，进京之途却未贯通，乱兵遍地，更何况，京师此时也危在旦夕，李自成所率的农民起义军正由陕西、河南一带直逼京城，能否守住还是个未知之数。鉴于此危险局势，文士昂打消了回京述职的想法，且身已在湖南境内，便就近向朝廷告假，暂回攸县原籍等候朝廷通知。

明崇祯十七年（公元1644年）三月十九日凌晨，李自成起义军从彰义门杀入北京城内，崇祯皇帝朱由检自缢于景山，明朝灭亡；四月二十三日，驻山海关总兵吴三桂引清军入关，将李自成部赶出北京城，清军趁势占据北京，并迁都于此，为清朝之开端；同年五月，马士英、史可法等明朝大臣在陪都南京拥立福王朱由崧为帝，改元弘光，延续明朝的宗庙社稷，史称“南明”。

据《攸县史志通讯》考证，弘光年间，南明朝廷曾任命文士昂为云南布政使。然而，未及动身赴任，便传来清军渡江克京口、镇江，弘光帝出逃芜湖，南明大臣献南京以降的消息，昙花一现的南明朝廷自此四分五裂，从此再无统一的核心领导机构。

清军占领南京后一个多月，郑芝龙、黄道周等奉唐王朱聿键监国于福州，并于二十日后即皇帝位，改元隆武，且迅速得到各省的承认，史称隆武朝廷。隆武帝是南明时期最有作为的一位皇帝，励精图治，关心百姓疾苦，一洗前人弊端，继位后任命了一大批有所作为的前朝能吏担任要职，寓居攸县乡间的文士昂则被授予“太常寺卿”（古时九卿之一，专司祭祀礼乐之事）的高位，诏书上写道“文士昂科俸（资历）最深，暂擢行在（皇帝居处）太常寺卿，俟陛见，另有加恩”——意思是说，这太常寺卿之位只是暂时的，若得前来福州觐见，自有高官厚禄等着。

但文士昂并没有去福州寻求高官厚禄，而是与地方官员一起，走上了保护桑梓之地不受清军侵扰之路。一方面，文士昂向当时的湖广总督何腾蛟、巡抚堵允锡建议，联合李自成余部一起抗击清军入侵，加强自身的战斗力量；另一方面，与驻守江西的督师大学士杨廷麟、兵部尚书万元吉等人联络，在江西吉安一线驻扎重兵，与清军浴血奋战，使得清兵每得一寸土地都付出极大代价。

## 通谋被害

尽管文士昂的联络奔走对清军的入侵形成了有效的抵抗力量，但双方力量到底悬殊。清顺治三年（公元1646年），吉安城破，主帅杨廷麟、万元吉投水而死，文士昂趁乱逃出吉安城，隐居于攸县县东的凉江一带。

顺治四年（公元1647年），清军占领攸县，委官设治，亦想拉拢文士昂入伙，但都被文严词拒绝。

顺治五年（公元1648年）夏，明降将金常桓在江西起兵反清，其部将杨邦柱入攸县串谋，不幸被捕。由于杨邦柱曾与文士昂有旧，故清廷驻攸官吏怀疑文士昂也参与串谋之事，县令于颖然乃派典史孙慎，以商议办团练之事往访文士昂，以探其口风。谁知文士昂不但不以客礼接待孙慎，反对办团练之事大加嘲讽，于是，于颖然商同驻地守将陈一统将文士昂拘捕。捕时，文士昂泰然自若道：“破南都时已打将一计，今死得其所矣！”又说：“事至此，惟一死了却平生。自国事坏，湖南食禄不为无人，谁肯靖难？我本信国同祖（信国指文天祥），各忠其主，家训相传。湛持翁（明大学士文震孟）死于前，我死于后，九原好相见也。”

随后，县里将文士昂押解往长沙，署理道员张宏猷以“通书勾贼”的名义上报，械送文士昂至当时的湖广行省省会武昌。

既解武昌，时为湖北巡按的王守履跟文士昂有同科之谊——二者都于明天启二年（公元1622年）考取进士——故在狱中与之相见。王守履此来目的明确，若能劝解文士昂归降，自己加官晋爵不说，也好为文士昂谋个前程，以不负旧谊。但文士昂并不领情，口占一诗以回之，“螺川攸水汇渊源，事宋事明总是君。留

得此身羞见祖，楼前黄鹤永为群”——这是摆明了要做烈士了！王守履见诗，“汗愧不复言”。

清顺治五年（公元1648年）农历八月二十七日午时，文士昂被清廷杀害于武昌，临刑前作就义诗一首曰“报君惟一死，寸磔亦何殇。留得纲常在，堪争日月光”。就义前二日，作书寄其妻儿：“屈指旨下在即，不复见妻子面。没产所不能免，任之而已。善事母夫人。子孙仍读书守家训，余无多嘱。”

## 归葬故里

文士昂在武昌被害后，由同乡刘廷初收殓安葬。偏安广西的南明永历朝廷闻听文士昂死讯，加赠文士昂为礼部尚书，并赐谥曰“忠肃”——事君尽节曰忠，身正人服曰肃，端是确论。

顺治七年（公元1650年），文士昂之孙文枚赴武昌迎归祖骸，见须眉生动，乃作《泣祖诗》曰：“义所难辞气欲凌，频年谁复念苌弘。自甘颈断犹存齿，今见须留更股肱。哭国志图充厉鬼，报国唯嘱待人兴。祖孙相对如畴昔，泣到旁观亦未胜。”另一首云：“大节已昭日月边，孰从没后计身全。每传马革前贤语，今设竹箱傍祖眠。似我浑同陌路客，逢人休道所生天。驾魂千里莫辞远，带血南归一杜鹃。”文枚将其祖父骨骸藏于竹箱中，负归葬于故土，墓葬于今攸县黄丰桥镇严塘村山田冲柑子山上。

清康熙元年（公元1662年）九月，其妻谢氏与其合葬，其子应抡、应扬、应揆与众孙修筑坟墓。是年十二月，内阁大学士熊伯龙为其题写墓碑，铭曰：“明进士通奉大夫工科给事中、云南左布政使、太常寺卿加二级赠礼部尚书谥忠肃公文公台仙，诰封文母谢氏太夫人之墓。”

# 槠洲别友

宋 · 文天祥

君为湘水燕，我作衡阳雁。

雁去燕方留，白云草迷岸。

**作者简介：**文天祥（公元1236年—1283年），初名云孙，字宋瑞，一字履善。自号文山、浮休道人。江西吉州庐陵（今江西省吉安市青原区富田镇）人，宋末政治家、文学家，爱国诗人，抗元名臣，民族英雄，著有《文山诗集》《指南录》《指南后录》《正气歌》等。

**译文：**朋友啊，你是那湘水河畔低飞徘徊的燕雀，而我呢，是在衡山顶上高飞盘旋的大雁。大雁终归是要远去的，而燕雀则一直在附近徘徊，大雁的志向是蓝天白云，而燕雀呢，一辈子就守着河岸边的草丛便够了。

## 故事

### 文天祥株洲赋诗以明志

南宋咸淳十年（公元1274年）二月初一，时为湖南提刑的文天祥在株洲的寓所里来了两位省城的客人——徐畋、方谏，二人是他的朋友。在此之前，文天祥向朝廷申请回江西任职已获批准，二人是特地赶来送行的。

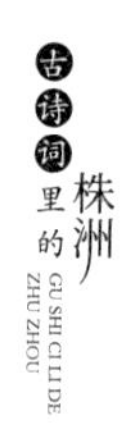

只是，这次的会面却很不愉快，上面那首临别赋诗便可瞧出端倪：哪有将朋友比作燕雀，只在湘水低飞，而将自己比为大雁，志在蓝天白云的，这太没有礼貌了。

故事得从四年前说起。咸淳六年，拥立度宗有功的权奸贾似道要求致仕还乡（并不是真的想退休，只是借此要挟度宗，谋求更大的权力），按惯例，朝廷得下诏挽留——内容无非恭维对方如何的英明神武，朝廷不可一日无之之类——时任军器监并兼任代理直学士院的文天祥奉命起草这份诏书。诏书一反常态，不但未有半点恭维之词，反语带讥讽，并质问贾似道"胡为何疾，而欲告休？"——你到底得了啥病就哭着喊着要退休啊？

能理解文天祥的反常，21岁赴京应试，殿试中答对论策，万字长文一气呵成，理宗皇帝亲擢为头名状元。原以为仕途会一帆风顺，却锋芒太盛屡被罢职，国事也在贾似道等权奸的把持下日渐艰难，蒙古大军已对南宋朝廷形成合围，而朝野上下仍是一片歌舞升平之景。尤可恨的是，理宗开庆元年（公元1259年），蒙古内部政局生变——蒙哥可汗病逝于合川，其弟阿里不哥阴谋夺取汉位，当时率军围攻鄂州（今湖北武昌）的忽必烈匆忙北撤解围——当此良机，手握重兵的贾似道不但未能乘机掩杀，反暗中与忽必烈达成以江为界，每岁向蒙古输银二十万两、绢二十万匹的屈辱协议……

在文天祥看来，国事之所以沦落到如此境地，与贾似道之专权跋扈不无关联，因此，在接到起草诏书的命令后，便不由分说，由着自己的性子"发挥"了。当然，贾似道也不是好惹的，阴使台臣张志立奏劾罢免，将文天祥送回江西老家闲居。

在江西，文天祥可以说是度过了一生中最为安详的时光，每日"领客其间（老家山上自建的厅堂），究幽极胜，乐而忘疲"，但"身在江湖，心在魏阙"的文天祥并没有安心如此，"桑弧未了男子事，何能局促甘囚山"的家国责任感让他仍然时刻关注着政局的变化——在此期间，忽必烈平定了蒙古的政乱，改"大蒙古"国号为元，并迁都燕京（改称大都），然后举兵南下，兵锋再次直指偏安一隅的南宋朝廷。

咸淳九年正月，朝廷起用文天祥为湖南提刑（相当于主管司法的副省长），"辞谢不允"，三月乃来湖南就职。在湖南，文天祥主要干了两件事，一是整顿司法，将多年悬而未决的疑案一一审理查明；二是选将调兵，平定了湘、桂交界处的农民起义，“疏决滞淹，一路无留狱；连平巨寇，道路肃清……”

在此期间，文天祥还去拜访了自己的老乡和老上级，时任湖南安抚使的江万里。江万里素来欣赏这位小自己近40岁的小老乡，言谈国事时，不无感慨道：“吾老矣，观天时人事当有变。吾阅人多矣，世道之责，其在君乎？”

而文天祥却只能苦笑，时局艰难，自己一身抱负，理应上阵杀敌，这会儿却窝在湖南这么个鬼地方搞司法工作，忽然就意兴阑珊了。

拜别江万里后，文天祥离开省城，南下寓居株洲，且一待就是半年之久。

相比省城长沙，文天祥似乎更喜欢株洲，《宋史・文天祥传》载文天祥“性豪华，平生自奉甚厚，声伎满前”，而其时的株洲乃“舟车更易之冲，客旅之所盘泊，故交易甚夥”（范成大语），商业繁荣，自不乏排忧解闷的去处……至于省城的政事，自己已然起了个好头，余下的按部就班，底下的僚属自能处理，他也就乐得清闲了。

这年冬天，为了侍奉祖母和母亲，文天祥向朝廷申请调回江西任职，转年正月，朝廷委任他为赣州知州。

朋友徐畋、方谏从长沙来送行时，或许也听到了一些风言风语——主管一省刑名的提刑官竟流连于勾栏酒肆之地，这成何体统，而且这提刑官还是朝野上下咸称才干的状元郎——估计见面时就有些苛责，文天祥不好辩白，只好赋诗以明志：你们这些俗人啊，哪里知道我远大的志向呢！

同年三月，文天祥到赣州赴任。当年底，元相伯颜亲率大军二十万，南下进逼临安，太皇太后谢道清（理宗皇帝之后，此时度宗已病薨，贾似道拥度宗幼子赵㬎为帝，是为宋恭帝）下“哀痛诏”，号召各地“文经武纬之臣”兴兵勤王。文天祥接诏痛哭，三天后，“传檄诸路，招兵屯粮”，并“尽以家资为军费”，短时间内便募集到三万义兵，浩浩荡荡开赴临安。

德祐二年（公元1276年）正月，文天祥担任临安知府。未久，元军兵临临安城下，文武大员纷纷出逃，太皇太后任命文天祥为枢密使兼右丞相，作为使臣到元军中讲和谈判。在元军营中，文天祥与元相伯颜针锋相对地争论，伯颜辩白不过，怒而拘了文天祥，谢太后无法，只得献城而降。

被拘的文天祥在一个多月后趁隙逃出元军大营，随后拥立益王赵昰（宋恭帝赵㬎长兄，时年7岁）为帝，是为端宗，改元景炎，辗转于浙江、广东、福建等地开展抗元斗争。

景炎三年（公元1278年）冬，文天祥在五坡岭（今广东海丰县）兵败被俘，元将张弘范感其仁义，亲派人护送文天祥至元大都。

元至元十九年（公元1282年）十二月初九，多年劝降无果后，元朝廷将文天祥杀害于元大都柴市刑场，衣带间的绝笔赞写道："孔曰成仁，孟曰取义，唯其义尽，所以仁至。读圣贤书，所学何事？而今而后，庶几无愧。宋丞相文天祥绝笔。"这一天，隔文天祥在株洲写诗表明心志不到九年！

# 赠易西泉检讨归养

明・梁储

清时频见老莱衣，一疏陈情子又归。
芸草自应留馆阁，灯花先为报廷闱。
身从红药阶边去，舟向澄江链里飞；
珍重平生清庙瑟，莫缘家事久相违。

**作者简介：**梁储（公元1451年—1527年）字叔厚，号厚斋，别号郁洲居士，广东南海人，明成化十四年（公元1478年）进士，选庶吉士。由翰林编修累官至特进光禄大夫、左柱国、少师兼太子太师、吏部尚书、华盖殿大学士，赠太师，入参机务，一度出任台阁首辅（丞相）。谥“文康”，御赐葬祭。

**译文：**世道清明，老莱子戏彩娱亲之事时有所闻，没想到你也步其后尘，一封陈情书下，就要回家养老。也好也好，芸香草嘛，就该一辈子待在馆阁之中，灯花嘛，也该守在内舍庭闱之中，这是本性使然。老弟你今日辞官归家，好比那桥边开得正艳的芍药花，花开花落虽无人知晓，但我却是懂得你心里的想法的，客气的话多说无益，只希望老弟你归家之后，莫忘了你我这份相知相许的情谊。

故事

## 易舒诰，攸县进士二三事

大明正德九年（公元1514年），时为吏部尚书加文渊阁大学士衔的梁储的同僚易舒诰的疏请回乡养老的报告终获批准。惯例，同僚退休，交好的官员总会有些诗酒唱酬的雅举，毕竟，朝廷命官多出于及第进士，个顶个的饱读诗书，唱酬是再寻常不过的举动。

这一次，易舒诰的退养也毫无例外，无休止的送行宴之后，易舒诰返乡的行囊中也多了不少同僚唱酬的赠诗，文前所引梁储之诗即可归为此类，类似的赠诗不少，即连当朝首辅李东阳也有诗赠……要知道，当时的易舒诰只是一个小小的翰林院检讨，从七品官职，梁储赠诗还可以理解，毕竟两人曾一起共事过——一同编撰《孝宗实录》——关系比较近也正常，倒是那内阁首辅李东阳，位极人臣，如何也替这小小的翰林院检讨写下了送行诗？这得从易舒诰这人辞官的缘由说起。

### 向有才名

易舒诰，字钦之，别号西泉，又号浯池，攸县人。明成化十一年（公元1475年）五月六日生，弘治十八年（公元1505年）进士，选庶吉士，授翰林院检讨。

易舒诰点翰林，在乾隆版的《攸县县志》中还有段传说。说的是殿试前夜，明孝宗朱祐樘梦见青衣童子诵诗一联，联语是："鱼无惊戏影，鸦失旧栖枝。"孝宗梦醒后不解其意，次日殿试之题为《御河烟柳》，易舒诰诗为："青烟迷御柳，隐隐近涟漪。密处藏千缕，轻时露半眉。鱼无惊戏影，鸦失旧栖枝。魂断前川客，临风归去迟。"恰与孝宗昨日梦中所见相符。孝宗见之大喜，乃破例授易舒诰翰林院检讨之职——依惯例，新晋进士只能被授予庶吉士身份，得在翰林院学习之后才得授予各种官职。

传说大抵夸大，易舒诰授检讨职为明正德二年（公元1507年）史有明载，之所以在《攸县县志》中出现这般有违史实的记载，大概是为了从侧面来论证易舒诰的才情文章吧！前引诗文之作者梁储说“西泉为太史八年，独居深念，志洁而道方，貌肃而神远，文重馆阁，笔惊风雨”当为确论。

## 编撰实录

以易舒诰之文章才情，又任职翰林，按理说，日后的仕途应该坦荡而光明，飞黄腾达指日可待才是——毕竟，明制向有“非进士不入翰林，非翰林不入内阁”之说，李东阳、杨廷和等一帮首辅大臣，包括之后的大学士张治都出自翰林院——可让人奇怪的是，只是短短的几年翰林院历练之后，易舒诰便辞官回家了。

这得从《孝宗实录》的编撰说起。弘治十八年（公元1505年）八月，也就是易舒诰点翰林那一年，明孝宗朱祐樘病逝，时年十五岁的太子朱厚照登基即位，次年改元正德，是为明武宗。按惯例，先皇辞世，继任的皇帝要组织人员编撰先皇的实录，举凡先皇在位时所发生的一切外交内政之事均须详细记录，以备日后修撰国史之一手资料。

明武宗即位不久，便将《孝宗实录》的编撰提上议事日程，在翰林院任职的易舒诰自然也是编撰队伍中的一员。但是，太监刘瑾专权，不但将黑手伸进了《孝宗实录》的编撰班子，还将自己的亲信焦芳安插进编撰班子任总裁一职。尽管内阁大学士李东阳为名义上的第一总裁，但他处世圆滑，迫于阉宦权势，而任由焦芳在《孝宗实录》中大做手脚，丑化自己的政敌和仇家，使《孝宗实录》蒙受的秽史之名不下于《魏书》。可想而知，身为基层编撰人员一员的易舒诰之处境有多么尴尬了，一方面想修正《孝宗实录》中的不实之处，另一方面又迫于阉宦权势不敢走得太远……

现有史料已无从稽考当年《孝宗实录》编撰过程中易舒诰做了何等努力，只知，正德四年（公元1509年），实录编成之后，刘瑾矫旨将包括易舒诰在内的17名参与编撰《孝宗实录》的翰林外任南北两京部署，易舒诰则外放南京户部任主事。

# 终老故里

正德五年（公元1510年）八月，恶贯满盈的阉宦刘瑾伏诛，未几，易舒诰仍调回翰林院，官复原职。但经此一役，易舒诰算是对仕途彻底失望，尽管他回翰林院后“易革弊端，肃正朝纲，殚精竭虑，声誉日起”，“有公辅望”，然刘瑾虽诛，但正德皇帝荒淫无度，不纳谏言，朝廷亦是奸臣当道，危机四伏，易舒诰以名节自持，急流勇退。

明正德八年（公元1513年）七月十日，奏疏亲老归养，言辞恳切，声情并茂。皇帝准奏，颁下圣旨：“卿疾宜加调护，免起供职，以慰朕怀。”辞行之日，文武官员一一惜别，大学士李东阳、杨廷和、梁储、严嵩等均有诗赠别。

易舒诰从此远离朝廷，不图仕进。嘉靖朝累召，均辞谢。亲老归养，躬身孝亲，创办浯池书院，培育后昆子弟。娱亲之余，或啸傲山水之间，或寄身佛禅之地，或养花种草，或吟诗抚琴。著有《浯池文集》数十卷行世。

明嘉靖五年（公元1526年），易舒诰寝疾终于家。年五十有二。满朝文武重臣闻此噩耗惊骇悲叹，纷纷作文，以示悼念。翰林院编修大学士茶陵张治《赠西泉婿》诗曰：“攸江昔日舣楼船，冰玉辉辉映楚天。今夜一樽京国地，春风含泪话西泉。”吏部尚书严嵩《吊西泉诗》曰：“翰林徂落几多年，帐望云山假悄然。金殿不来同侍讲，丹书无复再征贤。芝兰寂寞花含雨，宫桂凄凉叶带烟。昨夜凤凰台上望，奎星不入紫微前。”严嵩撰有《西泉公墓志铭》，言词悲切：“蹇于仕不愁驰以年，而艰于子，呜呼！钦之行过乎古人，文高乎当世，其传在此，抑又悲奚焉！”

# 咏湘山寺

清·曹之璜

野外晴云迥不还，湘山几日草堂闲。
曾携孤鹤烟中月，共览春溪雨后山。
僧渡石桥归合涧，花飞双蝶戏重湾。
知君禾黍登场日，秋意萧萧独闭关。

**作者简介：**曹之璜，字中玉，号麓峰，又号柳舫，湖南醴陵人，清康熙间贡生。性好游，尝与人谈黄河、太行之胜，隔朝即襆被往。所至交其豪杰。吟览酬答无虚日。晚逃于禅，年逾九十卒。有《柳舫纪行》《怀新堂文略》《石斋旧诗》《燕游日记》《康熙再续醴陵县志》[赖超彦主修，曹之璜补辑，曹笃生续订，清康熙二十九年（公元1690年）刻本]等传世。

**译文：**天色湛蓝，晴云朵朵，当此良辰，最惬意的莫过于去湘山寺边上的草堂里闲住几日。想起若干年前，也曾如此入山住过一段时间，看过薄烟笼罩的春月，亦赏过小溪之前微雨之后的青山，还曾见过湘山寺中的僧人缓步踱过石桥，身后彩蝶翩翩，花开正艳，美得惊心动魄……我也知道，到秋收之后，僧人便得闭居一室，静修佛法了，不管是于他还是于我，眼前这美景都是转瞬即逝，能不好好珍惜当下吗？

故事

# 曹之璜，三百年前的资深“驴友”日常

旧时交通不便，出远门是件颇犯难的事儿，故除特定人群外，如行脚商人、赴考的士子之类，大多数人的足迹都不会超过居所的方圆十数里范围。

也有例外，总有那么些人，为神州山河之胜所吸引，毅然迈出脚步，在出行并不容易的古代饱览大好河山的秀丽风光，如撰写《水经注》的郦道元等。以今人之眼光看来，这些人目之为古代“驴友”也并不算过分。

在300多年前的醴陵，也有这么一位资深“驴友”，其游兴之浓，即便300多年后的今人看来，也颇有值得说道之处，更何况，其人还是一县之著名才俊，便更添其传奇属性了。

## 书香世家

曹之璜，字中玉，号麓峰，又号柳舫，湖南醴陵人，清康熙间贡生。其父曹国彦，博学通古，曾主持纂辑康熙版《醴陵县志》，那时的曹之璜不过十多岁的少年郎，“从笔砚余，得窃观其厘定详略之故”。

也正是这段伴父修史的日子，给曹之璜打下了扎实的修史功底，二十年后，陈九畴任醴陵知县，续修《醴陵县志》，第一个便想到请曹之璜出山主持纂辑之事。曹之璜也不负众望，一反近人撰志“品行之缕晰几于滥，宦泽之颂述近于渎，嘉祥灾异之征验病于诬”的坏风气，奋力完成了一部可以称之为“良史”的康熙续修《醴陵县志》，五年后又主持进行了补辑修订再版工作。

当然，出于书香世家的曹之璜可不仅仅是修史功底扎实这么简单，其才学素养也是有口皆碑的。还是在跟着父亲曹国彦纂辑《醴陵县志》的时候，有一天，素有三楚名儒之称的王岱王山长路过醴陵，父亲曹国彦带着他前去拜会，随身还带着曹之璜少年时所作诗作《石斋草》，打算请王岱写个序。结果，王岱一看，不觉“耳热击楫（其时王岱在客船上）”，曰：“邺下文属为君家父子兄弟占尽，使应刘诸人无处着脚，是刻当与《秋风》《洛神》并传，余其何能为游夏？”什么个意思呢？就是说你们老曹家几个文章写得太好了，我这水平的哪里能给你们写序啊！

## 资深驴友

文章写得好是一回事，能否科场之中博得功名又是另一回事，尽管小小年纪写的文章就让名儒赞叹不已，可曹之璜在科场之中却是屡战屡败，临了也只是小小的岁贡生一名。中年之后，便绝意仕进，寄情山水，以诗酒自娱，尤奇特的是出游之经历，简直比现在任何一名“驴友”都来得洒脱。

康熙三十二年（公元1693年）春，曹之璜的挚友祝轩龄因事赴京城，曹之璜在渌江边为其置酒送行。祝轩龄，字云麓，亦是醴陵人，康熙二十三年（公元1684年）举人，曾官任陕西宝鸡县知县，解任后一琴书诗酒自娱，与曹之璜极为相得，此次赴京，大约是要上吏部衙门候选。

却说曹之璜举杯送友正酒酣耳热之际，忽然游兴大发，竟不办行装，不告家人，当场决定和祝轩龄同舟远游，祝轩龄也欣然同意。于是曹之璜匹马偕友北走4000余里，入居庸险道，登古黄金台，环望京西景色，历时七月，悄然单身而返。

而且，这次出行确是纯粹的“驴行”，并无别的目的，“不上吏部为选人，不拜朝贵为食客，途中亦不干故人为东道主”，只是单纯的“炎风暑雨中，忽城忽郭，骤山骤水，蹇驴吊古”，沿途所记游踪襟怀，著为《燕游日记》一书，真真可算是奇人奇举了。

## 忘年之交

大约是这次“燕游”的经历太过瘾，回醴陵不久的曹之璜又租船出楚，远游两浙西湖之胜。然后来到苏州，遍访虎丘、灵岩寺等名胜，又空囊挟稿，前去拜会名重一时的“老名士”尤侗，并与闻名天下的西堂老人（尤侗晚年自号西堂老人）结为忘年交。

当时是冬天，尤侗正在内堂睡觉，忽听门人通报，“长沙曹子来谒”——醴陵其时属湖广长沙府——急“倒屐迎之”，尤侗当时已75岁高龄，一个不相干的文字后辈到访，竟让老人忙乱得连靴子都穿倒了，可想曹之璜其时声名有多盛。

尤侗一见曹之璜便连连发问：“屈原墓尤无恙乎？贾谊庙尤无恙乎？”在得到曹之璜肯定的回答后，老人这才和来客聊起文字上的东西来。曹之璜将自己所写的一些诗文呈给尤侗观看，并恳请老先生为其写序，尤侗读后大为赞赏：“此真屈（原）贾（谊）之徒也！”也答应了为曹之璜新著《柳舫斋二集》写序的要求，并亲到旅舍送行，又见曹之璜“行李萧然，有文百轴而已”，更是钦佩不已，在《柳舫斋二集》序言结尾如此写道：“曹子行矣，何以赠之？顾视案头，有太史公《屈原贾生列传》，为写一通置曹子奚（书童名）囊中。他日舟过湘潭，其为我沽一杯酒招魂而吊之！”

因为尤侗的奖掖，曹之璜名动公卿，诗名大噪，名流显贵争相招致，但曹之璜视若不见，“掉臂不顾也”，却终生铭记尤侗对自己的识拔提携，两人的“忘年之交”也就成了文坛的一段佳话。

# 归来轩

元·李祁

忙处爱山看不当，归来结屋长相向。
就中编作归来轩，田园正欠陶元亮。
竹篱茅舍村数家，藜杖芒鞋时一访。
红尘不比晋宋间，清风自是羲皇上。
梦回枕簟书有声，客来午篆微烟障。
绿阴入户如有约，白云出谷遥相望。
邈知今日始有归，始信从前心是放。
更容老子二十年，从教白发三千丈。

**作者简介：**李祁（公元1299年—1372年），字一初，号希蘧，别号危行翁，湖南茶陵人。元元统元年（公元1333年）登左榜第二名进士，为汉人榜殿元授应奉翰林文学，改婺州同知，迁浙江提举，后诏任湖南儒学提举。因时局动乱未赴任，归隐云阳山。被誉为元末、明初湖湘诗人第一。

**译文：**平日公务繁忙，虽爱山之清幽，却并无赏玩之心境，好在这次回茶陵老家了，大可在山脚下筑屋一间，与山对视一辈子。当年陶渊明隐居南山之下，作《归去来兮辞》，我看我这屋子以后就叫归来轩吧！竹扎的篱笆，茅草搭的棚子，山路虽难行，也得不时拄着藜杖、穿着草鞋来看看；当然，这不是陶渊明的南山，也不是苏东坡的黄州，清风徐徐而来，身处其间，自有一份自在之境。在竹枕上醒来，梦中隐约听到书在说话，那砚台里的水墨氤氲开去，也似青烟一般缥缈。

绿树成荫，窥门探户，好像要约我外出做客；白云朵朵，自山谷里飘出，好似生了眼睛一般遥遥地望着我……那会儿哪里晓得有今天这样安逸闲淡的日子，且让老夫在这山间再活个二十年，便是满头白发又待如何？

## 故事

### 李祁，元末遗民的日常

明洪武元年（公元1368年），以湖南儒学提举一职任教江西永新上麓书院的前朝“状元郎”李祁终于再一次回到了茶陵高陇的老家。

“状元郎”上一次回茶陵还是护送老母灵柩回乡归葬，一晃眼就是好几年过去了，祖屋因长年不住人，已呈破败倾塌之象。闹了好些年的兵乱似乎也消停了下来，听说那个起于红巾乱贼之中的朱癞子已在应天府登基称帝，也不知大都的皇上一家子怎么样了。自己已年近七旬，仕进之意早就绝了，以前是忧心兵乱，现在，那个谋反篡位的所谓大明洪武皇帝，不过乱军中一癞子耳，也配发号施令自己这个前朝皇上御笔钦点的“状元郎”？

回家稍事修整，这位曾经的“状元郎”着手将老家的祖屋修葺一新，并命名为“归来轩”，典出陶渊明的《归去来兮辞》，想来，李祁也想像陶渊明一样，做个隐士——文前这首吟咏新屋落成的《归来轩》便是李祁此时心境的真实写照。

### 真假“状元郎”

元正统元年（公元1333年），34岁的茶陵人李祁北上京城应试，就在此前一年的湖南省乡试上，李祁以乡试第一的好成绩中得解元，但真正让他大出风头的却是一首歌颂朝廷仁政的赋。

惯例，乡试得中举人，当地学官会请得中的举人和主考官吃个饭，一为联络感情，二为勉励之意，嘱咐众位举人好生温书，明年会试再接再厉，继续得中进士好光宗耀祖……学官加主考，再加新近得中的举人，都是读书人，读书人凑一块儿，少不了吟诗作赋的雅事儿。当然，主题恒定，永远是歌颂当朝圣上是如何英明神武。

却说李祁以解元之身参加这场高规格的饭局，自然是瞩目的焦点，吟诗作赋这事儿也得第一个上。赶巧这一年朝廷斥巨资整治黄河水患，且颇有成效，李祁便以《黄河赋》为题大大赞颂了一番当今朝廷，全文如下：

惟我皇元，万国一统，会百川而东朝，环众星而北拱。不必手胼足胝，而河流无泛溢之虞；不必穷幽极远，而河源皆版图之贡。愚生南邦，未获时用。盖将振衣袂乎昆仑，豁心胸乎云梦，挹黄河之余波，造明堂而献河清之颂。

虽是应制之作，不无溜须拍马之嫌，但也将当局治理黄河的功绩恰如其分地表露出来，更兼辞藻艳丽，气势宏大，端的是一篇难得的颂圣好文。也因此，李祁的名声也传播开来，当时湖南学界都以为，这次年的会试，李祁必是头名状元不可。

事实证明，湖南学界的猜测不无道理，只是，却抵不过当时蒙元朝廷的种族歧视政策——当时，元朝统治者将百姓分为四种人，分别是蒙古人、色目人、汉人、南人，基本按照蒙古征服的顺序排列，征服越早地区的人地位越高——李祁当日会试时的策问应对卷确实被主考官钦定为头名状元，可将密封的考卷拆开，却发现其籍贯是湖南。湖南一直归属南宋统治区域，是最晚被征服的地区，地位也最低，按规定是不能钦点为状元的，主考官无法，乃将李祁点为第二名，而将另一名为李齐的“汉人”钦定为状元。

按惯例，新科状元要代表新科进士到皇宫上表谢恩。然而，新科状元李齐不知是心有愧意还是别的什么原因，竟称病不赴宴，让李祁代替新科状元上表谢恩。李祁后来写《御赐恩荣宴堂》诗，便是这一面圣谢恩之盛景，诗曰：

堂吏喧呼拥后先，彩节微动八音宣。
圣恩汪涉儒臣集，天语丁宁宰相传。
翠叶银旃高压帽，玉盘弥果谩堆筵。
沾濡拜舞归来晚，马上题诗不记鞭。

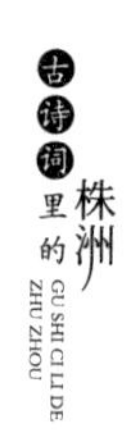


皇上御赐宴席，声势浩大，场面壮观。既有奢侈豪华的器具，也有欢歌笑语的舞蹈；既有皇帝出场的威严，也有君臣之间的融洽……此时的李祁，显然陶醉在此番御赐晚宴中不能自拔，以致数十年后还念念不忘当日朝廷对他的恩宠，当然，这都是后话。

也因为李祁曾代替真正的状元李齐上表谢恩，后人便也将李祁也称之为"李状元"了，当然，如若不是蒙元朝廷的种族歧视政策，他也该是货真价实的"状元郎"。

## 宦海沉浮

得中进士第二名，李祁得授文林郎，入翰林院编修国史。文林郎是散官，正七品衔，并不担任具体职务，得有实缺空出才能补上，入翰林院便算是上岗前的实习，很多新晋进士便是通过这一历练过程得到包括皇帝在内的朝中文武大员的青睐而进入帝国的核心管理层……

显然，李祁不想这么干，翰林院干了一年后，便上表称父母年事已高，希望能就近奉养，赶巧江西婺源有实缺空出，也隔茶陵不远，"状元郎"便去了江西婺源做州丞。州丞并无品秩，以"正七品"之尊前去就职其实是一种屈就，但在孝道之前，李祁放弃了朝中大好前程，选择就近奉养父母，端的是大孝子一枚。

现有史料无从稽考李祁在江西婺源州丞任上有何政绩，只知婺源任上不久便逢老父去世，作为宁愿舍弃朝中大好前程而要屈尊就职以便就近奉养父母的大孝子李祁，自然要遵古制"丁忧"——古代，父母死后，子女按礼须持丧三年，其间不得行婚嫁之事，不预吉庆之典，任官者必须离职——三年期满，元朝廷改任李祁为浙江儒学副提举。

同并无品秩的州丞相比，儒学副提举一职可算是高升——儒学提举是掌管一省所属州县学校和教育行政的最高长官，虽然是副的，大抵也等同于现今的省教育厅副厅长，前程不可谓不远大。

不巧的是，也就在李祁改任浙江儒学副提举的同时，元朝的社会矛盾突破临界点，各地豪强并起，天下大乱。尤其是郭子兴率领的红巾军，声势壮大，一路攻州陷府，并于元至正十二年（公元1352年）兵临杭州城下，而杭州正是李祁所任浙江儒学副提举的官邸所在。

八月，杭州失陷，失陷前元军在杭州大肆烧杀，“残伤几尽”，现有文献已无法考证身为浙江儒学副提举的李祁是如何从乱军之中逃脱获救的。百多年后，李祁的五世从孙李东阳撰文追述先祖这段时间的经历时用了“壬辰（即至正十二年）兵变，流落江南”八个字来概括。

杭州城破，李祁在江南一带辗转流落，倘是一人也还罢了，关键是，他还随身带着自己的老母亲——李祁是孝子，入仕之初就是为了就近奉养双亲而屈尊前去江西婺源做县丞的。老父逝世之后又规矩地“丁忧”三年，再起为浙江儒学副提举，索性便将寡母带上，一同前去杭州任职。遗憾的是，寡母跟着李祁并未享到多少福，上任未久便遭逢城破之难，又随着儿子在人地两疏的江南一带流离辗转，身子骨终于熬不住，不久也撒手人寰。

李祁大哭一场，决心护送老母灵柩返乡安葬。江南一地，距茶陵千里之遥，一路山高水迢且不去说，更要命的是，道上也不安稳，到处都是乱兵流民，稍有不慎，便成刀下亡魂。幸运的是，许是李祁一片孝心感动了上天，在那个险象环生的乱世，他硬是将老母灵柩运回了茶陵老家安葬。

老母归葬毕，朝廷又任命他为湖南儒学提举，这回终于没个“副”字了，只是眼下湖南全境泰半已为红巾军所占，这没有“副”字的儒学提举也就并无实际含义，也没办法前去省城赴任，便安心在茶陵杜陵书院。不想，这安心教书的日子也不安稳，红巾军某部不日便攻入茶陵，并将书院焚毁，他又没了去处。

正在为难之际，江西永新李氏家族主办的上麓书院向他发出邀请，请他前去上麓书院任教，其时江西为陈友谅部所占，境内暂无兵燹之祸，权衡之后，李祁举家迁往江西永新上麓山中。

## 题跋《清明上河图》

在江西永新的上麓书院，李祁教书育人之外，还干了一件名留青史的大事儿——为千古名画《清明上河图》题写跋文。

《清明上河图》为北宋末年著名宫廷画师张择端的名作，描绘了北宋都城汴京和汴河两岸清明时节的热闹场景，生动而逼真，不知倾倒过多少皇亲国戚、达官贵人和民间收藏者。元至正二十五年（公元1365年），这幅名画流落到一位名为周文府的人手上，但周文府也拿不准这画的真伪，便拿着这画来上麓山中请当朝“状元郎”李祁鉴定，并为其题写跋文。

李祁接过画赏玩再三，确定系张择端真迹无疑，并应周文府之请，在画上题下跋文。跋文曰：

静山周氏文府所藏《清明上河图》乃故宋宣政年间名笔也。笔意精妙，固自宜入神品。观者见其邑屋之繁，舟车之盛，商贾财货之充羡盈溢，无不嗟赏歆慕，恨不得亲生其时，亲目其事。然宋祚自建隆至宣政间，安养生息，百有五六十年，太平之盛，盖已极矣。天下之势，未有极而不变者。此图君子之所宜寒心者也。然则观是图者，其将徒有嗟赏歆慕之意而已乎？抑将犹有忧勤惕历之意乎？噫，后之为人君为人臣者，宜以此图与无逸图并观之，庶乎其可以长守富贵也。岁在旃蒙大荒落 云阳李祁题。

《清明上河图》是名画，历代题跋者多认为张择端此画渲染了北宋都城汴京的繁荣景象，是典型的颂圣应制之作。而李祁不一样，李祁看到了繁荣背后的危机，“犹有忧勤惕历之意”，并将此图与劝诫规谏类为主旨的《无逸图》引为同类，也与后世研究者认为张择端做此画的本意相近。

除此之外，题跋的落款时间也有深意，“旃蒙大荒落”是古时民间的岁星纪年法，当年是元至正二十五年，但江西已为朱元璋部所占，再题元朝皇帝年号显然是自找不痛快。但也不想用汉民族通行的干支纪年法来背叛自己的蒙古皇上，便用这一投机取巧的方式以图蒙混过关，以示不忘蒙元正朔。

题款之外，还有图章，《清明上河图》之上的李祁题跋有两枚图章，一为“李一初氏”——李祁字一初；二为“不二心老人”，李祁向周文府解释，这个字号是新取的，表示自己的大元王朝的子民和官员，要对大元王朝一心一意，不生二心……事实上，他是这样想的，也是这样做的。

## 死于乱兵

元至正二十八年（公元1368年），朱元璋击破各路农民起义军之后，在应天府（今南京）登基称帝，国号大明，年号洪武。

也在这一年，李祁从江西永新回了茶陵高陇的老家，此时天下大势已定，中国南方除四川、云南等西南边陲之地尚未一统之外，均已纳入大明疆域之内；北地蒙元的日子也不好过，明军25万大军直逼元大都城下，城破国亡是迟早的事儿……当然，这些对李祁来说都不是什么好消息，他向来视自己为大元王朝的子民，眼看着元朝的地盘一天比一天小，内心之忧闷苦恼自不必言，犹记年前，自己的同年余阙战死于明军阵中，他还饱含深情地写下“不得乘一障效死为恨”，黍离之悲，溢于言表。

也不是全无好消息，起码，明朝一统天下后，兵燹之祸是不用再担忧了。那么，自己以古稀高龄寓居他乡还有何含义呢？俗话说叶落归根，到老了还是觉得家乡的千好万好来，这也是文前那首《归来轩》的由来。

虽以布衣身份隐居于云阳山中，大明统治者却并没有忘记他这位前朝皇帝御笔钦点的“状元郎”。朱元璋坐下江山，便开“礼乐馆”，全国范围内征召宿学名儒来为新皇朝效命，李祁自然也在其中，但李祁十分坚决地回绝了新皇朝的邀请。在他看来，既食过前朝俸禄，怎么可以效命于革了前朝命的新皇朝呢？“不二心老人”可不止说说而已！

明洪武五年（公元1372年），李祁遭遇兵乱，《新元史》载“年七十余，遭兵乱，被伤而殁”。现有史籍已无从查考此次兵乱原因是什么，也不知规模有多大，总之，躲了半辈子兵乱的李祁仍是死在了兵乱之中，当可一叹也！

李祁殁后，生前好友、总制新安的官员永新千户余茂刻印其遗文《云阳先生集》十卷行世。到了以后的明朝弘治年间，李祁五世从孙李东阳为大学士，又托吉安太守顾天锡重版该书

# 秋祀斋宿夜坐

清 · 林愈蕃

炎陵秋色满，空翠落轩楹。
树罥烟萝老，庭铺湿藓平。
山深霜早冷，夜静月愈明。
万古淳风在，尘襟已自清。

**作者简介**：林愈蕃，字青山，四川中江人，清乾隆十六年（公元1751年）进士，乾隆二十八年（公元1763年）任酃县（今炎陵县）知县。办事公允，造福一方，曾主持修葺炎帝陵殿，纂修《酃县志》。

**译文**：正是深秋，这炎帝陵前秋色正浓，满山青翠，连堂前的廊柱也染了一层绿色。廊角大树下垂下的烟萝看上去有了些年岁，庭院里边儿背阴处的苔藓也长得茂盛。山里比外间气温要低，这会儿已经下了霜，略有些冷，夜有些静，愈发显得月色明亮可人。这时候，再有一股风吹来，在这龌龊尘世中浸淫日久的肉体凡胎也好似洗涤干净。

**故事**

# 林愈蕃，是良吏，也是良医

神农陵寝炎帝陵，自唐朝开始即有官方主导的祭祀，至五代而辍。宋太祖赵匡胤于乾德五年（公元967年）建庙会，“三岁一举，率以为常”，形成定例；元明两朝，虽未有明确规定，但祭祀活动不曾间断，进入清朝后，炎帝陵祭祀更加频繁、隆重，盛极一时，民间祭祀更是千百年来香火不断……

却说乾隆三十年（公元1765年）的这个秋日，又逢朝廷的秋祀日，朝廷派员主祭，一应仪仗都按顶级规格来办，可把负责接待的地方官累得够呛——这会儿任酃县（今炎陵县）知县的是林愈蕃，来酃县任职已两年有余，向有政声——好容易消停下来，忽然就去意彷徨了。

## 酃县干吏

林愈蕃是乾隆二十八年（公元1763年）来酃县的，朝廷任命，酃县知县。这不是他第一次当知县，乾隆十六年（公元1751年）进士及第后，林愈蕃被分发到山西黎县（今黎城县）任知县，不过短短一年光景，打小就跟他亲近的二哥林愈芳因病早逝，他回四川老家奔丧。

那会儿交通不便，山西到四川没有小一个月打不了来回，林家又是当地望族，丧事自然也办得隆重，时间线就得拉得更长。兄弟亡故也不在守制之例，朝廷更不会给那么长的假期，只得请辞归乡，先把丧事料埋了再说。

回到四川中江的林愈蕃料理完二哥的丧事，便留在了老家，也不担心活计。那时的中江还很落后（因张献忠屠川事），读书种子少，他这个当过县令又是货真价实进士出身的人很是吃香——县里的官学哪儿找这么好的老师去？

也活该林愈蕃走运，到乾隆二十八年（公元1763年），经济越发繁荣，政府职能机构急遽膨胀，清政府征召所有没有当官的进士入京重新分配工作，林愈蕃被分到了酃县，还是十二年前的老行当，一县之长，县令。

相比山西黎县，林愈蕃对酃县的感情更深一些，这是因为林愈蕃的祖上也是湖南人，“湖广填四川”那会儿移民到四川中江的，眼下分发到酃县当县令，怎么也算是家乡父老，自然得上点心。

事实也确实如此，按同治版《酃县志》之记载，林愈蕃在酃县知县任上主要有四大政绩。一是明典刑，酃县一地较为落后，整体教育水平偏低，司法诸事多由胥吏把持，林到任后，“析狱明允，廉谨自持，不听胥吏一言，一时黠滑敛戢”；二是息诉讼，酃县习俗好诉讼，林到任后首惩讼棍，次却馈赠，“有争讼者则厉色斥之”，一时“讼庭如水”；三是正风俗，酃县俗喜演剧，“每夏秋之际，举国若狂”，林则颁行例禁，“梨园绝迹，世风大变”；四是兴文教，不但主持修葺炎帝陵殿，还在康熙版《酃县志》之外，重新征补修订了乾隆版的《酃县志》，且“极得体裁”。

## 不为良相，便为良医

政绩之外，林愈蕃的为官风格也颇为风雅。没事儿就喜欢往乡下跑，也不是知县出行的派头，“肩舆外无长物”，一时没办法赶回县衙门，就睡在乡下的私塾里，还不许下面的人安排伙食，就让下人在市集上随便买点就得，“若忘为宰官者”；工作之余，就捧本书自娱自乐，没事儿就叫上县里的几个“知识分子”到衙门里头，一起“商订文义”至“竟日忘倦”，所以，才会有“在官三年，人其德之”的评语。

“人其德之”的不只是酃县的老百姓，上级官长也看在眼里，衡州知府（酃县其时属衡州府管辖）就觉得林愈蕃干得很不错，任期临结束便以循吏之名举荐，湖南巡抚也拟委林愈蕃以大任。不过，这些来自上级的好意林愈蕃都没有接受，他是打定了不再走仕途这条路了，任期一结束便返回了四川中江老家。

回了中江，自然还是干老本行，县学老师。可以说，中江这些年经过清政府经营，已经初具强县的规模，也有了一些读书种子，又有林愈蕃这个名师在，中江科举人才开始出现井喷。举人不胜枚举，进士也出了好些个，泰半都曾受业于林愈蕃这个酃县前县令，以至于当时的《中江县志》在讲述某人事迹时，都会额外插上一句“青山先生（林愈蕃字青山）高徒”。

不仅如此，林愈蕃还在晚年和大多数文人一样钻研医术，在医术上也十分有名，尤精医方，著有《医方集要》《医方录验》等医学著作，至今仍是中医药典籍中的瑰宝。

乾隆三十六年（公元1771年），林愈蕃病逝于家；道光十八年（公元1838年），前四川总督琦善上奏道光，请准林愈蕃入祀乡贤祠（清代仅一人），并准入祀文庙配享；宣统元年（公元1909年），中江父老在南塔下建林公祠，以彰这位百余年前的先贤的学问道德。

# 复建飞香味草二亭诗（二选一）

清·沈道宽

何代风流宰，双亭创造新。
叶草飞郁勃，原草味甘辛。
我辈征前载，相期步后尘。
亭今无片瓦，况乃作亭人。

**作者简介：** 沈道宽，字栗仲，先世鄞县（今浙江宁波）人，籍大兴（今属北京市），清嘉庆二十五年（公元1820年）进士，道光三年（公元1823年）任湖南酃县（今炎陵县）知县，后代理茶陵州知州。著有《清画家诗史》《话山草堂遗集》《话山草堂诗钞》《词钞》《文钞》等。

**译文：** 也不知是哪年哪月的哪位高人，在这炎帝陵前修建了飞香亭和味草亭这两间亭子。双叶儿随风飘出，端的是芳香四溢；草根可以入药，也是甘辛可口，正应了“飞香”“味草”之名。因为重建需要，查找了不少飞香亭和味草亭初建时的资料，查看资料的时候也会有感慨，若干年之后，会不会也有后人来查找我这重建之人的相关资料呢？好吧，我承认我想得有些远，就说跟前这飞香亭和味草亭吧，只留个片瓦无存的遗址，哪儿还有当时初建人的细微痕迹呢？

故事

# 沈道宽，“人走茶不凉”的酃县县令典范

中国官场向有“人走茶凉”之说法，在并不久远的封建年代，权力并非由治下民众赋予，而来源于另一更高的官僚层级，官吏的任免调动也与治下民众全无半点关联，即便所谓的清官离任，可能会有底层民众自发组织的挽留活动。但也仅限于此，一俟此官离任他往，除了间或有曾经治下民众生发些怀想之情外，便再与此地无任何关联。

事无绝对，也有官员离任之后再度与曾治下民众发生关联的，并且，还留下了足以惊醒后世的传奇故事，譬如本文所述主人公，清道光年间曾任酃县县令的沈道宽。

## 酃县良吏

沈道宽，字栗仲，顺天府大兴（今属北京市）人，祖籍鄞县（今浙江宁波），清乾隆三十七年（公元1772年）出生，嘉庆九年（公元1804年）中举，此后一直游幕四方，足迹遍布天津、河南、山西及岭南诸地，颇有声名。

嘉庆二十五年（公元1820年），年近五旬的沈道宽得中进士，分发至湖南宁乡任县令；道光三年（公元1823年），沈道宽调任酃县（今炎陵县）知县，一待就是七年之久。

由于现存史料匮乏，现已无从得知沈道宽担任酃县（今炎陵县）知县时的具体施政纲领如何，但总不会差到哪儿去。尤为重要的是，沈道宽在酃县时还做了有史可查的两件大好事：一是重新修葺炎帝陵殿，二是主持修撰《炎陵志》八卷，使炎陵有史详考。

道光七年（公元1827年），也是沈道宽担任酃县（今炎陵县）知县的第五个年头。这五年来，按《赠通奉大夫沈公家传》的说法，酃县一地是“连年丰收，政成物阜，民企和畅”，身为一县父老的沈道宽也是心情大好，乃发愿重修炎帝陵殿。

这次重修，除了对陵殿进行修葺之外，还修复了前代所建的飞香亭、味草亭等附属建筑（文前所引诗作即此次修复之举所作），并在陵南龙爪石上新建咏丰台一座，在炎帝陵寝四周修筑了炎帝陵墓道……除此之外，沈道宽还亲笔题写了“飞香旧迹”“味草遗迹”“咏丰台”“炎帝神农氏之墓道”“奉圣寺”“永康桥”“长乐桥”等碑刻——有些直至今日仍存——这些事迹都记载在道光八年（公元1828年）由沈道宽主持编撰的《炎陵志》中。

## 人走茶不凉

道光九年（公元1829年），沈道宽调任茶陵州知州，离开任职七年有余的酃县。虽已离开酃县，但沈道宽与酃县的缘分并没有完全断掉，过了不多长时间，沈道宽便因一桩官司再度与已经离开的酃县有了关联，且这份关联的传奇色彩颇为浓郁，足以让200年后的后人唏嘘感叹。

就在沈道宽调任茶陵州知州没多久，知州府上的银库里少了好几千两银子——这可不是笔小数目，清代七品知县的年俸也就四五十两银子外加20担俸米（不包括比俸禄高出数倍乃至十数倍的“养廉银”）——由于史料有限，现在的我们已无从得知这好几千两银子是怎么没的，或者是政敌攻讦，或者是前任留下的亏空，或者干脆就是沈道宽自己挪用了。总之，银库里少了好几千两银子，要么他沈道宽在规定的时间内补上这笔亏空，此事便算休了，否则，丢官事小，走司法程序可是妥妥的挪用公款罪，进班房也不是没有这个可能。

救沈道宽的不是别人，而是自己儿子的家庭塾师毛国翰。毛国翰是当时有名的文士，长沙人，与沈道宽有文字之交，沈道宽到酃县（今炎陵县）当知县后，便聘请其来酃县教自己的儿子念书，对酃县也算是知根知底。

却说沈道宽为这笔巨额亏空头痛不已，毛国翰挺身而出，说是要去酃县借钱来填补这项亏空。得，死马权当活马医，便让毛国翰去了酃县借钱。毛国翰一到酃县，便召集县里有头有脸的士绅开了会，将沈道宽遇到的麻烦事儿一五一十地说了出来，并表达了借钱的想法，在场士绅“以道宽廉惠，又见国翰勇于为义”，纷纷拍胸脯表示没问题，“咸感奋竞运致钱谷”，“不一月而集事”——不到一个月便集齐了亏空的银两。

银子到位，亏空也便补上，自然再无丢官入监之虞。沈道宽向老友毛国翰道谢，毛国翰却说：“公泽在鄘，其邑人急父母之难，吾何力之有？”意思是你沈道宽对鄘县人民有恩，鄘县父老也是替你分忧解难，我又何功之有？此说虽是毛国翰的客套之语，却也是实情，若不是沈道宽在鄘县县令任上的那些德政，鄘县父老又怎会为一个已经离任的官员筹集这么大一笔钱呢？

茶陵知州任后，沈道宽又担任了好几个（州）县的知（州）县，基本也是在湖南打转。道光十八年（公元1838年），沈道宽因事去官，而后便寓居省城长沙，与当时省城长沙的一帮名士诗酒唱和，“觞咏流连，殆无虚日”。

咸丰二年（公元1852年），太平军围长沙，乃买舟东下，侨寓扬州。次年，扬州陷落，又徙泰州，未久即卒，时年八十有二。

# 小沩山寺

明·罗汝芳

世外谁开古洞天，大缘祖室更千年。
四山青翠俨城郭，曲水潺湲奏管弦。
华阁夜深悬海月，竹房秋静绕村烟。
何当绝顶扶双屐，身倚层云望八埏。

**作者简介**：罗汝芳（公元1515年6月13日—1588年10月21日），字惟德，号近溪，江西南城人，明中后期著名哲学家、教育家、文学家、诗人，泰州学派的代表人物，被誉为明末清初黄宗羲、顾炎武等启蒙思想家的先驱。

**译文**：这沩山小洞天也不知是哪位世外仙人留下来的，当年大缘禅师辟这小沩山寺为弘法之所，倏忽间也有千年光景，称得上是源远流长。且看这寺庙四周，满山青翠为屏，俨如巍峨城郭，山间水流潺湲，恰似乐师所奏管弦。待得夜间，一轮明月高悬，山下竹房冒出的袅袅炊烟，更是满满的人间烟火气。此刻我矗立于山巅，白云缭绕于身边，下方壮美之景尽入眼中，不觉豪气溢满胸臆。

**故事**

## 沩山，瓷城醴陵的上半场

1915年，湖南瓷业公司选送的釉下五彩扁豆双禽瓶在美国旧金山举行的“巴拿马太平洋万国博览会”上荣获金牌，醴陵瓷名声大振。从此，醴陵这个罗霄山脉西北边沿的湘东小城有了“瓷城”之美誉，直至今日仍熠熠生光。

论者多将此殊荣归因于前清光绪三十二年（1906年），熊希龄奏请在醴陵开设湖南瓷业学堂（后改建为湖南瓷业公司），在民用粗瓷基础上改而研发官用细瓷。鲜为人知的是，瓷业公司所用的优质瓷泥以及初建时的技术班底，几乎都出自离县城十多公里之遥的沩山窑区。

沩山，在现有的行政区域划分里是醴陵下辖之乡镇名，辖下有沩山村，比镇之建制历史更为悠久。得名之因便是围绕村落连绵起伏的山岭，与禅宗沩仰宗祖庭密印禅寺所在的宁乡沩山同名，为区分计，后人多以小沩山称之。

小沩山不算高耸，海拔最高处，也不过400余米。从南往北，山势徐徐抬升，山峦散开，溪流众多，望之与罗霄山脉沿线随处可见的丘陵地带并无二致，只其间储量极丰的高岭土将之与其他林立的山岭区分开来——高岭土是制作瓷器的优质原材料。据考古研究表明，早在东汉时期，小沩山及其周边就有了成规模的陶瓷生产，唐时作为长沙窑的“代加工厂”开始兴盛，而后迭经宋、元、明、清之发展，至清中晚期达鼎盛，民国版《醴陵县志》载“（小沩山）地产白泥，溪流迅激，两岸多水碓以捣泥粉，声音交接，日夜不停，故瓷厂寖盛，今上下皆陶户，五方杂处……”直至1949年后公私合营，囿于交通因素，小沩山及周边林立的窑厂陆续迁往交通更为便利的醴陵城区，青壮窑工和技师也去了城里的国营大厂，或者另谋出路，在小沩山绵延千年不绝的窑火才渐次熄灭，隐入尘烟。可以说，今日醴陵“瓷城”之荣光，其筑基便是小沩山及周边林立的各时代窑厂。

## 古洞天往事

其实，最早让小沩山进入中国文化视野的并非瓷器，而是中国传统宗教道教。唐司马承祯著《天地宫府图》，将当时全国各地适合道家修炼的地方分为十大洞天、三十六小洞天和七十二福地，沩山为第十三小洞天，“周回三百里，名曰好生玄上天。在潭州醴陵县，仙人花邱林治之”。

花邱林是谁我不知道，但司马承祯却是知道的，其人为道教上清派茅山宗第十二代宗师，约活动于武周、玄宗时期，与李白、孟浩然、王维等友善，并称“仙宗十友”。而禅宗灵祐禅师于宁乡沩山弘法创沩仰宗祖庭则在唐宪宗元和二年（807年），去司马承祯著《天地宫府图》近百年，何以同名沩山，而此地却落了一个“小”的前缀？想来与小洞天之“小”也不无关联吧。

洞天是个道教特有词汇，意指神道所居之名山胜地，不过，这在《天地宫府图》中位列第十三小洞天的小沩山却一直以佛教文化蜚声于外。唐天宝年间，佛家大德大缘禅师建沩山寺，南宋殿元易祓题“小沩山寺”，明泰州学派代表人物罗汝芳有《小沩山寺诗》，曰：“世外谁开小洞天，大缘祖室更千年。四山青翠俨城郭，曲水潺溪奏管弦。华阁夜深悬海月，竹房秋静绕村烟。何当绝顶扶双屐，身倚层云望八埏”，极力描摹小沩山寺及周边怡人景致，开篇仍不忘大缘禅师建寺之渊源。

当然，在大缘禅师建寺之先，小沩山亦有过道观，名登真宫，宫前有山，传为王乔炼药处。唐开元时，玄宗好神仙之术，特书六字（何字已不可考）赐下入藏。宋时，太宗皇帝雅好书法，闻登真宫有前朝御书真迹，命取至京师一阅，归还时又御书“飞白”二字使藏。后登真宫大火，宫室悉毁，独御书“飞白”二字存焉。宋康定元年（公元1040年），道士彭知一重修登真宫，并增设阁楼一所珍藏“飞白”御书……

这个故事记在欧阳修所作《御书阁记》中，小沩山也因欧阳修之文名声更大。遗憾的是，不管是欧阳修文中所记登真宫，还是大缘禅师始建、殿元易祓所题的“小沩山寺”，都消散在无情的时光淘换下，更遑论御书阁里珍藏的宋太宗御书“飞白”了。但也不是全然无迹可寻，车进沩山村，自村部沿新修的柏油路蜿蜒上山，不过片刻便到山腰处一块略大的坪地，这里以前是一处废弃的窑厂，眼下正在动工建设村部的休闲广场。车停此处，转而步行，沿起伏的山道继续前行数百米，山岗之上，一幢红墙黛瓦的门楼式建筑跃然于前；中开门洞，白底黑字的“古洞天”居于正中的门楣位置；左右“浑无古今 别有天地”之楹联分列门侧，正对淙淙流过的溪水；背后青山隐隐，树木苍翠，其地形山峦合抱中虚，兼采阴阳二气，确实是个神仙修炼的好场所。

入得门洞，是一略嫌局促的小间，中奉弥勒佛及四大天王像，想是前殿；穿过前殿，便是一片开阔的平地，规模更为宏大的主殿便在眼前，想来便是民国版《醴陵县志》里所称之“古洞天寺”。当然，只是继承其规制，建筑主体及其间陈设，都是后来重置的。

殿分三间，中间悬“洞天佛地”牌匾者自是大雄宝殿无疑，进深颇大，分了若干小间，释迦牟尼及西天诸菩萨之外，亦多道家神仙之像，热闹，却不杂乱，典型的“佛道共存”，恰与中国传统文化里儒、佛、道三者相互争论、相互借鉴、相互补充而成型的民间信仰不谋而合。想来欧阳修《御书阁记》中所记“醴陵老佛之居凡八十”也是这样“佛道共存”的局面，不然分而治之，小小一个醴陵县可容不下如许众多的宗教活动场所。

主殿分三间，居中大雄宝殿，一侧偏殿为地藏殿，祀地藏菩萨，这不奇怪，他处宗教场所亦常见；另一侧偏殿为瓷业祖师殿，祀瓷业祖师樊公进德，这算是小沩山“古洞天寺”的特有之景，他处绝无。据相关文献资料，樊公进德系明朝时烧窑工匠，大约是粤地人士，广东一带陶瓷产业工人都尊称其为瓷业祖师，香港大浦碗窑祭拜的樊仙亦是此人。寺旁不远并有樊公庙，每逢农历五月十六樊公诞辰，各厂业主、技师、徒工齐来拜祭，唱戏酬神，热闹异常。当然，这都是过往的风景，樊公庙毁于半个多世纪前那场轰轰烈烈的“大革命”，樊公祖师像也不得不屈尊于古洞天寺的偏殿，香火自也不同往日。好消息是，为配合乡村旅游之规划，捣毁多年的樊公庙正紧急赶工重修中，相信樊公祖师不日即可入迁新“家”……种种迹象表明，古洞天所在的小沩山及周边，除底蕴深厚的佛道文化传承之外，亦与醴陵陶瓷产业之发展密不可分，更莫提前往古洞天的山道一侧的山崖之上，随处可见的或裸露于外、或半掩于浅草丛中的陶瓷碎片。

## 曾经“小南京”

山道蜿蜒，流水潺潺，一幢灰白色的砖塔兀地出现在视野之内，这是中国城乡过往常见的惜字塔，用于烧毁书有文字的纸张，是古人“敬惜字纸”理念的体现之一。在目下这条平直宽敞的柏油路修通之前，塔之所在是出入村口的必经之途，一侧的溪水因地势跌宕而下，激起阵阵水花，其上青石板铺就的接龙桥勾连两侧山坳，想来除“敬惜字纸”之朴素理念之外，亦有风水上的考量。

惜字塔侧对面，隔着蜿蜒却平整的山道，一幢看上去有些年岁的院落静默在山道一侧，院墙外侧是有些斑驳的夯土墙面，檐下那方黑底金字的“月形湾古窑厂”匾额显是新挂上没多久，与周遭古朴的景致多少有些违和。

这是全国重点文物保护单位醴陵窑遗址群中保存得最为完好的一座制瓷古窑厂，亦是全国保存最好的古窑厂之一。推门而入，首先映入眼帘的便是裸露于地面之上的阶级窑，依地势起伏而建，泥坯砖砌筑的窑体长龙一般向上伸展，窑体两侧各设有规制不等的门洞若干，或为投柴，或为通风，或纯做观察之用。为保护计，孔洞之后都覆有玻璃，依稀仍能见窑体内清晰的阶梯状窑室，以及大量遗存下来的用于烧制瓷器与取物的垫饼，观其规制，当可想象当日窑火升腾时是何等热闹场景。窑体之外，并有采泥矿井、碓泥作坊、炼泥池、制瓷作坊等制瓷设施，窑主住房、仓库等附属建筑也一应俱全，采泥、碓泥、炼泥、拉坯、彩绘、施釉、烧窑等至今仍为当地制瓷艺人传承并发展的制瓷工艺流程，在讲解员的讲解下，比照实物能在脑中勾勒出一副相对完整的图像。

资料显示，月形湾窑厂始建于清光绪元年（1875年），占地1550平方米，放在沩山整个制窑产业的大背景下来考量，不论是规模还是历史渊源，都不算太突出——据湖南省文物考古研究所2014年调查显示，沩山窑区现存宋至民国时期窑址84座，与制瓷相关的瓷泥矿井、瓷片堆积、古道、古桥、古建筑等文物点110处。之所以有如许多遗存，主要还是保护得当，20世纪80年代以来，囿于各种外部条件，沩山各窑厂渐次停产，包括门窗、砖墙在内的窑厂设施被左近村民蚂蚁搬家似的一点点蚕食殆尽——就在距此不过数百米之遥的枫树坡，亦有一座废弃的窑厂遗址，依地势起伏长龙一般的基址仍在，窑体及其附属建筑早不知去向，裸露地面之上的，只是一排排作为窑体基址的耐火砖，仍可见其火烧后的痕迹，野草在其间肆意生长，颇有“佛狸祠下，一片神鸦社鼓”的世事苍凉之感——独有月形湾的这座窑厂，因有曾为窑工的本地村民义务看守，避免了被蚕食的命运，一应设施保存相对良好。在醴陵窑被升格为全国重点文物保护单位后，相关部门整饬一新，并增设复原陈列展示，向往来游客开放，成为醴陵窑国家考古遗址公园的一个重要组成部分。

提及沩山乃至整个醴陵的瓷器生产史，清嘉庆七年（1729年）绝对是绕不过去的一个时间节点。这一年，从广东兴宁移民而来的廖仲威在沩山发现优质瓷泥，即向当时的小沩山寺住持赁山采泥，且邀约家乡技工20余人，就地设窑烧瓷，并向附近的赤竹岭、老鸦山、王仙、漆家坳、五石窑等地扩展……以上史实见于民国版《醴陵县志》，很长一段时间内都被认定为醴陵瓷业之开端，直到那场突发而至的山火来临。

2007年春夏之交，沩山群峰中的一个山包突发山火，树木成灰后是一座白花花的瓷山，村里人觉得平常。毕竟，这群山之中，从不缺的就是碎瓷片，闻讯而来的文物专家却震惊了，如许多的瓷片，很多莫说从未见过，即连听也未曾听闻。随着考察的持续展开，更多的窑址被发现，沩山制瓷的历史也一再前推，从明推到元，再从元溯到宋，一直追到东汉——东汉始，就有人挖洞钻入沩山山腹取当地人称为瓷泥的高岭土。

是的，就是这满山遍野随处可见的质地良佳的瓷泥，且多是极易发现和开采的露天矿，自然躲不开像廖仲威那样的历代瓷业者的眼光。只是由于元末和明末的两次战乱，土著居民殆尽，清之前的制瓷辉煌才被尘封山林，像月形湾窑区的龙窑，专家考证表明宋代就有了，以后历代的作坊瓷厂都只是在原处重建一座龙窑而已。如此说来，我们还应该感谢那场突发而至的山火，不然，这一秘密不知还得在山林间隐藏多久。

自廖仲威赁山采泥、设窑烧瓷之后，沩山及其周边瓷业生产迎来迅猛发展。当时生产的是所谓“土瓷”，技术难度不高，易于仿制，又有唾手可得的优质瓷泥和漫山遍野的松木这样的制瓷原料，效仿成风。到清光绪十八年（1892年）、十九年（1893年）间，沩山窑瓷器产量达到高峰，共有窑户480余家，年产各类瓷器8000万件，瓷业产业工人近万，再加家属及其他服务业人士，小小的山坳

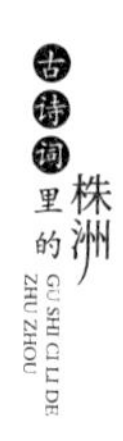

里一度曾聚居2万多人，市声喧嚣，日夜不绝，时有“小南京”之谓。

由于年代久远及史料记载阙如，现已无法揣度当日的“小南京”是怎样一番繁华景象，但我们可以从相关文人的笔记言谈中想象一二——民国文人笔记中有所谓“沩山八景”之说，记沩山一地引人入胜之八种人文风物景观。其中一景曰“檐廊艳夏”，指的是旧时沩山住户多将自家屋檐接出去三五米远以利排水，从麻家湾南延到枫树坡皆是这样形式的房屋，形成长约五里的檐廊，煞是壮观；尤当夏日，年轻的姑娘和媳妇常在檐廊下的晒楼歇凉，旖旎风光无限，且能跻身“八景”之一，亦从侧面反映了当日“小南京”的繁华景象。

## 再续辉煌

如果说广东人廖仲威在沩山设窑烧瓷奠定了醴陵近现代瓷业开端的话，那么，湘西凤凰人熊希龄的出现，则让醴陵的瓷业发展迈上了一个全新的台阶。

清光绪三十一年（1905年），怀揣实业救国梦想的熊希龄应沩山籍同科举人文俊铎之邀，来沩山实地考察醴陵瓷业发展，在详细比对了此前在日本考察过的当时更为发达的制瓷业后，定下了“立学堂、设公司、择地、均利”的瓷业振兴路线图。此后的故事耳熟能详，湖南瓷业学堂（后改建为湖南瓷业公司）在醴陵城内熙攘热闹的姜湾码头附近成立，引进日本先进的生产设备和工艺，致力于用机器生产细瓷和上等瓷，数年后攻克“釉下五彩瓷”烧制的技术难题，并于1915年获巴拿马金奖，被西方誉为“东方陶瓷艺术高峰”，醴陵的“瓷城”之名也因之而深入人心。

只是，沩山这个曾经被视为醴陵瓷业开端的地方却渐渐淡出了人们的视野。湖南瓷业学堂（后改建为湖南瓷业公司）最初的技术班底及一线产业工人、学徒大抵都来自沩山窑区，更莫提源源不断自沩山运往姜湾码头的一筐又一筐的优质瓷泥，沩山于醴陵瓷业兴盛之功大焉。此后，瓷业公司潜心研发“釉下五彩瓷”的烧制技术，在名贵的官用细瓷一途上大放异彩，而沩山，则继续相对低端的民用“土瓷”的生产，二者并行不悖地各自发展，甚至因时势，沩山民用“土瓷”还有过一个发展的小高潮——抗战后期，长江水道封锁，景德镇的瓷器运不出来，沩山因相对封闭的地理环境，日军瞧不上，所产民用“土瓷”行销大半个中国……沩山的衰落是从1956年开始的，这一年，沩山烧瓷的主要窑厂大多搬去交通更为方便的醴陵城区，现今让不少醴陵人念兹在兹的国光、群力、新民等国营瓷厂即成立于此间，近千名青壮技师、窑工亦随之迁去，和他们一同迁去城里的，还有他们的家眷，这是沩山人口的第一次大规模流失。沩山人口的第二次大规模流失发生在20世纪80年代中后期，未迁入城区的窑厂在持续生产若干年后，终因严苛的外部市场大环境而渐次关停，少地的村民迫于生计，或外出打工或做生意，很多就在外地安顿下来，被窑火烧旺的村庄好像也因窑火的熄灭而暂时隐入尘烟——行走村中，随处可见无人居住的老屋，窑砖筑基的夯土房，一到两层，硬土地面的三开间结构。中为堂屋，堂屋后墙供有神龛，两侧辟为厢房与卧室，后为厨房，门户洞开处，可见墙上挂着的发黄的老挂历，多集中在20世纪90年代中后期，那是房屋的主人最后一次离开家门的日子。

所幸，这样的衰落只是暂时。2013年，醴陵窑遗址被评为全国重点文物保护单位，作为醴陵窑遗址的核心区域，沩山村备受相关部门的关注，除了修复前文所提到的月形湾窑厂遗址以为陈列展示之外，与瓷业相关的古商店、古庙宇、古祠堂、古塔、古道、古桥、古井等美丽的田园风光画卷也为沩山村拿下了诸如“湖南省经典文化名村”“中国历史文化名镇名村”“中国第五批传统村落”之类的殊荣，更多因生计所迫出走的沩山人又陆续回迁。这其中就包括沩山村的现任村长易启红，他1993年和父母进城卖菜，再卖瓷器和花炮，早两年回家盖了新房，开了餐馆，还在山坳里种了几亩玫瑰花。临别沩山村，接待方送了几束让我们带走，整个车都充溢着馥郁的花香。

漫步沩山村，大多数时候都是静谧而安详的，无人居住的老屋，山间肆意生长的野草，溪涧潺潺的流水，以及迎面而来带着青草气息的凉风，仿佛仍是四百多年前罗汝芳笔下“四山青翠俨城郭，曲水潺湲奏管弦”的田园风光。只是，转过一个路口，耳旁忽地响起刺耳的机器轰鸣声，视野里亦出现十数名着工装的汉子在路边忙活，为迎接月底召开的“2022湖南（醴陵）国际陶瓷产业博览会”和“株洲首届旅游发展大会”，配套的沩山村建设工程也进入了尾声，眼下正抓紧对山间蜿蜒的古道进行修复。若干年前，满载各窑厂所产“粗瓷”的独轮车便是通过这样的古道运送到沩水边的码头，再沿沩水河而下，直抵十数公里外渌江的姜湾码头，而后下湘江，入洞庭，通江达海，行销大半个中国……

我站在古道尽头的沩水河边，努力搜寻旧日码头的踪迹，触目是灰白色水泥砌成的河道护坡，枯水期使得水流亦显得不是那么丰沛，实在很难想象河面上帆樯林立的壮观景象，那旧日的码头印迹，却是丁点也找不到了。幸运的是，那些架于河道拐弯处的古石板桥大多还保有旧日风貌，清一色的长条形青石板，随意搭在河道之上，供往来人经过，那石板正中央多有一条长长的深浅不一的印痕，这是运送松柴进来、运送瓷器出去的独轮车数百年来来往往碾压出来的，而这，正是今日醴陵坐拥“瓷城”美誉之滥觞。

# 自题画像小诗

宋 · 朱熹

苍颜已是十年前，把镜回看一怅然。

履薄临深谅无几，且将余日付残编。

**作者简介：**朱熹（公元1130年9月15日—1200年4月23日），行五十二，小名沋郎，小字季延，字元晦，一字仲晦，号晦庵，晚称晦翁，又称紫阳先生、考亭先生、沧州病叟、云谷老人、逆翁。谥文，又称朱文公。汉族，祖籍南宋江南东路徽州府婺源县（今江西省婺源），出生于南剑州尤溪（今属福建三明市）。南宋著名的理学家、思想家、哲学家、教育家、诗人、闽学派的代表人物，世称朱子，是孔子、孟子以来最杰出的弘扬儒学的大师。

**译文：**十年前我的已是苍苍白发，如今镜中之我更是衰朽残年。这些年颇不顺当，如履薄冰，如临深渊，活得是战战兢兢的，也没别的可以说的了，就将生命中不多的日子赋予这书斋之中的断简残篇吧。

## 故事

### 渌江书院，先贤的足迹

触目是一方巨大的汉白玉牌坊，正中镌书法名家李铎将军书“湖湘正学”四字，字体刚劲有力、大气厚重，恰与湖湘学派经世务实的学风相契合。

牌坊之后，飞檐斗拱的门楼耸立，国务院前副总理所题“渌江书院”的匾额悬在正中，那副将“醴陵”二字嵌入联中的“尊贤以醴，积厚成陵”的对联列于两侧。再外侧是沿山势起伏而建的灰瓦盖顶的院墙，占地7000余平方米的渌江书院各建筑群就散落在院墙之中，醴陵人所津津乐道的文脉渊源泰半亦发轫于此。

伏日的午后暑热如蒸，门楼前的广场全无遮盖，毒辣的日头明晃晃悬在半空，并不见除我之外的其他游客身影。我拾级而上，越过门楼正中的门洞，青石铺就的路面蜿蜒向上，通向绿树掩映中的书院，也通向更为深远辽阔的历史。

## 文教先声

“求经师，更求人师。”

甫越过门楼，迎面便是一块大石做成的照壁，石上镌刻的几个大字就这么猝不及防地映入眼帘。书院之制，萌于汉，成于唐，兴于宋元，曲折于明清，终于民国前夕，两千余年来，尽管其身份在官方和民间两边变来变去，甚至一度沦为科举的附庸和党争的工具，但其崇尚学术自由和思想解放的精神内核却一以贯之。这自然与书院管理者，也即俗称“山长”者的个人志趣密不可分，故有“求经师，更求人师”之谓。

回溯渌江书院之沿革，南宋乾道三年（公元1167年）绝对是绕不过去的一个重要节点。这一年，38岁的朱熹应主岳麓书院讲席的张栻之邀，从福建崇安出发，过湘赣古道，经醴陵而至长沙，盘旋两月之久。在岳麓书院，朱熹与张栻以辩诘的方式，把自己的学术思考自由地呈现在湖湘学子之前，“论《中庸》之义，三日夜而不能合”，陪同朱熹而来的弟子范念德如是记述道。这便是在中国思想文化史上浓墨重彩的“朱张会讲”。

近年，有学界中人认为，举世瞩目的“朱张会讲”之前，为迎接远道而来的朱熹，张栻专程移步醴陵来迎，且在当时的县学宫前有过一次小规模的会讲，史称“西山会讲”。如今渌江书院东侧书斋的空地处，立有朱、张二人席座于地、相对而谈的雕塑即纪其事也。但也有学者认为，所谓的“西山会讲”史无明载，而且，彼时的学宫是在城内的青云山，而非现在渌江书院所在的西山，大抵出于文人臆测，当不得真。不过，朱熹自长沙返福建途中，确曾在醴陵停留两日，且在彼时的县学宫开坛讲学，醴陵士子“肃衣冠而至”，影响颇大。后来，醴陵人在朱熹设坛讲学的地方建起朱子祠并立起朱子石像，渌江书院之前身即因之而来。

南宋绍熙五年（公元1194年），已近古稀晚境的朱熹出任潭州荆湖南路安抚使、复聘掌岳麓书院，脚步再一次踏上醴陵的土地。巧合的是陪侍左右的两位学生竟是醴陵人，一个是吴猎，一个是黎贵臣。吴猎是湖湘学子中最得朱熹、张栻学术真传的第一人，按史书的说法，“初从张栻学，乾道初，朱熹会栻于潭，（吴）猎又亲炙之。湖湘之学一出于正，（吴）猎实表率之”。另一高足黎贵臣，早在宋淳熙二年（公元1175年），便在县城南郊创建了第一座醴陵人办的书院——昭文书院，传播朱子之学。在两位爱徒的搀扶下，朱熹再一次来到青云山学宫，在自己的石像前长时间驻足，没有了昔日的激昂慷慨，却平添许多喟叹，酸楚悲凉溢于笔端：“苍颜已是十年前，把镜回看一怅然。临深履薄量无几，且将余日付残篇。”是啊，距离上一次“朱张会讲”过去了二十七年，老友张栻更是已于十四年前去世，自己所创的理学如今被朝廷视为伪学，进而升格为“逆党”，生命的豪气在滚滚的红尘浊浪中被耗散和磨灭，确乎也只能将余生所剩不多的日子赋予书斋之中的断简残篇了。

清乾隆十八年（1753年），在时任知县管乐的倡导下，醴陵人在青云山的朱子祠旁，以渌江书院的名字继承了这块土地上全部的文化传统，接过了朱子传经布道的担子。而后，道光年间的知县陈心炳以城市喧嚣不宜治学为由，将渌江书院移建于今址（西山书院旧址），醴陵学子从此过上了“百里莺啼喧昼暖，六斋灯火破春眠”的治学生活。

现在的渌江书院即在原道光年间的规制上修复重建的，三进院落，依次为头门、讲堂和内厅，皆不大，略显紧凑，倒是左右两侧的斋舍相对较大，依山势错落有致地铺展开来。左侧斋舍仍做旧时斋舍场景布置，一床一几，蜡像制的清代士子或伏案疾书，或掩卷深思，大抵还原旧时书院士子的日常；右侧则辟为展馆，展出与渌江书院相关的历史文化种种。前述朱熹所题诗即镌于一块青石板上，安放在某个展厅最显眼的位置，石上并镌有朱子画像，苍颜皓首，显见已是老境，题款“乾隆辛巳岁孟春月渌江书院重铸”。“乾隆辛巳岁”是公元1761年，朱子祠旁建渌江书院之后的第八年，书院学子感念当年朱子传道之恩，乃重将朱子之诗并画像镌刻于石，以资永为纪念，幸运的是，历两百余年，此碑仍存，九泉之下的朱子。当也可以瞑目。顺带提一句，开醴陵一代文风教化之先的朱熹于庆元六年（公元1200年）客死建阳，他把生命的终点选择在一座更为偏僻的书院。

## 古樟沧桑

书院正门一侧的一处高坡上，一株浓荫如盖的大樟树吸引了我的注意力。树干粗壮无比，大概三四个成年人才能合抱；树皮则粗粝硬铮，爆裂成了无数不规则的竖条，却依然坚硬如铁，紧紧包裹在树干上，张力尽显……底下并有石碑一块，上镌王阳明那首著名的《过靖兴寺》（其二）：“老树千年惟鹤住，深潭百尺有龙蟠。僧居却在云深处，别作人间境界看。”

靖兴寺就在大樟树的后面，相传唐初名将李靖南征，曾屯兵西山，其妻红拂女染疴不起，葬于西山，后人感于其情真意挚，特建靖兴寺以祀。渌江书院迁西山现址后，一度因生员过多，将靖兴寺改建为书院斋舍以安置学员之起居。不过，如今书院已废，斋舍不存，这靖兴寺也就恢复了原有的规制，且塑李靖并红拂女像于内，以供游人凭吊追思——顺带说一句，正史上并无红拂女其人，葬于西山事更是子虚乌有，但经由杜光庭撰《虬髯客传》以还，历代文人多有敷衍附会，终成追慕爱情的民间信仰之一。

前述王阳明诗作于明正德五年（公元1510年），那一年，大宦官刘瑾伏诛，困于贵州龙场三年之久的王阳明奉召回京，道经醴陵，游靖兴寺而题此诗。“老树”者，即此苍翠于天、浓荫如盖的古樟；“深潭”者，即古樟下首、距书院正门数十步之遥的洗心泉——取《易·系辞上》“圣人以此洗心”之意，至今尚存——“百尺”自是夸大之词，“龙蟠”亦是虚指，有后世解诗者认为诗中所言“龙蟠”是指朱熹曾在此传道讲学，隐有高山仰止、自愧不如之意。

其实，这是王阳明第二次来醴陵。三年前，因得罪宦官刘瑾，王阳明被贬为贵州龙场驿驿丞，赴任途经醴陵，并应醴陵士子之邀，开坛讲学。以学术观点而言，王阳明所传承自陆九渊的“心学”与朱熹所光大的“理学”不无抵牾处，故其讲学中不乏针对程朱理学的反击与清算，所作《过靖兴寺》（其一）中的末句“欲询兴废迹，荒碣满蒿莱”亦被指暗讽朱熹学术之不切实际。可让王阳明没有想到的是，醴陵士子并不看重理学和心学的差异，也不在乎王阳明对他们心目中文化偶像的批评，只要是真正的学问，就会赢得尊敬和赞赏。这让他意外和感动，也让他的讲学更加尽心尽力。

三年之后，王阳明再一次经过醴陵并开坛讲授心学。三年的苦修，让他“经世致用、知行合一”的思想更为成熟，心态也更为平和。没有了三年前的肃然和对朱子的强烈抨击，表现了对朱子的尊重和对程朱理学的宽容，再游靖兴寺的诗句也多了几分洒脱自然。

古樟依然耸立于书院正门一侧的山坡上，洒下浓荫一片，一路行来汗流浃背的我躲于浓荫之下暂歇，想起若干年前的学术纷争，不禁哑然失笑。理学也好，心学也罢，无非对世界的认识方法论的差异，并无对错之分。《论语》里讲“和而不同”，罗素也说“参差多态乃是幸福之本源”，学术如此，为人处世，亦当如此。

古樟之下再度题诗的王阳明不日离开醴陵，赴江西庐陵就职，从而开启了心学大师知行合一、立德立功立言“三不巧”的伟大征程。我则再度起身，向书院更深处探幽。

## 人文之盛

跨过书院的正门，从一个不大的天井过去，便是旧时书院最重要的讲堂所在，昔日山长聚徒讲学、同窗研习经义皆在此处。如今书院之制已废，早无书声琅琅，只外间蝉鸣聒噪不止，兼无游客往来，更显此处幽静得紧。

讲堂正壁是复刻的清道光年间知县陈心炳所书《移建渌江书院记》，记渌江书院由青云山学宫迁西山事。两侧是复刻的《渌江书院规条》，题款清光绪三年（1877 年），除常规的劝善规过等常识性条款之外，更有对书院学子“制外所以养中，养中始能制外”的修身齐家之事做出具体的考核指标。显然，这是左宗棠任渌江书院山长之后带来的新举措。

清朝时的渌江书院纳入“官学”体系，书院士子以入仕为官为人生唯一正途。不说国家官职有限，功名亦有定数，绝大多数学生在求取功名的路上将颗粒无收，充其量也就是个“陪读”。

道光十七年（1837年），25岁的左宗棠应湖南巡抚吴荣光之邀，受聘渌江书院山长之职。17岁便自行研读了《读史方舆纪要》《天下郡国利病书》《水道提纲》《农书》等技术类书籍的左宗棠，一眼就看出了渌江书院之前教育学生存在的问题，同时也找到了解决的方法。就任山长后，他删削了大而化之的说教闲篇，而另增了舆地、兵法、农经等实用课程，并带领学生走出书斋，登西山，游渌水，瞻仰先贤，依山川地形演练战阵，学用结合。这些经历成了他辉煌生涯的预演，且培养、储备了大量的人才：后来在他的军帐中，许多都是讲醴陵话的书院弟子……

坊间谈起左宗棠与渌江书院之渊源时，多津津乐道那两副让回家省亲途径醴陵的两江总督陶澍赞赏不已的对联，并将之视为左宗棠日后煌煌功业的起点。我却认为，相比两副逢迎上意而又构思精妙的对联，左宗棠在渌江书院大刀阔斧的改革才是留给醴陵士子最为宝贵的精神财富——那种“一意干将去”的知行合一、身体力行学风，深深影响着近代的醴陵学子，培养了醴陵人喜欢干大事、能够成大局的胆识和气魄；造就了百里同心、万民兴教的民气民风；形成了开放务实、经世济用的教风学风。

清末民初，醴陵涌现出一大批杰出的各界人才，包括但不限于声名赫赫的“西山四俊杰”——民主革命先驱宁太一，湖湘学术巨子、现代报业巨擘傅熊湘，留学日本、尽心家乡、著有《醴陵瓷业考》的文斐，三次砸锅卖铁组织捐款修建渌江古桥为此几近破产的实业家陈盛芳；再到波澜壮阔的新民主主义革命时期，国共纷争不断，两边的党政军界里的上层人物，从来不乏醴陵人的身影，且多少都有渌江书院的教育背景。醴陵人惯常挂于嘴边的那句“中国近代半湖南，湖南半醴陵”并非虚言，也未始没有书院的教化、孕育之功。

## 五贤今昔

由书院正门入讲堂，右侧是展馆，左侧是斋舍，斋舍曲径通幽地与书院正堂一侧的宋名臣祠和靖兴寺相连。一般人一路赏玩过来，自靖兴寺而出，兜头便是那株沧桑千年的古樟，不远处那青砖灰瓦白墙的斗拱式建筑，不正是渌江书院的正门？原来这便逛完了？

正沮丧之际，忽见一侧高地上还有一处未曾涉足的建筑群落，拾级而上，“五贤堂”的匾额就这么突兀地映入我的眼帘。“五贤”者，是醴陵士子自己总结的对渌江书院学风之养成留下深刻影响的五位先贤，除前文所述的朱熹、王阳明、左宗棠之外，还有张栻和吕祖谦两位先贤。

吕祖谦（别名东莱先生）是追随朱熹的脚步来到醴陵的。可等他赶到醴陵，“阶前梧叶已秋声”，朱熹早已飘然远去。更让吕祖谦难过的是，朱熹已经在这里掀起了一片理学热潮，他所代表浙东学派的心学似乎没有了位置。

失望懊恼之余，吕东莱索性不走了，在醴陵另建东莱书院，摆开讲坛与渌江书院相抗衡。于是，理学与心学——当时中国最高学术思想的对恃，又在这里摆开了道场，再度掀起文化波澜。聪明的醴陵人众不偏不倚，无论渌江书院还是东莱书院，大家都“望风景从，争相亲炙”，让吕东莱难以收手，只好“侨醴三年”，苦苦支撑着渌江、东莱两爿讲台。幸好有张栻在岳麓书院，两地相距不算太远，得以时相往来，互相探访。张栻的每一次造访，对于醴陵的学子都是顶级的文化盛宴。讲学论道之余，二人常在渌江河畔信步而行。县城南门的一座普普通通的石板桥，因为他们走过，“二圣桥”的名字延续至今。

如今的五贤堂大抵仍延续了往日先贤聚徒讲学的余韵，除专门设有一处藏书近万册的读书室以供游客读书养性、阅览怡情外，还设有大、中、小型会议厅四处，用于开展各种讲座活动。其中最负盛名的便是已延续两年之久的“渌江讲坛”，广邀各界名家、学者先后赴醴讲学，赓续文化传统，传承人文风尚……

从五贤堂缓步踱出，山间有风吹来，暑热也似消退不少，尽管悬于西方天幕的太阳一时半会儿还没有退下的迹象，光线却是柔和不少，确乎已是黄昏。逆着我下坡的另一条蜿蜒向上的山道，绿树掩映不到的地方，能看到三三两两着运动装的男女小跑着上山，应该是早早吃过夜饭锻炼身体的夜跑一族。空寂许久的山坳蓦地就多了几分生气，配合归巢的鸟鸣啾啾，渌江书院乃至整个西山，好似都活过来一般。

远处那株千年古樟依然兀然地立着，风吹过，枝叶亦做微微摇动状，细听似有哗哗声响，带动周边更多的绿意招摇，在眼底成一片起伏的绿色海浪……古人释“樟”字，以其树干上纵向龟裂的纹路似妙手天成的华丽文章，故在“章”旁加木，以成樟树之名，更莫提天然而生的挥发性香味以及提炼而成的樟脑丸，是书册防虫蛀的特效药。

樟树似乎天生与文脉涵养有着一定之关联，千年古樟之外，渌江书院所植树种，泰半都是香樟。据说醴陵市的市树亦是香樟树，城乡之间，遍布古樟的子子孙孙，如此，也便能理解偏于湘东一隅的小城醴陵何以会有这样的人文之盛——当然，很多人会说我是附会敷衍，但我更执拗地认为，这是一种不谋而合的默契。

# 过泗州寺

明·王守仁

风雨偏从险道当，深泥没马陷车厢。
虚传鸟道通巴蜀，岂必羊肠在太行。
远道近看连暝色，晓霞今喜见朝阳。
水南昏黑投僧寺，还理羲篇坐夜长。

# 再过泗州寺

明·王守仁

渌水西头泗州寺，今过转眼又三年。
老僧熟认直呼姓，笑我清癯不似前。
每有客来看宿处，诗留佛壁作灯传。
开轩扫榻还相慰，惭愧维摩世外缘。

**作者简介：**王守仁（公元1472年—1529年），字伯安，别号阳明，浙江绍兴府余姚县（今属宁波余姚）人。明代著名的思想家、文学家、哲学家和军事家，陆王心学之集大成者，与孔子（儒学创始人）、孟子（儒学集大成者）、朱熹（理学集大成者）并称为孔、孟、朱、王。

**译文一：**风雨泥泞，车马陷落，这一路可真难走啊，都说“蜀道难，难于上青天”，还说什么太行山上的羊肠小道最难行走，依我看，都不如我这一路来走得艰难。值得欣慰的是，这一路的风雨终于歇了一会儿，远看渡口暝暝，云霞满天，明天应该是个大晴天吧！看天色渐晚，且去这寺庙住上一晚，夜长难眠也没所谓，箱笼中还有不少圣贤之书，随意翻翻也能打发时间了。

**译文二：**渌江西岸的泗州寺，距我上一次来这里已经三年了，真是时光如梭啊！老方丈竟还认得我，见面便呼我名字，还开玩笑说我比三年前胖了不少。老方丈说，我走的这些年，常有附近居民过来参观我住过的僧房，我三年前在这儿写的那首诗如今就刻在寺壁之上……仍住我三年前住过的那间僧房，老方丈又是开窗又是洒扫卧榻地忙个不休；本萍水相逢，竟如此厚待，我这客人真是惭愧不已啊！

## 故事

### 王阳明两过泗州寺，前后心境判若两人

明正德二年（公元1507年）的某个冬日，久雨初霁，醴陵泗州寺门前的官道上远远走来一个神色疲惫的旅人。来人三十五六岁的年纪，身形清癯，一身素色苏绣褂子考究得紧，虽满是泥点斑驳，却也难掩其雍容气度。

不多时，人已行到寺前，开腔却是一口地道的南方官话，言自京师而往黔省，途经此处，晚上求个借宿的地方——这泗州寺本是祭祀楚昭王的神庙，后来扩建为寺，也有弘扬佛法的弟子前来修行。只是这泗州寺既非深山古刹，又无文人雅士诗赋吟咏，香火钱也就寒酸得紧，好在坐地甚广，僧房也有富余，醴陵又当交通要冲，南来北往的客人颇多，寺庙也就兼了旅舍的营生，好歹给菩萨多添几个香油钱。

见来人气度不凡，早有小厮飞奔着去后院请来了住持方丈。彼此通报姓名过后，在场诸人无不大惊，来人竟是年前上奏折为南京言官戴铣辩冤而被贬谪为贵州龙场驿驿丞的前兵部武选清吏司主事、政学两界皆有清誉的“阳明先生”王守仁，此行是前去贵州龙场赴任的。

## “八虎”乱权　文官发难

时间倒回到两年前。弘治十八年（公元1505年）六月，素有宽厚仁和之称的明孝宗朱祐樘驾崩，十五岁的太子朱厚照继位，次年改元正德，是为明武宗。

朱厚照本是个聪明孩子，偏生身边的随侍太监个顶个的奸佞，又仗着孝宗宠溺这个皇太子，越发地没个规矩，整日带着年幼的太子游玩取乐，“日献鹰犬、歌舞、角抵等戏”。十多岁的孩子哪里能经受这个诱惑，日日沉湎其间，学业、政事悉数荒废。及至即位登基，更是变本加厉地玩乐无度，那在东宫就陪侍左右的几个太监也一步登天，以刘瑾为首，包括马永成、高凤、罗祥、魏彬、丘聚、谷大用、张永在内的八个太监都得到了重用，时人称为“八虎”，结党营私，搅得朝政一团污糟。

阉宦弄权，朝中文武自不甘心，何况弘治又是有明一代难得的明君，留下的一帮顾命大臣亦是一等一的忠义之士。正德登基还没几个月，奏请诛杀刘瑾等八虎的奏折便纷至沓来，但正德受“八虎”蛊惑，对此一概不理。

正德元年（公元1506年）八月，天上打雷，皇宫正殿臬吻、太庙嵴兽和天坛的大门都让雷给劈坏了，这在信奉“天人合一”的中国封建社会是了不得的大事。户部尚书韩文牵头，内阁首辅李东阳执笔，包括内阁大学士刘健、谢迁等数十位大臣联名上书，要求诛杀“八虎”。正德皇帝也吓到了，接到奏折后“惊泣不食”，也有了除去“八虎”的想法。只是风声走漏，刘瑾等“八虎”连夜闯入皇宫，围着正德痛哭，又搬弄口舌，挑拨离间，反口咬上支持大臣上书的司礼监太监王岳等人，说王岳勾结文官大臣，欲限制皇帝自由出入皇宫。正德闻言大怒，连夜收捕王岳等司礼监太监，发往南京充军。

次日上朝，众大臣知大势已去，以辞职相要挟想搏最后一击，正德却一一准奏，前朝老臣除李东阳之外，刘健、谢迁等内阁大臣全被赶回老家养老。

## 言官获咎　守仁洗“罪”

第一次诛“八虎”以朝臣的全面失败而告终，但朝臣们仍不死心，继续拼死上谏，请诛“八虎”。上一次是北京的言官首先发难，这次的声势则由南京的言官来扛大旗了——有明一代，自明成祖朱棣以降，设双京制，以往南京的中央机构仍被部分保留，设六部、都察院、通政司、五军都督府、翰林院、国子监等机构，官员的级别也和北京相同，北京所在为顺天府，南京所在为应天府，合称二京府——刘健、谢迁等内阁大臣被逐的消息传到南京，南京六科给事中几乎都站了出来，戴铣、李光翰、徐蕃、牧相、任惠、徐暹等联名上奏，请留刘健、谢迁；南京十三道御史薄彦徽、陆昆、蒋钦等15人，连名上疏请屏“八虎”，又《复上公疏》请留刘健、谢迁……

这次南京的官员可没北京的官员那般好运，只是告老还乡而已，而是直接被刘瑾下到诏狱——专门关押政治犯的监狱——搜罗“罪证”，落实“罪名”后，各被赐廷杖（就是拉到皇宫殿下，脱掉裤子，用军棍打屁股）三十，戴铣当场毙于杖下，蒋钦三次被杖，三天后死在狱中，余亦各有伤损，仍回狱中，听候发落。

当此危急时刻，朝中群臣要么委身“八虎”以求富贵，要么噤声不语以为自保，但却有一个人跳了出来，要为戴铣等南京言官辩白洗“罪”。此人便是本文主人公，时年三十六岁的兵部武选清吏司主事（正六品）王守仁。

武选清吏司掌考武官品级、选授、升调、功赏之事，与诛“八虎”之事并无关联——刘瑾等人虽则奸佞，却也识得大体，只在朝中搬弄是非，专政乱权，魔掌并未伸到军中——更何况，首倡者如刘健、谢迁、韩文等都是一二品大员，还轮不上王守仁这个正六品的主事小官说话。只是，南京的言官进谏被逮下狱却不能忍，在他看来，刘健、谢迁等人请诛“八虎”或可视为争权夺利的“党争”，而言官进谏乃为臣之本，以此妄兴冤狱，之后便无人敢谏，国之根本也将动摇……因此，他言辞恳切地给正德皇帝上了一道疏，恳请赦免戴铣等南京言官的“罪过”，其疏如下：

君仁臣直。铣等以言为责，其言如善，自宜嘉纳；如其未善，亦宜包容，以开忠谠之路。乃今赫然下令，远事拘囚，在陛下不过少示惩创，非有意怒绝之也。下民无知，妄生疑惧，臣切惜之！自是而后，虽有上关宗社危疑不制之事，陛下孰从而闻之？陛下聪明超绝，苟念及此，宁不寒心？伏愿追收前旨，使铣等仍旧供职，扩大公无我之仁，明改过不吝之勇；圣德昭布，远迩人民胥悦，岂不休哉！

应该说，王守仁这份上疏的“斗争策略”还是相当讲究的，只字不提“八虎”乱权之事，只委婉地劝诫正德皇帝要对言官宽容，否则无人敢于直谏，以后皇上还能从哪儿听到“宗社危疑不制之事”。

遗憾的是，这份言辞恳切的上疏并未打动正德皇帝，“疏入，亦下诏狱”，本想解救深陷冤狱的南京言官，结果连自己也搭了进去。

## 余杭遇险　远遁福建

在狱中关了几个月后，对王守仁的处理意见也出来了，“廷杖四十，寻谪贵州龙场驿驿丞”。龙场在贵州西北的修文县，当时还属未开化地区，其地“蛇虺魍魉，蛊毒瘴疠”，驿丞是掌管驿站的官员，并无品秩，说是贬谪，却与流放无异。

正德二年（公元1507年）夏，王守仁沿京杭大运河乘船南下，打算先回余姚老家看望家人后再去贵州赴任。与此同时，刘瑾也派着人一路尾随，打算在途中对他不利。刚到杭州，王守仁便感知到有人跟踪，且会对他不利，便手书一首绝命诗于杀手必经之道上，再趁夜赶至钱塘江边，伪造了一个自杀现场，而后匆忙乘船逃遁至福建。

刘瑾派出的杀手显然不太专业，活不见人，死不见尸，看到绝命诗和伪造的自杀现场便认定王守仁已跳江自尽，匆忙赶赴京师赴命。

按故事的发展脉络，既已伪装自杀，便得隐姓埋名了此残生才是。也是凑巧，在福建逃遁的王守仁竟遇到了一位故人，这位故人是一位得道的高人，二十年前便预言过此次相遇。王守仁将自己将要远遁的打算告诉故人，故人却极力劝阻，说你走了没关系，但你父亲还在朝中为官，没人认出你来倒也罢了，若有人认出，刘瑾抓了你父亲，再诬你个里通外国的罪名你何以处之？然后又为王守仁卜了一卦，是地火明夷卦，按《易经》说法，“内难而能正其志”，正是王守仁此时境况，且并无后虞。有了高人指点，王守仁决定还是回去当他的龙场驿丞，“遂决策返”。

心境已定，便无顾虑，当下便由福建回了余姚老家，拜会家人后，便一路逶迤西行，经江西广信、分宜、萍乡，而后进入醴陵地界，径直前往泗州寺投宿。

## 两过醴陵　心境大变

和泗州寺众僧人寒暄毕，当晚王守仁便住在寺中，《过泗州寺》一诗也写于其间。诗中所述“风雨泥泞，车马陷落”之景既是一路行来的实况，亦有影射当时朝政残暴险恶的现实意义；而颈联所述“云霞满天”之景，亦可看作自己劫后余生的庆幸之句——那刘瑾虽然阴魂不散，但有高人之占卜吉卦，也是不用太过担忧。

王守仁在醴陵并未过多停留，泗州寺宿过一晚后便坐船去了长沙，而后沿湘江过洞庭湖抵达沅江，再溯沅江西进，经沅陵、辰溪等地抵达贵州地界。

正德三年（公元1508年）春，王守仁抵达贵州龙场，开始他的驿丞之职。在此期间，王守仁对《大学》的中心思想有了新的领悟，认识到“圣人之道，吾性自足，向之求理于事物者误也”，史称“龙场悟道”。

正德五年（公元1510年）初，王守仁谪戍期满，复官庐陵县（今江西吉安）知县。这一次，他沿着三年前被贬谪的道路原路返回，从沅江东下，经溆浦大江口、辰溪，直达沅陵，在沅陵逗留数日，又至武陵（今常德），再乘船经洞庭湖抵湘江，而后溯湘江南下，从渌口沿渌水东行至醴陵，再次抵达他三年前宿过一晚的泗州寺。

三年时间一晃而过，这期间，时局也发生了变化。以刘瑾为首的“八虎”虽则把持朝政，任人唯亲，却也不是铁板一块，私下里争权夺利也厉害得很，终于，“八虎”之一的张永逮住机会，秘密搜集刘瑾的罪证上报给正德，正德大怒，定了个凌迟处死的大刑……当然，这都是后话。

王守仁虽远离京师，但时局的变化仍是看得一清二楚，那刘瑾忙于争权夺利，自顾尚且不暇，自然也放松了对自己这个龙场驿丞的监管。而且，他也清楚地知道，以刘瑾之专横跋扈，身败名裂是迟早之事。因此，再过泗州寺的王守仁之心境比之三年前借宿的那个贬谪官员大有不同。

再过泗州寺，主持方丈还在，还认得三年前留宿过一晚的王守仁，且礼遇备至。三年前自己写的诗被工整地题在寺壁上，三年前自己住过的僧房竟成了“名胜古迹”，时不时地还有人前来参观，真真是“惭愧维摩世外缘”了。当然，他也知道，自己之所以受此尊崇，全因为当年拼死为戴铣等言官辩白洗“罪”。老百姓心中自有一杆秤，当年自己被贬谪至贵州，从余姚至江西，从江西到湖南，再从湖南到贵州，到处都有同情者和支持者；有送诗践行的，有好言相慰的，有登门求学的，全不觉自己是一个受了惩处的人，反因自己的被贬谪而愈发崇敬，途径长沙，长沙太守还专程过来请他喝酒……

这一次，王守仁在醴陵多待了些日子，除了赏玩当地风光之外，还应当地士人之邀在靖兴寺旁的渌江书院讲学，并留有《过靖兴寺》诗二首。

正德五年（公元1510年）三月，王守仁离开醴陵，赴江西庐陵就职，开启了心学大师知行合一、立德立功立言“三不巧”的伟大征程。

**延伸阅读：**

## 过靖兴寺（二首）

王守仁

（一）

隔水不见寺，但闻清磬来。
已指峰头路，始瞻云外台。
洞庭藏日月，潭穴隐风雷。
欲寻兴废迹，荒碣满蒿莱。

（二）

老树千年惟鹤住，深潭百尺有龙蟠。
僧居却在云深处，别作人间境界看。

# 次空灵岸

唐·杜甫

沄沄逆素浪，落落展清眺。
幸有舟楫迟，得尽所历妙。
空灵霞石峻，枫栝隐奔峭。
青春犹无私，白日亦偏照。
可使营吾居，终焉托长啸。
毒瘴未足忧，兵戈满边徼。
向者留遗恨，耻为达人诮。
回帆觊赏延，佳处领其要。

**作者简介：**杜甫（公元712年—770年），字子美，诗中尝自称少陵野老，世称杜少陵。其先代由原籍襄阳（今属湖北）迁居巩县（今河南巩义）。开元（唐玄宗年号，公元713年—741年）后期，举进士不第。漫游各地。天宝三载（公元744年），在洛阳与李白相识。后寓居长安近十年，未能有所施展，生活贫困，逐渐接近人民，对当时生活状况有较深的认识。及安禄山军临长安，曾被困城中半年，后逃至凤翔，谒见肃宗，官左拾遗。长安收复后，随肃宗还京，不久出为华州司功参军。旋弃官居秦州，未几，又移家成都，筑草堂于浣花溪上，世称“浣花草堂”。一度在剑南节度使严武幕中任参谋，武表为检校工部员外郎，故世称杜工部。晚年举家出蜀，病死湘江途中。其诗大胆揭露当时社会矛盾，对穷苦人民寄予深切同情，内容深刻，许多优秀作品显示了唐代由盛转衰的历史过程，因被称为“诗史”。在艺术上，善于运用各种诗歌形式，尤长于律诗；风格多样，而以沉郁为主；语言精练，具有高度的表达能力。继承《诗经》以来注重反映社会现实的优良文学传统，成为古代诗歌艺术的又一高峰，对后世影响巨大。杜甫是唐代最伟大的现实主义诗人，宋以后被尊为“诗圣”，与李白并称“李杜”。存诗1400多首，有《杜工部集》。

**译文：**船行湘江，水流奔涌，站在船头，远望晴空下的绝好山水，真有出尘之感，也幸得脚下这小小的一叶扁舟，可以让我看到如此美景。停船上岸，但见红褐色的霞石累累在前，绿意盎然的枫树、栝树在险峻的山间招摇；回望我这大半辈子都在路上漂泊无依，这壮美河山倒真让我有隐居于此的冲动了——哪怕此地为湿热的毒瘴之地，也没关系，可忧者在于，边关不靖，时有兵戈之争。但是，我这么个山野之人，在这样的社会现实下，又能干些什么呢？也罢，也罢，明日挂帆继续南下，去衡州见过老友韦之晋再做打算。

## 故事

### 空灵岸，千古风流

车子甫在悬有“空灵寺”题额的北山门前停稳，便有数位上了年岁的妇人拥上来，手里扬着的是规制不等的香烛诸物，没几天就是农历六月十九，传说中观音菩萨的得道之日，往来空灵岸礼佛的香客游人明显多了起来。显然，因天热而穿得一身素净的我们也被当成前来礼佛祈福的香客了。

空灵岸之有名，自与诗圣杜甫那首《次空灵岸》密不可分——唐大历四年（公元769年）春，杜甫携眷载舟，自潭州（长沙）而往衡州（衡阳），行至空灵岸，为独特风光吸引，遂泊舟登岸，遍览美景，并作《次空灵岸》一诗，中有“可使营吾居，终焉托长啸”句——到底是何迷人美景，竟让心系百姓疾苦而半生漂泊的杜甫也生出终老之心？我央空灵岸附近长大的朋友领我来一探究竟，没想到朋友面子大，直接惊动了住持师父，山门之前，那一身灰褐色僧常服遥遥冲落车的我们合十行礼的僧人，不是空灵寺住持新坚法师还能是谁？周边招揽生意的妇人见是方丈的客人，也就悻悻四散开去，倒弄得我有些惶恐，如此兴师动众，着实有些唐突冒昧了。

好在新坚法师不以为忤，朋友绍介，互通名姓，我亦有样学样地合十行礼，稍作寒暄，便随着法师往斋堂行去——来的前一日，朋友电话里跟法师说要来用斋饭，只是路上耽误了些，过了约定的时间，倒惹得法师倒屣相迎，该打！

## 古佛沧桑

桌面上六个菜碟，一香干、一粉丝、一苦瓜、一豆角、一辣椒、一仔南瓜，味皆不赖。尤其是油淋辣椒一味，豉香并此季青椒特有的清香味儿交织，极惹味，城中一般饭馆子难有此出品，饶是自诩无肉不欢的我，满桌素斋在前，亦是吃得极为酣畅。

新坚法师陪我们一起用斋饭，一个劲儿说款待不周，多少是谦辞，这已是刻意备的客餐，寺中人等用斋皆是四味佐餐，我们这一桌明显超了规格。

新坚法师是茶陵人，今年57岁，或许是常年茹素的缘故，身样清癯，面色祥和，望之不过四十出头。所以，当我听到新坚法师说起来空灵寺已有22年时，起初是有些惊讶的，继而问起年庚，方才释然——在寺日久，自能对寺之渊源流变并寺中风物景观了若指掌，正可解我探幽寻胜而又不知从何下手之惑。

我向新坚法师谈起我从网上及各种文献资料里得来的各种或语焉不详或言之凿凿的与空灵寺有关的人文风物，包括但不限于书家米芾挥毫的“怀杜岩”、清嘉庆年间邑人胡官锦倡建后代迭有翻修的“杜公亭”、湘军宿将彭玉麟所题“梅花图”并镌于石碑的“梅花碑”以及为安置此碑而建的“梅花阁”、屡次被窃而又离奇完璧归赵的三尊鎏金古佛……当然，这个时候我们已经移步到了新坚法师专门待客的禅房，再不学无术，也该知道“用斋止语”的规矩。

嫩绿的新茶在沸水的冲泡下渐次舒展，热气氤氲开来，茶香袅袅。一泡好茶过后，新坚法师跟我说起空灵寺的种种，我此前提起的那些与空灵寺相关的古物古迹，除了三尊多次失而复得的鎏金古佛仍在寺内外，如今已全无踪迹可寻。

古佛就在会客厅的隔壁，不过十余平方米的小房间，装饰成佛堂的样式，进门右手边便是高高立着的佛龛，佛龛内安坐三尊造型古朴、表面斑驳不一的鎏金佛像，四周皆以玻璃罩之。

坊间多传古佛为“金菩萨”，其实不过黄铜所铸，外敷鎏金，且因年长日久，外表金箔剥落之处亦不少。据文献记，三尊鎏金佛像系明万历年间自京师请来，且经高僧法会开光，迄今已400多年，被定为国家二级文物。或许是因了这些传言吧，古佛在寺内曾数次遭窃，有据可查的就有三次：一次是清朝年间，三门镇一吴姓村民将佛像偷回家中，不久一家三口同时卧床不起，郎中看病也查不出病因，只说是中了邪，吴姓村民意识到可能是菩萨显灵，次日便将佛像送回寺中，病人果然转危为安；另一次是20世纪60年代，正值“破四旧”高峰，伞铺乡一村民趁乱将佛像拿走，藏于屋后红薯洞内，多年来一直忐忑不安，20世纪80年代，听闻空灵寺复修，更是坐卧不宁，心事重重，多番考量之下，冒雨将佛像偷偷送回寺中——另有种说法则是，该村民不忍佛像在运动中被砸，偷回家中藏好以为保护，到寺庙重修后再捐献出来；最近的一次失而复得发生在1993年，有当时公安部门的卷宗可查，某蟊贼趁僧人熟睡，将金佛偷出，慌乱中拦下一辆手扶拖拉机来到市区，打算乘火车去往广州销赃，结果株洲火车站安检太严，又转坐公交车准备到安检稍松泛一些的清水塘车站上车，哪晓得太过慌乱，引起司乘人员警觉，直接将公交车开到了派出所，一番审讯，马脚全露，蟊贼被判重刑，金佛再一次物归原主……

此刻，三尊鎏金佛像正静静地端坐在佛龛中，一坐莲观音，一坐狮文殊，一坐象普贤，皆古拙可赏，斑驳旧迹亦不掩其宝相庄严，隔着玻璃与之对视，人不自觉就变得渺小，附身跪伏，心香一瓣奉上，不为祈福，亦不求财求禄，只匍匐于这数百年之久的跌宕时光。

## 逶迤山路长

入目皆是佛像，数不清究竟有多少，面目虽各异，却通是趺坐姿势，左手腹前结“说法印”，右手竖起“拈花指”，佛像旁并有小木牌一块，镌刻着捐赠信士名姓。

这里是入北山门之后的第一座建筑万佛殿，新坚法师恪守佛家早起之俗，午饭后有小憩之习，不便过多叨扰，一泡茶后，起身行礼告辞。带我来的友人回村处理私事，我则回到北山门处，再度游览这曾让诗圣杜甫生出终老之心的绝美之

景所在。

走出万佛殿，一条石壁栈道蜿蜒着伸向前方，道左为滚滚江流，道右则是怪石嶙峋的山崖——空灵寺系沿湘江倚江边崖壁而建的建筑群，构筑精巧的殿阁亭楼与雄奇险峻的自然风光交相辉映——这个时候若是载舟江上，可以清晰地看到栈道若长龙一般将缘山而筑的各色殿阁亭楼串起来，雕梁画栋，飞阁流丹，远望似空中楼阁一般立于江岸，自有几分空灵意韵。

不过，此刻的我未在江上，而是陆行其间。脚下的栈道虽则宽窄高低不一，却并不崎岖难行，条石铺就的路面平坦而整洁，左侧的湘江正逢丰水期，江水浑浊，后浪赶前浪，一浪浪拍向沙滩，"哗哗"声响后又倏地后撤，留下满地白沫；右侧是山崖，不算高，却甚是陡峭，刀砍斧削一般。崖面多处覆有防山石滑落的防护网，部分路段更是自山崖中间劈出一条道来，形成崖屋，人过处，不时会有凝聚的水滴自头顶的崖石上滴落下来。

栈道上踟蹰而行，无意间抬首向崖壁望去，一副巨大的摩崖石刻跃然于前，所书正是杜甫那首《次空灵岸》："沄沄逆素浪，落落展清眺。幸有舟楫迟，得尽所历妙。空灵霞石峻，枫栝隐奔峭。青春犹无私，白日亦偏照。可使营吾居，终焉托长啸。毒瘴未足忧，兵戈满边徼。向者留遗恨，耻为达人诮。回帆觊赏延，佳处领其要。"

"沄沄"者，言水流汹涌貌也。大历四年的那个春天，刚刚在潭州度过58岁生日的诗人杜甫，打算去衡州拜访老友韦之晋，乃买舟南下，正与北去之湘水逆而行之，故诗中有"逆素浪"之说，也正与此刻于栈道之上前行的我方向一致，触目皆是奔腾不息的湘江之水。

作为诗人的杜甫，给世人留下的印象总是忧国忧民貌，其实不然，少年成名的诗人其实也有过"致君尧舜上，再使风俗淳"的拿云之志，幻想过"为官一任，造福一方"的政治抱负，却在权相李林甫主导的"野无遗贤"的闹剧下梦断科场，不得已困守长安十载之久。其间虽也曾奔走权贵之门，投赠干谒，更曾足着麻鞋、袖露两肘向逃难在凤翔的唐肃宗表忠心，亦被授予几任小官，却总是不过数月便因事去职。直到在剑南节度使严武及一帮朋友的帮助下，才算在蜀中有了一席之地，过了好几年相对安生的日子。与此同时，安史之乱后百姓的悲惨生活也无时无刻不在刺激着诗人的良知，《三吏》《三别》等现实主义诗作便是对彼时乱局的无声控诉。哪怕是在空灵岸，在诗人眼中是“峭壁临江，峻石峋嶙，竹茂林荫，古寺悬空”的绝美所在，是“可使营吾居，终焉托长啸”的终老之地，可也还是情不自禁地发出了“毒瘴未足忧，兵戈满边徼”的隐忧——这老杜，忧国忧民是刻在骨子里了。

遗憾的是，老杜在空灵岸终老的梦想并未能达成。衡州拜会过朋友韦之晋后，杜甫又返回潭州。次年，臧玠在潭州作乱，杜甫又逃往衡州，原打算再往郴州投靠舅父崔漳，但行到耒阳，遇江水暴涨，只得停泊方田驿，五天没吃到东西，幸亏县令聂某派人送来酒肉而得救。后来杜甫由耒阳到郴州，需逆流而上二百多里，这时洪水又未退，杜甫原一心要北归，这时便改变计划，顺流而下，折回潭州。大历五年（公元770年）冬，杜甫在由潭州往岳阳的一条小船上去世，时年59岁。

于空灵岸而言，杜甫不过万千过客之一员；而于深具家国忧患意识的传统中国文人而言，杜甫除是文学史上不可逾越的高峰之外，更寄放了自己忠心为国却怀才不遇的政治抱负——放翁诗“文章垂世自一事，忠义凛凛令人思”即此谓也——故千百年来，文人骚客往来空灵岸探寻诗圣杜甫足迹者数不胜数。

宋绍圣五年（公元1098年），书家米芾游览空灵胜景，感杜甫之拳拳爱国热诚，挥毫题写“怀独岩”三字，并镌刻于寺左江岸的悬岩之上；清光绪十一年（1885年），以老病请退回原籍衡阳养老的湘军元老、中兴名臣彭玉麟再游空灵岸，提笔作梅花图一幅，画序曰“舟楫渺然，怀古竟随癫米拜；经过偶尔，寻幽如到浣溪居”——癫米者，米芾之谓也，因米芾行事不羁，世有“米癫”之称，这是追述米芾题“怀杜岩”之事；浣溪居，指杜甫寓居成都筑草堂于浣花溪畔事，这是直接将空灵岸与杜甫所居之地画上等号，更是对杜甫《次空灵岸》诗中“可使营吾居，终焉托长啸”的回应——时人将其拓于青石碑上，并请名家镌刻，是为“梅花碑”，又营“梅花阁”一所以为安置……

哦，对了，还有邑人胡官锦，史载其为伞铺人，秀才功名，好读诗文，尤喜杜诗，日日吟咏不绝，平生最大志愿便是在杜甫吟咏过的空灵岸修座亭子来怀念杜甫。清嘉庆九年（公元1804年）春，筹划多年的胡官锦召集当地乡绅官民等商议修建“杜公亭”之事，众人一致赞同，有钱出钱，有物出物，有力出力，不过三个月光景，便在寺南空地的一块回抱石上立起一座重檐跷脚的“杜公亭”——坐西朝东，高二丈，丈二见方，临江面重檐挂“杜公亭”横匾，刻《次空灵岸》诗于石壁，亭正中神龛内置杜甫雕像，下设围栏，以供游人倚坐……

只是，这些曾有的旧迹，如今都不能在寺中找到踪迹。史无前例的动乱年代，因无人管理，寺庙建筑群先后圮毁殆尽，在这前后，空灵岸左近兴起了新兴的采石业，杜甫诗中“空灵霞石峻”的壮美风光，在某些人眼中却是取之不竭的财富源泉——霞石系似长石矿物之一种，富含铝、钠类硅酸盐，可用于玻璃和陶瓷工业，亦可作为炼铝的原料——财富欲望的刺激下，湘江两岸炮声隆隆，包括“怀独岩”和立有“杜公亭”的回抱石在内的诸多立于湘江岸边的石山均化为可以换钱的矿石原料……所幸的是，“梅花阁”虽毁，“梅花碑”尚存，只是不在寺内，已被收藏在株洲市博物馆内妥善保管。

此前新坚法师曾略略告诉我“怀独岩”和“杜公亭”的大概位置，我目光在江边梭巡良久，试图找到这些旧迹过往的所在，触目却只是凌乱的碎石遍地，而江水不言，仍然昼夜不舍地向北奔去。

## 不朽的传说

农历六月的午后，暑热如蒸，再加此前我曾跑去山门外的超市买水，大太阳底下折返来回，已是满头满身的汗，故虽是行于大多数路段因了崖壁的遮挡晒不到太阳的临江栈道，不过数十百来步，便觉酷热难挨。

从那面镌刻有杜甫《次空灵岸》诗的巨大崖壁下经过，不多远，便见一半圆形水井，上方一块青石板，中镌“空灵泉”三字；下方是一金属制的兽首，晶莹的泉水不间断地从兽嘴中流出，汇入下方石板砌成的井中；井边搁着两个水瓢并一个塑料制的漏斗，想是方便左近居民取水之用。资料上说此泉清洌甘甜，饮之有祛病强身之效。我瞅了瞅井壁四周满布的青苔，终是没有下嘴的勇气，倒是舀了一瓢水上来，用双手掬着往脸上拍打，确是沁凉宜人，暑热大消。

井旁并有石凳若干，可供游人小憩，对于此刻苦于暑热的我无疑再友好不过。在石凳上坐定，江风扑面而来，边上的水井亦冒出丝丝凉意，不过片刻，便觉身上的汗都熄了下来，如果不是石凳短了些，我想我会摊平身体躺下好好睡个午觉。

歇息一阵，我起身继续前行，绕过药师殿和地藏阁，以及一幢门脸紧凑的财神殿，便见原本平整的崖壁兀地凹进去一大块，形成一个高近3米、宽约7米、纵深十余米的巨大山洞，中奉观音大士像，四壁挂满了信士们赠送的“有求必应”之类的锦旗，这便是空灵寺最初之形制——观音洞，亦称“观音岩”。传说旧时有九头雄狮为祸人间，幸得观音大士发现，以箭射之，九狮点化成山置于湘江西岸（即今空灵岸所在），箭落江中，化作“箭洲”（现称“空洲岛”）。为报观音镇狮救难之恩，左近村民便在九狮化成的山间天然石洞中奉观音大士像，焚香秉烛，日夜朝拜，遂有“观音岩洞”之称。南朝梁武天监七年（508年），有洛阳白马寺高僧云游过此，在洞中讲法数日，远近民众朝拜听法者纷纷。高僧临行，留下弟子一名住洞主持法事，并在此基础上修建寺庙，供奉诸天神佛，此即空灵寺建庙之始，故2008年时，空灵寺举行了隆重的建寺1500周年庆典，即纪此事也。

传说虽多荒诞不经处，朴素的乡民仍然固执地相信，这个岩洞是观音大士最早栖身的所在，即便外间已修了更为富丽堂皇的所在让菩萨安住，真佛仍在洞内。来空灵岸祈福，别处可以不论，必得来这洞中叩个头，许个愿，抽支签，心里才算踏实，岩洞四壁满布信士送来的锦旗便是明证。我梭巡而过时，洞内亦有两位像是母女的女士跪伏在观音大士像前，其状虔诚之至，长久没有起身，那就祝她们所求皆如愿吧！

观音洞正对着三圣殿的后门，正门需绕过回廊穿行到临江一面，内奉西方三圣。这是空灵寺自20世纪60年代圮毁以来重修后的第一座建筑，时在1986年。说到此处，就不得不提空灵寺重建的主要捐资人、台胞唐应涛先生了。据相关资料载，唐应涛祖籍株洲县（现渌口区）王十万，后迁湘潭县马家堰，青年从军，曾任国民革命军第十军防化连连长，参加过举世瞩目的衡阳保卫战，后随国民党军败走缅甸，再辗转撤到台湾。在台湾的唐应涛夜梦观音指点，劝其卸甲创业，乃以幼时所学青乌之术行走江湖，不数年而名声大震，远近富人凡有建房、葬坟事，均乐于请他堪舆定向，遂称富室。功成名就的唐应涛认为是观音菩萨的指点才让自己走到今天，乃皈依佛门，成为虔诚的在家居士，法号正一。

时间来到20世纪80年代，在台的唐应涛收到幼时好友肖伯良的来信，知道空灵寺将要重修却苦于没有资金动工之事，当下一个激灵，想起自己从军前在空灵寺拜佛的情景，再想起在衡阳时日军炮火攻击四十余日而大难不死，以及来台后梦观音指点而创下偌大家业的旧事，当下就派侨居日本的弟子赴空灵寺考察，很快便达成了捐资重建空灵寺的协议，并以个人捐资和组织募捐的形式募得16.2

万美元作为空灵寺重建的资金，那是1986年，大多数国人还拿着三四十块钱的工资度日……

唐应涛1997年故世，时年86岁，幸运的是，在故世之前，曾有过一次大陆之行，亦曾来到空灵寺亲眼见证一幢幢拔地而起的殿宇楼阁是如何雄伟壮观。我想，那一刻的他，内心一定是安宁而平和的。

从三圣殿出来，前行不远便是南山门，东临江岸，西抵峭壁，国务院前副总理方毅题赠的“空灵岸”三字镌于门额，在六月午后的阳光下熠熠生辉。再往前是新修的大雄宝殿，却是在山门之外，也不知有何深意。

我立于其间，江风浩荡，眼前似有许多人影晃动——杜甫来了，驾一叶扁舟，眉头深锁，拈须苦吟，为自己漂泊半生的际遇，也为风雨飘摇的大唐家国；米芾来了，纵酒狂歌，挥毫泼墨间尽显才子习气；彭玉麟来了，气度雍容，手掌起落，千军万马都曾听其调度，如今援纸握管，举重若轻处绽放梅花朵朵；唐应涛来了，慈眉善目的老先生，颔首含笑里是血海拼杀后历尽千帆的从容与平淡，或许，还有一丝得偿所愿的解脱……也正因了这些前贤的往来，空灵岸在执拗而独特地展示它的冷峻和峭拔的同时，亦有了令我这样的庸人俗子所津津乐道的传说与往事，而这，也算是另一种形式的不朽吧！

# 会仙山

明·罗其纶

石磴层层踏彩虹，东南半壁独称雄。
盈盈一水银河落，杳杳诸天金界通。
捣药尚余丹灶在，栽花独长紫芝丛。
登高忽忆十年事，纳履空怀圯上翁。

**作者简介：**罗其纶，字彝伯，一字洪山，别号凡谷，茶陵人，明万历四十三年（公元1615年）举人，授太康教谕，征修《熹宗实录》，迁琼州推官，累擢户部郎中，有《北归录》《海上吟》传世。

**译文：**石阶层层而上，直接天边彩虹，在灵岩诸峰之中，这会仙山算是个中翘楚了吧。但见那山巅之上，小溪潺潺而下，莫不是从银河之中落下的天水？云雾缭绕间，山间的佛寺可是那西天极乐之地？捣药的玉兔早不知去向，炼丹的炉灶却还在，行走山间，蓦地又想起十年前的旧事，是不是跟当年张良纳履的故事有些相像呢？

故事

# 罗其纶，能文能武的茶陵文士典范

公元1644年，大明崇祯十七年，岁在甲申，李自成攻入北京城，崇祯帝吊死煤山，明朝灭亡，军民死伤无算，史称“甲申国难”。

这一年，远隔京城千里之遥的茶陵，一位83岁的老人也走到了人生终点。乱世之中，人命贱如蝼蚁，一个老人的离世本无关大局，更何况，相比大多数乱世之中的填沟转壑者而言，老人还是善终，实在是没有多少值得特别一提的地方。

但是，假若你对这位过世的老人的命途轨迹稍有了解的话，一定清楚，老人的离世不仅仅只是身边亲朋故旧的哀痛，更像是大明王朝落幕的挽歌——老人生前曾和那时代许多有志之士一样，奋力修补大明王朝这艘千疮百孔的破船，最终回天无术，船覆灭了，他们的人生也走到了尽头。

## 格外提拔

罗其纶，字彝伯，一字洪山，别号凡谷，明嘉靖四十年（公元1561年）生于茶陵一个普通的农户家庭。万历四十三年（公元1615年），54岁的罗其纶中得举人，授太康教谕。

以今人眼光视之，54岁才得中举人，未免也太过滞后，然科举之苦，实非你我这样的现代人可以想象。三年一考，名额那么少，读书人又那么多，“七十老童生”虽是笑谈，也是现实之一种，如此看来，54岁中举也不算太过难堪。

太康在今河南周口，教谕为主管一县文教之职官，大抵类同如今县教育局局长之位，虽说以54岁高龄才中举，这个职位倒也不算太赖。遗憾的是，因为现存史料之匮乏，无以得知罗其纶在太康教谕一职上有何突出工作业绩，只知其之后便奉诏入朝编修《熹宗实录》。

熹宗为明天启帝朱由校庙号，在位七年，早逝无子，遗诏立五弟信王朱由检为帝，即崇祯。明例，嗣君登极后，即钦定监修、正副总裁及纂修诸臣，编辑先朝《实录》，并派遣官吏、国子生等分赴各地访求前朝事迹，札送史馆。监修、正副总裁既是朝中重臣，亦是饱学鸿儒之士，即连纂修诸臣也多是翰林院历练多年的文士，偶尔从外抽调人手，也必是文采出众的才子，以是观之，罗其纶奉诏入朝编修《熹宗实录》，当可想见其才名。

也因着编修《熹宗实录》这一功绩，罗其纶擢升为琼州推官（正七品），正式步入仕途历练之路。

## 文武全才

推官为明时各府的佐贰官，掌刑名、计典事，官阶仅次于知府，但不从属于知府，与知府一样受吏部铨选，大抵相当于现今主管司法的副市长吧。

在琼州推官任上，罗其纶有两件值得说道的政绩，一是单骑降贼，二是治理冤狱。琼州一地，孤悬海外，本土土著黎人与移民于此的汉人往往因小事构衅而酿成“民变”，“民变”又会掺和政治因素变为“叛乱”（详见本书P42《刘葵，文武全才的攸县“将军”》一文）……也就在罗其纶就任琼州推官之前，“黎乱”又起，并且持续十数年之久。罗其纶就任之后，“单骑宣谕”，一个人单枪匹马就前去跟黎人谈判，到底是编修过《熹宗实录》的大才子，口才出众，作乱的黎人竟被说动，当下便放下武器，化兵为农，持续十数年之久的“黎乱”就这么悄没声息地平定。

回头再说治理冤狱事。封建时代，法制不彰，屈打成招者不在少数，由此也造成了一定比例的冤狱，推官主管刑名之事，对下属县衙的司法审判负审核之责。在罗其纶任琼州推官其间，共八十三名蒙冤下狱的平民得到平反——“释冤系八十三人”，也因此功绩，罗其纶擢户部主事，后升郎中（正五品）。

户部掌赋税、财政事，郎中虽是小官，但经手钱粮，权力不可谓不重，若历练得法，未尝不会有更大的成就，只是，罗其纶入户部的时间可是大大的不妙。崇祯一朝，内忧外患，天灾人祸不断，内有农民起义军烽烟四起，外有清军铁骑虎视眈眈，到处都是用钱的地儿，国库却是个空架子——崇祯末年，李自成眼瞅着打到北京城下，崇祯却连50万两的军费都筹措不齐——主管其事的户部的地位有多尴尬也可想而知了。

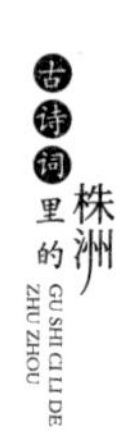


崇祯十七年（公元1644年）三月十九，李自成义军攻破北京城，崇祯吊死煤山，大明二百七十七年基业毁于一旦……也不知是幸运还是不幸，在此“国难”之际，户部郎中罗其纶并未留在京城之中，而是奉命在外公干——“奉使出京”，路上听到京城沦陷的消息，也无心思公干了，乃“间道南归”，回茶陵老家去了。

毕竟是大明臣子，即便回了茶陵老家仍不能忘怀“国破君亡”之祸，未几即忧病而死，时年八十有三，死时“空无遗钱，仅存遗稿”。

# 过台山书院访王山长

明·罗卿谋

佳气遥通白鹿原，书声袅袅出前村。
绿签红袖藏多少，底问连山八万言。

**作者简介：** 罗卿谋，字七慧，湖南酃县（今炎陵县）人。性孝友。家虽贫，侍亲无缺养。就学博闻强记。明天启、崇祯中九遇棘围而不遇。崇祯四年卒。

**译文：** 遥望台山书院之上，云气蒸腾，仿佛与那鹿原坡遥相呼应，云气之下是书声琅琅，袅袅而上，直奔前村而去。你要问我王山长的台山书院到底珍藏了多少圣贤之书，呵呵，瞧着驾驶，又何必再多此一问呢？

## 故事

### 罗卿谋，终生未第的一生

《儒林外史》里有出《范进中举》，曾被选入人教社的语文课本，我这年纪的人大多在课堂上学过，按教学大纲的说法是："刻画出了一个趋炎附势热衷仕途，好官名利禄且世态炎凉的可耻的社会风气，对当时社会及其阴暗的特征进行了辛辣的讽刺。"

教学大纲所宣扬的阶级仇恨固然有理，但善良如我等却只会对苦读的范进先

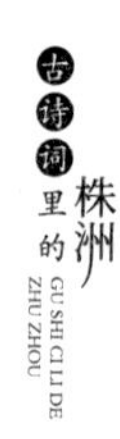

生报以深切之同情。对于旧时文士而言，科举场中博个功名乃是改变自身命运的唯一机会，如此也就能理解范进中举之后的“反常”了。

范进虽则是个悲剧人物，好歹体验过“中举”之后的欣喜若狂，还有更多的旧时文士，终其一生也未能体验过“金榜题名”之乐，他们又是如何度过他们“悲催”的一生呢？罗卿谋，明末炎陵文士，“九遇棘围而不遇”，连考九次都未中，按理说够“悲催”了，但其在地方史志中留下的只言片语却足以让300多年后的我们仰视不已。

## 孝友第一

“罗卿谋，字七慧，性孝友。”清同治版《酃县志》以这样一段话开始对罗卿谋的简介，孝友是个古代常用词汇，语出《诗经・小雅・六月》：“侯谁在矣，张仲孝友。”按《毛诗故训传》之解释，“善父母为孝，善兄弟为友”。意即对父母孝顺，对兄弟有爱，《酃县志》之传以如下几件小事来佐证罗卿谋的“孝友”。

一是替外祖父劳役。其时县役繁重，罗卿谋的外祖父亦要外出劳役，罗卿谋不忍老人家受这个苦，乃上书县衙，要以己身代之，一来二去地竟然打动了县太爷，将外祖父的劳役给免除了，“士论壮之”，周围人个顶个地冲罗卿谋竖大拇指：哥们儿，您可真是条汉子！

二是严守丧礼之制。罗卿谋年轻的时候，父亲去世，当时有所谓的守丧之制，按《弟子规》的说法是“丧三年，常悲咽，居处变，酒肉绝。丧尽礼，祭尽诚，事死者，如事生”。但只对在朝为官者有一定的法律效力，平头百姓全靠自觉，多是意思意思便过了，要真的严格遵循守制之礼，生产生活还怎么搞？但罗卿谋不一样，硬是扎扎实实守了三年丧，酒肉肯定没有，日日以稀粥为食，即连草垫也扎扎实实睡了三年，没有一天上过床。

三是待兄妹之子如己子。罗卿谋有个兄长，名唤罗卿谟，亦是饱读诗书之士，平日里跟弟弟罗卿谋诗酒唱和，亦师亦友的关系好不让人羡慕。只是兄长身子不大好，诗酒唱和的好时光并没多少年便病倒了，罗卿谋便走上了替兄长寻医问药之路，山水迢迢，从不嫌远。遗憾的是，兄长已是病入膏肓，并未因罗卿谋的四处寻医问药而有所好转，最后还是病故了。兄长病故后，罗卿谋便将兄长遗孤接到自己家中，视若己出，吃穿用度都跟自家人一样，没有半点分别。不特如此，罗卿谋还有个妹妹，嫁给谭家，生了三个儿子后丈夫过世，罗卿谋又将三个外甥接到自己家中，像当年照顾自己的侄子一样照顾三个外甥。

## 科场不顺

除了"性孝友"的传统道德观念之外，罗卿谋还是个货真价实的读书人，同治版《酃县志》载其"博闻强识，屡试冠军"，结合其"九遇棘围而不遇"的遭遇，这"冠军"应该是指相熟的文士之间的内部考核吧。

之所以说罗卿谋是个货真价实的读书人，当然并不仅仅指其"博闻强识，屡试冠军"这一点。科举时代，科考是底层文士改变自身命运的唯一机会，但读书人那么多，三年一考的举人、进士的名额又那么少，肯定有不少人连续多年都考不上。考得多了，又屡试不中，人便乏了，总得找个谋生的活计，因屡试不中而改行的文士所在皆是，当然，这也无甚指摘处，毕竟人活世上，生存才是第一位的。但罗卿谋不是这样，虽然屡试不中，身边友朋屡屡该行去谋个生计，他却"独讲求性命、经济之学"，始终抱定圣贤书不撒手，才不管什么生计不生计的也因为此一破釜沉舟的姿态，当时的学政大人，同时也是著名文士尹嘉宾对罗卿谋格外欣赏，"以远大期之"，逢人就说这小子定力不错，日后必有远大前程……

圣贤书可不止读读就得，在旧时，要担得起"士"的名号，还得在日常生活中时时以圣贤之道来要求自己。罗卿谋显然担得起这一称呼，不但日日诵读圣贤之书，在日常生活中也以圣贤之道来要求自己：他本是穷苦出身，又没个正经营生，日子过得捉襟见肘，人有困难，总是不遗余力去帮助，而别人对他有所馈赠，他却总是推脱再三，曾经跟自己的儿子说："士不可轻受人恩，异日妨自立。"是以，不管为文，还是为人，罗卿谋在当时都声名远扬。

只是，这样一个真正的"士"，考运一直不佳，"九遇棘围而不遇"，连考九次都未中，到死都是一个秀才。崇祯四年（公元1631年），罗卿谋的命运似乎有了一丝转机，当年，他被地方上选为"岁贡"——科举时代，有当科未中而成绩又较优异的生员，可选入京师的国子监读书，日后亦可参与会试，也相当于拥有了举人身份——也就在罗卿谋被地方上选为"岁贡"的头一天晚上，当时的酃县县令王三重梦到一条黑龙在县衙大堂之上盘旋，未久上升而去，次日天明便听到本县文士罗卿谋被选为“岁贡”的通知，心甚异之，以为是吉兆，赶紧带着人去罗卿谋家里道喜。

道喜毕，按当时礼制，罗卿谋要回谢父母官。可能是被选为“岁贡”太过兴奋，当罗卿谋来到县衙回谢父母官时，还未答礼，突然晕倒在堂，随行的家人赶紧往回扶，刚到家就没了气儿，时年50岁，“邑人哀且骇，竟传其事之异云”。

# 寄宝宁万峰大和尚

明·王夫之

涞水东浮岳阜西，鱼书遥问武陵溪。
千峰旧访孤轮月，双脚难拼一寸泥。
大誓余生闻虎啸，衰年残梦弄驴蹄。
东山只履归何日，草软烟柔一杖藜。

**作者简介**：王夫之（公元1619年—1692年），字而农，号姜斋、又号夕堂，湖广衡州府衡阳县（今湖南衡阳）人，与顾炎武、黄宗羲并称明清之际三大思想家，著有《周易外传》《尚书引义》《永历实录》《春秋世论》《噩梦》《读通鉴论》《宋论》等书。王夫之自幼跟随自己的父兄读书，青年时积极参加反清起义，晚年隐居于衡阳石船山，著书立传，自署船山病叟、南岳遗民，学者遂称之为船山先生。

**译文**：涞水东流而去，南岳山脉蜿蜒向西，那武陵源中的仙人到底在何处？我该写信去问谁才好？踏遍万水千山，只见孤月高悬；走过千山万水，脚上也只是多了些烂泥。想起年轻的时候雄心万丈，而今呢，衰朽残年，也就掰着手指头过日子了。要问我这辈子还有啥未了的心愿，就希望，大限之日到来之前，还能柞着藜杖再见你一面。

故事

# 船山先生与攸县名刹的佛缘

清康熙二十四年（公元1685年），时任攸县宝宁寺住持的释智韬（字万峰，一字舌剑）禅师收到老朋友王夫之托人从衡阳送过来的信，随信附来的还有七律一首，略述自身近况，以及急于渴慕见面叙旧的情感。

## 千年名刹

宝宁寺，地处攸县黄丰桥镇乌井村，开创于唐天宝十年（公元751年），是湖南开创最早的佛教禅院之一，佛教界向有“北有少林，南有宝宁”的说法。

宝宁寺之有名，除了系佛教南宗曹洞宗祖庭之外，有享誉中国佛教界的“三绝”和“三奇”。“三绝”为寺内所存普同塔、师祖塔、《宝宁寺志》及王船山作《宝宁寺志叙》；“三奇”为寺内所留之千年沉水樟、所生四季青绿之观音芋、所存之千年古井。

而这“三绝”之中的《宝宁寺志》及王船山作《宝宁寺志叙》，则与本文主人公之一、禅宗曹洞宗三十世、宝宁寺四祖智韬禅师不无关系。

释智韬，字舌剑，一字万峰，衡阳人，俗姓刘，幼年披缁，十七岁圆具，二十五岁参学于南昌百丈石涧沕大师，得印可咐嘱，为曹洞正宗第三十世。曾退隐梅峰隐居四年，想到“只是自利而不利人，终非祖师心”，开法席于龙溪寺，弘法于衡阳东山。

康熙四年（公元1664年）三月初三，攸县僧俗人等联名上书，恭请释智韬前来攸县任宝宁寺住持。其时的宝宁寺，因连年战乱，早已破败不堪，智韬任住持后，猛力更旧购新。历时十年，建成21座殿宇，修复了长髭、石室墓塔，并广收弟子，弘扬佛法，使宝宁寺成为曹洞宗后期兴盛之地。

当然，释智韬住持宝宁寺期间，最大的功绩还是主持修撰了《宝宁寺志》，并邀请著名思想家王船山撰写序言，成为佛教思想史上一桩难得的雅事。

## 应邀写序

现有典籍无从稽考释智韬与王夫之的交情始于何时，唯有一点可确认的是，二人都是衡阳老乡。

青年王夫之曾积极投身反清大业之中，兵败后隐居石船山，以著述名世。清廷地方官员曾慕名而来拜访，想赠送些吃穿用品，但都被他拒绝，还自撰对联一副以回：清风有意难留我；明月无心自照人——意思是我是明朝遗民，自然不会接受你清廷的施舍……

但是，当释智韬邀请王夫之替《宝宁寺志》撰写序言时，王夫之却一口应承了下来——要知道，主持修撰《宝宁寺志》虽是智韬大师发起的，但主其事者却是攸县父母官，当时的攸县县令余三奇——可见二人交情匪浅。

不特如此，除了撰写序言之外，王夫之还亲临攸县，参与寺志的纂修校阅工作，校阅厘定寺志卷二《语录》和《像赞》。今寺志金汤姓氏名单中题：“王夫之而农，衡阳人，孝廉”，卷二卷端署：“衡阳王夫之夕堂父同阅”，便是明证。

回头再说王夫之的这篇《宝宁寺志叙》，全文虽仅541字，却对禅宗由两系发展为“五叶”的历史原因做了精辟的论证，并肯定了宝宁寺在禅宗史的地位，成为佛教史的重要文献资料。

## 生死之交

释智韬来攸县后，曾三次回衡阳，写下《三过东山吟三复》的诗文，因不见王夫之而“迟回侧尔”，称其“无愁人不知愁耳”。王夫之见诗后，在《万峰和尚三复吟题词》中说：“老汉以我为无愁人也乎？无愁者而后可与语愁，吾将于禅师游于溟滓之郊而得之矣！”表达了双方生死之交的感情。

文前之诗亦有同样的情感蕴藉其中，智韬大师接信后立即回信给王夫之，强烈要求会面叙旧，并在信中近似疯狂地提出“不愿成佛，愿见船山”的渴求。然而，造化弄人，没等到王夫之前来叙旧，在此信寄出后的第二年，智韬大师便唱着“月满乾坤水满溪，我唱还乡曲曲西，果然枝头蒂自落，永不人间借岩栖”的

《临终偈》而圆寂。王夫之深以为憾，作五律一首以为悼念：

大笑随吾党，孤游有岁年。
从来愁虎啸，几欲试龙渊。
别路琴心回，他生锦李传。
瞿塘烟棹在，洣水接湘川。

洣水接湘川，王夫之在悼诗中的结语不幸而言中，康熙三十年（公元1691年），王夫之亦因病而逝，与智韬禅师同游“溟涬之郊”，共语“无愁”话去。

# 过醴陵驿

宋·范成大

绿水桥通县，门前柳已黄。
人稀山木寿，土瘦水泉香。
乍脱泥中滑，还嗟堠子长。
槠州何日到？鼓枻上沧浪。

**作者简介：**范成大（公元1126年—1193年），字至能，号石湖居士，平江吴县（今江苏苏州）人。南宋诗人。谥文穆。从江西派入手，后学习中、晚唐诗，继承了白居易、王建、张籍等诗人新乐府的现实主义精神，终于自成一家。风格平易浅显、清新妩媚。诗题材广泛，以反映乡村生活内容的作品成就最高。他与杨万里、陆游、尤袤合称南宋“中兴四大诗人”。

**译文：**早春二月，江水碧绿，嫩柳泛黄。从江西一程走来，人烟稀少，古木参天，瘦山硬水，唯有泉香。现在终于到了湖南地界，春雨泥泞的黄土路也算是走到了头。可向驿站一打听，到槠州（即今株洲）还远着呢，真想此刻就能张帆鼓浪，船入湘江。

故事

## 范成大笔下的株洲春色

南宋乾道八年（公元1172年）腊月初七，南宋著名爱国诗人范成大自家乡吴郡（今江苏苏州）出发，经江西，过湖南，出任广西静江府（今桂林）知府。

此次水陆行程共三千里，历时三月，著游记一卷，名《骖鸾录》，所记皆为沿途之风土人情。其中，在株洲境内（含醴陵）盘旋共八日，留诗若干，如是，八百余年后的我们也得以从范成大的诗文中一窥当日株洲的春色种种——范成大盘旋株洲日为早春二月。

### 一春客梦饱风雨，行尽江南闻鹧鸪

“三十日，宿潭州醴陵县。数日行江西道中，林薄逼塞，蹊径欹侧，比登一小岭，忽出山，豁然弥望，平芜苍然，别是一川陆，盖已是湖南界矣……”《骖鸾录》载，范成大一行是南宋乾道九年（公元1173年）正月二十九从萍乡出发，当晚住在里田驿（仍属萍乡界），次日一早，从里田驿出发，不过片刻，便到了湖南境内——即与萍乡接壤的醴陵。

尽管不过半日路程，江西和湖南的景象已大为不同，江西是“林薄逼塞，蹊径欹侧”，而湖南则是“豁然弥望，平芜苍然”，“别是一川陆”矣。如此迥异的景象，自然引得诗人诗兴大发，在《初入湖湘怀南州诸官》一诗中，起句便是“今晨入湖南，甘土绛以紫”，对湖南与江西的土壤颜色不一大为好奇，由于此诗主要是感怀之作，故并未对湖湘一地的景色做过多的描述。在感叹完“厥壤既殊异，风气当称此”之后，便开始怀想故人情谊了；而《初入湖南醴陵界》一诗则纯是写景之作，彼时醴陵的春色便在诗中淋漓尽致地展现了：本来还是被山野间的树木遮蔽得昏暗的山路（崖树阴阴夹暝途），一出了这座山便是草木丛生的平旷原野（出山欢喜见平芜），异乡游子一路行来，风吹雨打的颇是不易（一春客梦饱风雨），眼下终于“行尽江南闻鹧鸪”了——古时以江西以东为“江南”，过了江西入湖南便算是“行尽江南”了，那鹧鸪声声，可不正是春来了的消息？

## 渌水桥边县，门前柳已黄

当晚，范成大住在醴陵，留有《过醴陵驿》一诗。在入住驿站之前，《骖鸾录》还写到了当日所见的醴陵街景，“县前，渌水桥下，小江本名漉水。比年新作桥，改今名。江色黛绿可爱，流而出于潇湘……”这段文字准确交代了渌江最初建桥的信息（时为浮桥），特别是点明渌水本名漉水，江色“黛绿可爱”，且是湘江支流，既反映了诗人观察的细致，也是今天我们了解古代醴陵不可多得的历史资料。

对驿站周边的环境也描写得颇为细致，《骖鸾录》载“驿屋最雄胜，冠江湖间”，想来彼时的醴陵经济发展得不错，驿舍宽大整洁，颇是气派。而《过醴陵驿》一诗则淋漓尽致地展现了诗人由江西进入湖南境内的心态变化，当然，其间也不乏对周边景物的描述：早春二月，嫩柳泛黄（绿水桥边县，门前柳已黄）；从江西一程走来，人烟稀少，古木参天，瘦山硬水，唯有泉香（人稀山木寿，土瘦水泉香）；现在终于到了湖南地界，春雨泥泞的黄土滑路也算是走到了头（乍脱泥中滑，还嗟堠子长）；可向驿站一打听，到槠州（即今株洲）还远着呢，真想此刻就能张帆鼓浪，船入湘江（槠州何日到？鼓枻上沧浪）。诗中的“堠子”即古驿道上计算里程的石碑，株洲至醴陵，不过五十余公里，放现在也就不到一个小时的车程，但在交通不便的古代，走上整整一天也不一定走得到。

## 芳草径寸姿，中有不胜绿

在醴陵驿站宿过一晚，二月初一日，范成大一行启程继续赶路，前往株洲，当日宿在山阳驿——其地现已不考，想是在醴陵至株洲古驿道上的一个驿站——沿途景色也在《骖鸾录》里有所体现——“夹道皆松木，甚茂。大抵，入湖湘，松身皆直如杉，江阙则栢亦峭直，叶如璎珞。二物与吴中迥不同。吴中松多虬干，栢则怪局”——明确指出，当日醴陵至株洲的驿道之上遍植松树，且颇为繁茂，

更奇特的是，与家乡吴郡（今江苏苏州）相比，松柏的长相还很是不同。

二月初二日，范成大一行行抵株洲。彼时的株洲（当时称槠州，文中亦记槠州）只是湘江边上的一个小集镇，而在《骖鸾录》的记载中却颇为繁华，乃“舟车更易之冲，客旅之所盘泊”，故“交易甚夥”，可与一个大县相匹敌——“敌壮县”。

到株洲当然不是纯为赏景而来，乃是要“舍舆泝江”，走旱路都是乘轿而行，眼下到了株洲，便要走水路南下了，得改乘船；行李转移什么的很是要费一番周折，也便给了诗人更多游览株洲的时间，便有了这首《湘潭道中咏芳草》（注，其时株洲隶属湘潭，故称湘潭道中）一诗：久雨初晴，四野清秀，若刚洗过头发一般（积雨条然晴，秀野若新沐）；芳草破土而出，长不过寸，好似不能承担这满山满野的绿意，端的好看（芳草径寸姿，中有不胜绿）……

## 湘东二月春才到，恰有山樱一树花

株洲歇过一晚，二月初三日，范成大一行始登舟南下。登舟之前，却有意外之“喜”，竟在荒山之中见得山花一树，乃喜作《初见山花》诗一首。

尽管前一日已出太阳，可登船码头处人踩马踏地颇不爽利，泥泞遍地，连靴子都能没过，心思没来由地抑郁起来（三日晴泥尚没靴，几将风雨过年化）；幸得就在此刻，登船之前得见远远的荒山之中，有山花一树，端的可爱，心情也随之好转，原来这湘东之地，此时也到了春天（湘东二月春才到，恰有山樱一树花）。

上得船来，又是另一番景象——客船离了码头，慢慢往南驶去，两岸景色渐次而过，《槠州道中》一诗则细致了描述了此景：烟雾缭绕，远山如影，云散日出，金光万道（烟凝山如影，云褰日射毫）；岸边的桃花儿也开了，红红的煞是惹眼，麦田里绿油油的（没错，那会儿湖南也种植小麦）一片也好看得紧（桃间红树迥，麦里绿丛高）……

舟过晚洲岛，起风了，帆也张了起来，舟行速度明显加快，范成大乃作《湘江洲尾快风挂帆》诗，描述“船头雪浪吼奔雷，十丈高帆满意开”的江面之景，更是发出了“明日祝融天柱去，更烦先卷乱云堆”的感慨。当然，事实证明，范成大过于乐观，《骖鸾录》载，自初三日登舟，到初七日才在衡山县歇脚，所谓的“明日祝融天柱去”自然只能是奢望了。

## 配稿：读诗

### 初入湖湘怀南州诸官

宋·范成大

今晨入湖南，甘土绛以紫。
厥壤既殊异，风气当称此。
回思始安城，旧籍赘楚尾。
实惟荆州隶，零陵之南鄙。
时雪度严关，物色号清美。
傥以土宜观，尚非清湘比。
何况引而南，焦茅数千里。
向我作牧时，客过不停轨。
憧憧走官下，既至辄咎悔。
书来无别语，但说瘴乡鬼。
我今幸北辕，又念众君子。
怀哉千金躯，博此五斗米。
作诗讽方来，南游可以已。

### 初入湖南醴陵界

宋·范成大

崖树阴阴夹暝途，出山欢喜见平芜。
一春客梦饱风雨，行尽江南闻鹧鸪。

## 湘潭道中咏芳草

宋・范成大

积雨条然晴，秀野若新沐。
芳草径寸姿，中有不胜绿。
萋萋路傍情，颇亦念幽独。
驱马去不顾，断肠招隐曲。

## 初见山花

宋・范成大

三日晴泥尚没靴，几将风雨过年华。
湘东二月春才到，恰有山樱一树花。

## 槠州道中

宋・范成大

烟凝山如影，云褰日射毫。
桃间红树迥，麦里绿丛高。
客子叹游倦，田家甘作劳。
乘除吾尚可，未拟赋离骚。

## 湘江洲尾快风挂帆

宋・范成大

船头雪浪吼奔雷，十丈高帆满意开。
我自只凭忠信力，风应不为世情来。
儿童屡惜峰峦过，将士犹教鼓笛催。
明日祝融天柱去，更烦先卷乱云堆。

# 过茶陵

明·解缙

清江一曲弄晴晖，树色山光绿染衣。
正好垂纶寻酒伴，休官便买钓船归。

**作者简介：**解缙（公元1369年—1415年），字大绅，一字缙绅，号春雨、喜易，明朝时吉水（今江西吉水）人。洪武二十一年（公元1388年）中进士，官至内阁首辅、右春坊大学士，参与机务。解缙以才高好直言为人所忌，屡遭贬黜，终以“无人臣礼”下狱，永乐十三年（公元1415年）冬被埋入雪堆冻死，卒年四十七，成化元年（公元1465年）赠朝议大夫，谥文毅。

**译文：**江水清澄，朗日高悬，那绿树成荫、青山叠嶂，便将人的衣服也染上了一层绿色。当此美景良辰，钓上几条江鱼，再约上几个朋友喝上一杯，不知有多惬意，真想把这破官休了，这就去买上条船，在这水光山色之间逍遥一生！

## 故事

### 茶陵山水让“大明奇才”萌生退官归隐之意

大明永乐五年（公元1407年），前内阁首辅解缙因事被贬广西布政司参议，当年二月初五自京城应天府（今南京）出发，沿长江水道抵安徽，再过江西；在

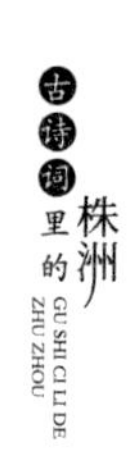


江西吉水老家小住一段时日后，又西行前往湖南，并于当年暮秋时节抵茶陵县境，打算由茶陵县抵湘江，再沿水路去往广西。

茶陵的水光山色让解缙很是受用，一度都有了弃官归隐的想法，只是他到底是胸有大才的国之栋梁，自不甘心壮年归隐，略事修整便前赴广西就职。当然，彼时的他并没有想到，若真的就此归隐，也不会有日后“埋积雪中，立死”的悲惨结局了。

## 少年得志

明洪武二十一年（公元1388年）春，戊辰科殿试金榜放榜，时年19岁的解缙得中三甲第十名进士，与他一同参加考试的哥哥解伦和妹夫黄金华也一同高中，时称“一门三进士”，在当时的金陵城内，可谓出尽了风头。

撇开哥哥和妹夫不论，这解缙自小便颖敏绝伦，“五岁能诗，七岁能文”，是远近闻名的神童，尤其是去年的江西乡试，一举拔得头筹，名列榜首（解元），更是被称为江南第一才子。

那明太祖朱元璋虽常居深宫，却也听过解缙的名头，一俟放榜，便召解缙进宫，并以《垂柳》《春风》为题要解缙赋诗二首。

解缙吟道：“御柳青青近绿池，迎来攫秀不违时。皇恩天地同生育，雨露无私亦共知。”

“慢慢春风入舜韶，绿柳舒叶乱莺调。君王不肯娱声色，何用辛勤学舞腰。”

诗倒是一般，主要是马屁拍得好，既歌颂了当今的“舜韶”盛世，又赞美了“不肯娱声色”的“君王”，更重要的是，两首诗都浅显易懂，符合朱元璋这一起于草莽的平民皇帝的审美观。

两首诗吟罢，朱元璋大喜，授予解缙中书庶吉士之职（并非正式官职，是给新科进士练习办事的一种称呼，因“常侍帝前”，身份显要，权力也是不容小觑的），某天更是在御厨西室跟解缙“掏心窝子”，“朕与尔义则君臣，恩犹父子，当知无不言。”——这是直接认解缙当干儿子了，圣眷之隆，古今罕见！

## 八年冷板凳

到底是少年意气，皇上今儿个说“知无不言”，明儿个解缙就写了封万言书呈上，因为是在御厨西室谈话后所写，后世又将此万言书称为“大庖西室封事”。

“封事”是一篇充满火药味的战斗檄文，虽则是言简明律法、赏褒善政之事，但矛头却直指最高统治者法令多变、刑罚严苛，且用人不当，“台纲不肃”……朱元璋是出了名的暴君，杀人如麻，仅胡惟庸一案就杀了10万余人，其他“妄议中央”者死在其手下的更是不可胜数。奇怪的是，这么一封言辞激烈的“封事”上奏后，朱元璋却并未生气，反而“称其才”，意思是，小伙子说得挺对嘛，完全一副长辈对晚辈的怜爱之心，看来，所谓的“恩犹父子”并不只是嘴上说说的笼络人心之举。

但解缙还是为自己的少年意气惹了麻烦，主要是三件事。一是语嫚僚属——到兵部办事因为一点小事和底下办事的官员吵了起来——按说也不是什么大事，却让兵部尚书沈潜参了一本，朱元璋也觉得这孩子“冗散自恣”（性格散漫、狂傲），于是将他改任为监察御史，杀杀他的锐气先；第二件事是为韩国公李善长辩冤——李善长是明朝开国功臣，还是朱元璋的儿女亲家，因牵涉胡惟庸案被赐死，朝中文武多有不平，但迫于形势不敢出头，便找到解缙代写辩冤的疏奏，朱元璋看后大怒，这孩子也太不懂事了，这是白白让人当枪使啊；第三件事便是替自己的同事出头，上疏弹劾自己的顶头上司、督察院左都御史袁泰，这就是不注意组织团结了。虽然袁泰受到调职的处罚，但自此便对解缙怀恨在心，在朱元璋看来，解缙还是太过锋芒毕露，城府太浅了。

洪武二十四年（公元1341年），解缙之父解开入京觐见明太祖朱元璋——当时惯例，凡近臣之父都得入宫觐见皇上——朱元璋便对解开道：“解缙才学虽好，可性格太直，容易吃亏。不如你带他回去，带职进修。这孩子大器早成，十年后再来朝廷大用未晚。”

然后，解缙便跟着老父解开回了江西吉水老家，一直坐了八年冷板凳。

## “不忠不孝”

洪武三十一年（公元1398年），朱元璋驾崩，这一消息对于解缙来讲不亚于晴天霹雳。从政治上讲，朱元璋许下解缙带职进修十年后必有重用的诺言怎么兑现？一朝天子一朝臣，新天子还会重用解缙这位前朝宠臣吗？从礼数上讲，这个时候，解缙的母亲去世才一年，服孝期未满，遵礼不能离开。

解缙为这事左右为难，但他还是决定赴京奔国丧，其原因为：一来朱元璋的遗诏中有令，“内外文武臣僚同心辅政”，自己应该出来工作，辅佐新天子；二来朱元璋在世时曾经说过“朕与尔义则君臣，恩犹父子”之语，世上哪里有父亲去世，儿子不去吊孝之理？因此，阔别朝廷八年的解缙匆忙赶赴南京。

果不其然，解缙刚到京城，参他的奏折就摆到了新继皇位的建文帝朱允炆案前，上奏折的正是当年的顶头上司袁泰。奏折的火药味很浓，主要集中在两点，一是解缙母丧未厝、守制未满便出门远行，是为不孝；二则太祖在世时是让解缙十年后再进京，如今才八年就上京，有违诏旨，是为不忠。不忠不孝之人，莫说再求官职，就地杀了都不冤，袁泰之用心不可谓不险恶，还是礼部侍郎兼翰林院大学士董伦帮忙说情，这才免了死罪，谪往甘肃河州任卫吏——大抵相当于当今驻地军队的连队文书。

## 重回京师

建文元年（公元1399年），燕王朱棣在北京起事，以“靖难”之名竖起反抗建文帝朱允炆的大旗，并一路挥师南下攻下南京城，前后历时四年，史称“靖难之役”。

朱棣起事之初，远在西北的解缙便给自己的恩人董伦写了封长信，信里先是批评自己“率易狂愚，无所避忌”；次言自己在太祖朝时犯过的那些错，包括“妄议中央”的分封之策不对；接着说自己在老家八年做了什么事，对朝廷没有功劳也有苦劳；再说当日违旨进京的苦衷；最后卖可怜说自己是个南方人，受不了北地苦寒，希望能重返京师为皇上效力，或者让自己回江西老家跟老父团聚也可以……

董伦是个聪明人，知道解缙这信不单单只是写给自己看的，便将信拿给建文帝朱允炆过目，信中所言“分封势重，万一不幸，必有厉长、吴濞之虞”句让朱允炆大为感慨，而今燕王起事，可不就是当年太祖的分封之策导致的嘛。这个解缙，到底还是自己这边的啊！于是，下诏将解缙召回京师，任翰林待诏。

这一次，解缙赌对了！

## 参预机务

建文四年（公元1402年），燕王朱棣攻入南京，宫中火起，建文帝朱允炆不知所终。朱棣登基就帝位，次年改元永乐，是为明太宗（嘉靖十七年改庙号为成祖）。

朱棣即帝位之前要起草一份即位诏书，原计划是找当时的大儒方孝孺写的，但方孝孺誓死不从，让朱棣诛了十族，素有才子之名的解缙便接下了这份脏活儿——这也一直是解缙饱受人诟病之处。

诏书拟得十分漂亮，解缙升任为翰林侍读，不久，又与黄淮、杨士奇、胡广、金幼孜、杨荣、胡俨并直文渊阁——文渊阁本是宫廷内的一处藏书楼，明朝自胡惟庸案后，就不设丞相一职，文渊阁实际代替了丞相的职务。朱棣就曾对解缙说过，“代言之司，机密所系，且旦夕侍朕，裨益不在尚书下也”。日夜侍奉在皇帝跟前，重要性不亚于尚书，当可想见其权重也！

## 《永乐大典》

永乐元年（公元1403年），朱棣到文渊阁视察工作，问及文渊阁藏书情况，解缙回答：“尚多有阙略。”朱棣说：“士庶家倘有余资，尚欲积书，况朝廷乎？”解缙解释，战乱频仍，很多典籍都散失了，与其去民间一本本地搜寻，不如编纂一部文献大成，将所有典籍都囊括入内，“以惠后世”。朱棣雄才大略，又是个好大喜功的主儿，闻此建议，欣然应允，并让解缙任总编撰，便有了日后中国古典集大成的旷世大典——《永乐大典》的出炉。

解缙受命监修《永乐大典》后，深知要完成这样一部典籍，绝非少数人力所能办到，于是汇集全国英华，组成一支2169人的编纂队伍，以“刊定凡例、删述去取，并包古今，搜罗隐括，纠悉靡遗”为总的指导思想，历时五年，终于完成这部共计11095册，22877卷，内容包括经史子集，天文、地理、阴阳、医术、占卜、释藏、道经、戏剧、工艺、农艺，收录上自先秦，下至明初各种书籍七八千余种，涵盖了中华民族数千年来的知识财富的旷世大典。

## 贬谪广西

永乐五年（公元1407年）十一月，《永乐大典》编撰完成，朝野上下莫不大肆庆祝，庆功会上却唯独少了功勋卓著的总编撰解缙的身影——他早在几个月前便被贬到了广西做布政司参议。

一向颇受恩宠的解缙为什么在《永乐大典》大功告成之前被贬谪呢？原来又是牵涉到皇储继承的政治斗争中。

明成祖朱棣有三子，长子朱高炽，次子朱高煦，三子朱高燧，除三子朱高燧因太过骄横被早早排除继承人之列外，朱棣在立谁为太子的问题上一直犹疑未决。长子朱高炽宅心仁厚，文官系统大多支持他；次子朱高煦在靖难之役中战功赫赫，武将系统则站在次子这边。

游移不定的朱棣便叫来解缙商量，解缙当然推荐长子朱高炽，见朱棣仍犹疑不决，乃多说了三个字“好圣孙”，亦指朱高炽之子朱瞻基（日后的明宣宗）。传说朱瞻基出生的那天晚上，朱棣梦见朱元璋将一块宝玉传给他，宝玉上刻有“传之子孙，永世其昌”八个字。于是，太子便被定为长子朱高炽，次子朱高煦被封为汉王。

却说那朱高炽虽被立为太子，但言行举止还是不讨朱棣喜欢，反倒是那被立为汉王的朱高煦，日见恩宠，且不去封地就藩——这就大有问题了，哪里有受封的王子还长居京师的——解缙便上书力谏朱棣此事不妥，迫于压力，朱棣只得催促朱高煦前去封地就藩，这就算彻底得罪朱高煦那一帮人了。

果不其然，永乐五年（公元1407年）二月，在一次寻常的殿前工作讨论中，因与朱棣意见相左，朝中朱高煦的支持者抓住时机，群起而攻之，终于将解缙赶出朝廷，贬谪为广西布政司参议。

## 茶陵留诗

永乐五年（公元1407年）二月初五，解缙自南京启程，打算前去广西就职布政司参议。不想，前脚还没出城门呢，改任的命令又到了，这次更狠，直接贬谪为交趾（今越南）布政司右参议，并督饷化州（今越南凉州）……

能想象解缙接到这一改任命令时的心情，自从劝朱棣立长子朱高炽为太子后，自己便被任命为右春坊大学士，相当于太子办公室的副主任，一俟太子登基，未来前途不可限量。可谁也没想到，汉王那一伙人会那么卑鄙，把自己贬到广西还不算，还继续给皇上下眼药儿，直接贬到交趾那化外之地，这是摆明了要把自己困死在西南边陲啊！

因为心境不佳，所以一路上走得很是缓慢，也不急于去上任，从安徽进入江西境内后，干脆在吉水老家小住了一段时间。坦白说，他确实有弃官归隐的想法，只是，他在皇上跟前待久了，深明皇上的脾性，若真的就此归去，不定还得背上什么罪名，更何况，汉王那一伙人还死死地盯着他，就盼着他出点什么岔子呢！所以，在吉水小住一段时日后，他仍是心不甘、情不愿地启程了。

行不多日，便至茶陵，湖光水色让他很是受用，又再起归隐之心，并写诗以叙志；只是不巧，当夜宿在茶陵时，天公不作美，下起雨来，秋风秋雨，最能添旅人愁思。好容易让湖光山色熨帖得安宁下来的心又起愁思，归隐的恬淡之心再也不见，取而代之的是满腔壮志未酬的愁思，其《夜泊茶陵》诗中将这一情绪描写得淋漓尽致，诗曰：“山绕荒村水绕城，箬篷藤簟枕滩声，秋风淅沥秋江上，人自思乡月自明。”

## 立死雪中

永乐八年（公元1410年），朱棣要解缙进京汇报在交趾的工作情况。让一个布政司右参议进京汇报工作，确实让人匪夷所思，难道是朱棣想重新启用解缙？

不巧的是，等解缙风尘仆仆地赶到京师，朱棣却御驾亲征、率军北上跟蒙古人打仗去了，这一仗打了一年多，老在京城耗着也不是个事儿，解缙便去向太子朱高炽辞行，然后又南返交趾。

不想，日夜监视着太子的汉王朱高煦一伙又得了机会，等朱棣亲征回朝，立马打小报告，说解缙私见东宫太子。意图谋反，朱棣大怒，下旨将解缙逮入诏狱，严刑拷打，意图逼出谋反之证。当然没有谋反的证据，可私觐太子，确实犯忌，也就只能不明不白继续在牢里关着，时为永乐九年（公元1411年）六月事。

永乐十三年（公元1415年）冬，锦衣卫指挥使纪纲照例向朱棣呈上囚在天牢中的罪犯花名册，朱棣无意中看到解缙的名字，无意中问了句，“缙犹在耶？”

这是一句模棱两可的话，既可以理解为解缙之事已了，干吗还关在牢中；也可以理解为，这个讨厌的家伙怎么还活着？不幸的是，处理此事的纪纲是汉王朱高煦一伙的，便将朱棣这句模棱两可的话当成了杀无赦的金科玉律，于是，“纲遂醉缙酒，埋积雪中，立死”——先灌醉解缙，然后埋进雪中，也不知是醉死的还是冻死的——时年四十七岁。

# 茶陵竹枝词十首（其十）

明·李东阳

溪上春流乱石多，劝郎慎勿浪经过。
莫道茶陵水清浅，年来平地亦风波。

**作者简介：**李东阳（公元1447年—1516年），中国明代诗人，书法家。字宾之，号西涯。祖籍湖广茶陵，长期生活在北京。天顺八年（公元1464年）进士，官至太子少保、礼部尚书兼文渊阁大学士，为朝廷重臣。李东阳上承台阁体，下启前后七子，在成化、弘治年间以朝廷大臣地位主持诗坛，奖励后学，颇具声望和影响，形成了以他为首的茶陵诗派。他的散文追求典雅流丽，主张师法先秦古文，未脱台阁体的影响；其诗则力主宗法杜甫，强调法度音调，又写拟古乐府诗百首，已开前后七子创作趋向之先河，对前后七子的复古运动有明显影响。李东阳的诗作以拟古乐府较有名，咏怀史实，抒己感慨，或指斥暴君暴政，或同情人民疾苦，或评论古人古事，内容丰富，中肯深刻。他的五七言诗也不乏佳作。其诗长于写景抒情，能于平淡词语中出清新意境。其散文以记、传、杂著为佳，文笔流畅典雅，说理有力，师先秦古文之意可见。著有《怀麓堂集》《怀麓堂诗话》等。

**译文：**洣江清浅，其下乱石嶙峋，可别被这表面上的风平浪静给骗了，到明年开春，丰水期一到，掀起的风浪可是吓人得紧，撑船的小哥可千万莫轻视了它。

故事

## 茶陵，一座偏隅小城的千年文脉

“溪南溪北树萦回，洞口桃花几度开。枫子鬼来天作雨，云阳仙去水鸣雷。”

大明成化八年（1472年），时任翰林院编修、日后的大明首辅李东阳奉父携弟，南归祖籍茶陵扫墓。

一行人从北京出发，走水路沿京杭大运河直达扬州，再由扬州下长江至南京，盘旋数日后，仍下长江，逆流而上，经采石矶、小孤山、蕲州、黄州、武昌诸地而至岳阳，而后沿湘江南下抵省城长沙。在长沙逗留一段时日后，改陆路，一路跋涉至茶陵。在赏玩茶陵胜境云阳山后，李东阳写下了入境茶陵以来的第一首诗，而后重整行囊，向离城东北30余公里的祖居砻溪中洲（现属高垅镇）继续前行。

在此之前，李东阳从未来过茶陵，百余年前的元末乱世，李氏先祖随明太祖朱元璋征战四方，编为“戍籍”（兵籍），后戍守京师，故《明史》本传中有“以戍籍居京师”之说，李东阳自己亦言“楚人而燕产”。

尽管自出生起便居于京师，年轻的李东阳对茶陵却并不陌生，父、祖辈代代相因的血脉渊源将自身的来处投射向遥远的罗霄山脉深处，梦里家山近在跟前，又会在李东阳心中荡起怎样的涟漪呢？

### 东阳故里

茶陵县城东郊，洣、茶两水交汇处，河畔一块高地之上，耸立着一座七级六方、粉红料石砌成的古塔，便是有着“云州一柱”之称的笔支塔，因与城关东门隔江相望，故又有东门塔之称。

据茶陵本土文史研究人员段立新考证，当日李东阳返乡祭祖，即在云阳山下的洣水码头上船，悠悠行至此处，而后拐至茶水，沿纵横交错的河道逆流而上，直达砻溪中洲的祖居。当然，彼时的李东阳还看不到如今这座雄壮古拙的笔支塔，要等到200多年后的清嘉庆八年（公元1803年）才由时任知州高上桂倡议士民捐建。一则说是有助风水，二则，旧时此处险滩暗礁颇多，于行船颇多不便，塔亦作航标之用。只是现今航运萎缩，一泓碧水之上，再难现往日樯帆林立的壮观景象，更兼连日晴热无雨，水量大减，行船亦属天方夜谭之举。好在路网交通发达，即连乡下亦是平直的柏油路四通八达相连，车行不过半个小时，便到了当日李东阳一行的目的地——砻溪中洲，现行政归属茶陵县高垅镇龙匣村，此前称龙集村，因李东阳诗“我家龙匣水，滚滚入南溪”而更现名。

车停龙匣，一幢红白相间的古式牌楼跃然于前，上镌“相国第”三字，左右镌对联“乡神童一代儒宗诗领茶派韵馨古今 贤相国四朝吏政智纾时艰功昭竹帛”，并镌李东阳《茶陵竹枝词》数首点缀其间。当然，牌楼是近些年修的，最早的牌楼建于明正德年间，迭有翻建，据传旧时达官贵人骑马坐轿来此，必下马落轿步行而入方算恭敬，即便到了今日，当地村民仍有这样的习俗：娶新妇进门，得先进牌坊门，再进自家门；人老百年，灵柩也得先从牌坊下通过，再抬往祖坟地……显然对李东阳这位生长于异乡的族中先贤表达了足够的尊崇。

隔李东阳当日返乡扫墓已经过去了500多年，曾有的遗迹都消散在无情的时光淘换之下，但也不是全无踪迹。据说族人们至今珍藏着当年李东阳祭祖时手书“我家龙匣水，滚滚入南溪”的条幅，以及当年明皇室敕封李东阳之妻的诰命诏书，并有李东阳自编《怀麓堂集》清嘉庆年间的雕版400余块，同行的当地朋友说能联系到收藏这些“宝贝”的李氏族人。电话打了一圈儿，却未在村中，于我这位远道而来的寻访者，也只能徒呼奈何了。

## 茶陵诗派

告别那方镌有“相国第”的牌楼，车行在平坦的村道之上，两边是平整而阔大的荷园，车窗摇下，热浪袭来的同时，亦有浓郁荷花清香。

龙匣四面环山，中间是条形盆地，发源于皇雩仙的雩水自东向南穿村而过，当地人称南溪。境内数百亩良田丰收全靠此水灌溉之功，如今为配合乡村旅游，大多改种荷花，绵延一片，煞是壮观。

起先我以为改种荷花是为了应荷木坪之地名——荷木坪为李氏先祖墓茔所在地，李东阳有《荷木坪二十韵》一诗述昔日扫墓祭祖事——后面查资料方知，荷

木坪之荷木与荷花并无关联，所指乃是一种常绿大乔木名，民间俗称木艾树，亦称木荷柴，耐火难燃，是很好的防火林种，旧时李氏先祖墓茔之侧遍植此树种，因而得名。按文献所记，现在的荷木坪大抵在去牌坊西北向四五里的山坡之上，只是年日久远，曾有的坟茔早无踪迹可寻，即连昔日满山遍野的荷木也不知所踪。李东阳诗中所言“燎帛荐馨香，树碑纪名德”的场景自也难寻分毫，徒让后来怀古者惝恍。

在茶陵，尤其是李东阳祖居地高垅龙匣，提到李东阳，多会自豪于李东阳“立朝五十年，柄国十八载”的宦海传奇，亦乐于铺陈“巧答景泰帝”“智除刘瑾”之类的民间故事。这些故事多出于文人笔记，很难说有多少真实性，李东阳晚年以大学士身份参预机务当然不假，但其施政取向一直暧昧不明。尤其是正德朝早期，大太监刘瑾把持朝政，同为大学士的刘健、谢迁等相继去职，李东阳亦曾提交过致仕申请，却被年轻的正德帝驳回，不得不依附刘瑾势力而周旋于朝野上下，甚至有过给刘瑾生祠写谀文的传言流出。尽管日后在剪除刘瑾的斗争中不无李东阳的暗中协助，但其阿附刘瑾的“黑历史”却无法一朝洗清，时人讥为“拌食宰相”也非全无根由，前文所述“相国第”牌坊上所镌“智纾时艰”的说法多少有后人的拔高之意。

除了在政治上贵为内阁首辅之外，在治中国文学史者看来，李东阳所开创的“茶陵诗派”无疑影响更为深远。在此之前，文坛上流行“台阁体”，由当时的馆阁文臣杨士奇、杨荣、杨溥等首创，一味追求所谓的“雍容典雅”，多应制颂圣之作，内容空洞无物，却颇能反映彼时之太平盛世——自“靖难”而后，天下承平日久，颇有盛世之象——为执政者所倡，一时效仿成风，渐成流弊，比之宋时“西昆体”影响更坏。对此卑冗委琐之风，李东阳明确提出诗学汉唐的复古主张，得到许多门人弟子及同年、同僚的认同，又兼李位居高位、交游广泛，史载其“每日朝罢，则门生群集其家，皆海内名流，其座上常满，殆无虚日，谈文讲艺，绝可不及势利”，故有后世“茶陵诗派”之谓。文风为之一新，流韵所及，直启之后的“明后七子”的文学主张，乃至日后的公安、竟陵诸派亦多从中汲取文学养分，其功之著，惠及后学多矣。

我非专治文学史者，难以判定李东阳之诗倡性灵的文学主张始于何时，仅从手头所掌握资料来看，至迟在《南行稿》中便开始了这方面的尝试——祭祖完返京途中，李东阳将这一路南行所写诗文汇编成集，收诗126首，文5篇，再加序一篇，即为《南行稿》集——尽管集中仍有不少诗文未脱“台阁体”之窠臼。即以此前提到的《荷木坪二十韵》为例，本述返乡祭祖事，开篇却是“恭言奉明诏，祭告返乡国”，首言皇恩之浩荡，“政治正确”得可以；继而叙返乡所见之景物并感怀先祖离家征戍之往事，而后言祭祖之实况，“良辰展樽俎，再拜扫榛棘”；紧跟着却又来了句“县令具牲醪，诸生走冠帻”，京官返乡，地方官趋附逢迎亦是人之常情，可也没必要写入诗中吧？

相较而言，同样编入集中的《茶陵竹枝词》（十首）则显得清新明快多了。前引“溪南溪北树萦回”句系首篇竹枝词，叙入境茶陵一路所见之景；其二“杨柳深深桑叶新，田家儿女乐芳春。封羊击豕禳瘟鬼，击鼓焚香赛土神”篇，叙乡间春社祭灶事，极富民俗学研究意义，当然，此诗系李东阳听族中父老转述而铺陈成篇，因为李东阳抵茶陵时已是盛夏，自不能目睹春社祭灶之盛；其三“银烛金杯映绮堂，呼儿击鼓脍肥羊。青衫黄帽插花去，知是东家新妇郎”篇，叙乡间嫁娶事，击鼓脍羊，好不热闹，只是好像现下茶陵不大吃羊肉，倒流行吃狗肉，车行城乡之间，随处可见秩堂狗肉的标签，即连政务接待宴，也常能见到狗肉的身影，也是一大特色奇观；其六“侬饷蒸藜郎插田，劝郎休上贩茶船。郎在田中暮相见，郎乘船去是何年”篇，以闺中少妇口吻叙郎耕田中、妇主中馈的夫妻恩爱之道，且以俏皮、哀怨之言规劝丈夫莫要外出贩茶，不然一去多日不得相见，独守空闺的日子太过难熬——茶陵是全国唯一以茶命名的县，向有种茶之传统，尽管由于历史中断过一段时期，眼下又续上了。据相关数据统计，茶陵县现有茶叶种植面积6.5万亩，总产量2830吨，涉茶总产值达12亿元。解决就业6000人以上，带动农户增收4000余万元，竹枝词中的妇人若生在今日，当不至于担忧夫君外出贩茶……

类似这样生动而传神的乡村生活画面，在《茶陵竹枝词》（十首）中比比皆是，这一切都让居于京城的李东阳无比新奇，并一一录入诗文之中。很难说日后“茶陵诗派”之文学主张与李东阳的这次返乡之行有多大关联，但《茶陵竹枝词》（十首）中清新明快的乡村田园风光无疑是对当时流行之“台阁体”最大的反叛。

## 书院风流

从满溢荷香的乡间小道蜿蜒前行，拐入B58县道，不过数百千把米之遥，便可见一幢拱形石门形制的凉亭。石门上镌“学士亭”三字，内里有块刻有“三大学士故里”的石碑，系清道光三十年（1850年）时任茶陵知州葆亨倡修，旨在褒扬茶陵“士勤于学”之民风。

“三大学士”者，除前文提到的李东阳之外，还有明文渊阁大学士张治和清协办内阁大学士彭维新，尤奇者在于，“三大学士”祖居都在这方圆不足十里的弹丸偏僻之地，尽管因现有行政区域划分，而分属于高垅和秩堂两个乡镇。除此之外，明初翰林学士刘三吾祖居亦在去此三十余公里的腰陂镇石陂村（其墓至今尚存），在历史上都属广义的茶乡范围之内，茶陵人津津乐道的“一州形胜雄三楚，四相文章冠两朝”中的后句即指此也。

毫无疑问，茶陵虽是僻地，却有难得的文脉传承。据统计，自唐天复元年（公元901年）至清光绪三十年（公元1904年），共有2名茶陵籍文人点中状元，127人高中进士，加上已无法准确统计的举人、贡生、副榜、生员，人数之多，在中国南方十分罕见。

以近于“化外”的偏僻小县而有“进士之乡”之美誉，后世学人往往将之归因为茶陵独有的书院文化。两宋之交，北方持续动乱，南方则较为安定，北人纷纷南迁。地处要道、农业发达、社会又较为安定的茶陵，成为一些南迁者理想的客居地。据统计，茶陵69个姓氏，宋、元、明三代迁入的竟有47个。农耕社会，讲究耕读传家。迁入茶陵的各方人氏，为了提高社会地位，便纷纷创办书院，培养自家士子，以求读书入仕，功名显达。一时间，茶陵书院如雨后春笋，竞相兴起，据《历代茶陵书院》一书统计，茶陵历代兴建的书院（包括经馆层次的社学、义社）共38所，其中29所续办至清末。茶陵书院数量之多，宋代居湖南第三、元代居第二、清代居首位……

前文所提到“相国第”牌楼之后，如今是乡间寻常可见的砖混结构民居，在李东阳返乡之前，这里曾是享誉茶陵的杜陵书院的所在。据《垄溪李氏族谱》载，书院由南宋绍兴二十七年（1157年）进士、南雄司马李时珍之孙李祥淑倡建，时间约在元初，最初只是李氏族中子弟私塾，后渐招收附近乡民子弟入读，李东阳的五世族祖、“元明之际湖湘第一诗人”李祁即曾在此就读，致仕后又执掌书院多年。书院后毁于元末兵燹，存世虽仅八十余年，却培育士子百余人，其中进士3人，中举人者8人，名噪一时。

只是如今，大多的书院都如杜陵书院这般消失在时光的无情淘换之下，现今茶陵辖境内还有旧迹可寻的书院只剩秩堂的雩江书院——清乾隆时期大学士彭维新即出于此——大革命时期曾被改办为茶陵县立列宁高级小学校，培养了段苏权、陈志彬、刘长希、刘宗舜等一批杰出人物，现为省级文物保护单位。城区内另有2012年重建落成的洣江书院，明弘治十七年（1504年）由时任茶陵知州林廷玉倡建；清初复修，为茶陵规模最大的官办学院，科举废止后改为州（县）立高等小学堂；“民国”年间改为茶陵、安仁、攸县、酃县四县联立乡村简易师范学校，后为湖南省立第二中学办学场所，“文革”时期被毁。重修后的洣江书院为现茶陵一中的一部分，内设茶陵历史文化展厅，展示茶陵悠久的人文历史传统，基本复原了清末洣江书院的建筑形制。

## 悠悠古城墙

“溪上春流乱石多，劝郎慎勿浪经过。莫道茶陵水清浅，年来平地亦风波。”

在砻溪中洲的祖居，李东阳待了18天，而后启程北返，走水路经江西到浙江，而后在杭州登上京杭大运河的官船，一路直抵京师。在离境茶陵之前，李东阳写下了《茶陵竹枝词》的最后一首，叙茶陵水域风景之壮美，兼叹舟行之艰险。

洣水是茶陵的母亲河，这条自罗霄山脉深处发源的湘江一级支流，流经茶陵全境，哺育一代代茶乡儿女的同时，亦在无数文人墨客的吟咏中满溢诗意。在李东阳返乡之前的半个多世纪，明永乐五年（公元1407年），有明一代大才子、时为内阁首辅的解缙因事被贬广西布政司参议，上任途中经过茶陵，有《夜泊茶陵》一诗，曰“山绕荒村水绕城，蒻蓬藤簟水滩声。秋风淅沥秋江上，人自思乡月自明”，极赞月夜泊舟茶陵城下的美景。只是解缙到底是外来过客，偶一经停，只着眼于迷人的山水美景，不像祖籍茶陵的李东阳，有族中亲友解惑，知道清浅可人的绝美风光之下，亦隐藏着无比凶险——即“年来平地亦风波”之谓也——

甚至连茶陵人引以为傲的古城之筑造也险些因水患而中止。

南宋绍定四年（公元1231年），茶陵县令刘子迈奉湖南安抚使余嵘之命筑城以抵御郴州、桂阳一带的苗民起义，址即在今茶陵古城墙处。由于该城“东南枕江，水冲荡”，故而“不能城”，传说是洣水中的河妖作祟，刘子迈乃“括铁数千斤，铸为犀，置江岸，以杀水势”，而后“列木石其下，而土其上，城乃成”。当然，河妖作祟之说自是无稽之谈，“城乃成”的真正原因却是作为县令的刘子迈深谙建筑工程学——“列木石其下”是指在河水边缘一列列地打桩，再在一列列木桩间垒砌片石，固其石为河岸，便形成墙基，再“土其上”，也即采夯筑之法来夯筑泥土城墙，自不惧河水冲荡，“城成”也便在情理之中了。不过，也幸亏有河妖作祟之传说，历近800年之激荡岁月，当日筑成的城墙多半已倾圮不存，留存的部分也多为历代续修，早不复当日旧貌，唯有立于城墙下的铁犀仍是宋时旧物，悠悠诉说近800年来的风云变幻。

是的，我到了洣水河边安置铁犀的亭子边，远处是薄雾中偶露峥嵘的巍峨云阳山，面前是奔流不息的清浅洣江水，背后修葺复原的南宋古城墙予人以历史的沧桑豪迈之感……铁犀无语，一如多年静默的岁月，全不顾几个调皮的小朋友在其身上爬上爬下。亭中多是歇凉的旅人——溽暑如蒸，室外行走，不多会儿便满身臭汗，亭能遮阴，兼以河风拂面，正可熄汗歇脚——72岁的付寿贵亦在其间。在茶陵，付寿贵算是个不大不小的名人，自2006年退休后便担当起茶陵古城墙的义务讲解员，为往来游览古城墙的旅客义务讲解古城墙以及其下铁犀的种种，十数年寒暑不辍，已成城墙边上一道独有的风景。

见我们几个明显外地游客打扮的人入内，老人急急凑上前来，问我们是否需要讲解。在得到肯定的答复后，老人清清嗓子，开始用带茶陵口音的普通话给我们解说，所叙无非古城墙并其下铁犀之种种。只用语极考究，文白夹杂，多用典，非一般旅游景点解说词那般平白如话，显经文人藻饰润色过，配合其虽有口音却异常铿锵的语调，恍惚有旧时私塾先生摇头晃脑、抑扬顿挫之诵读风韵。

我想，老者大抵可视为茶陵千年文脉滋养下的一个缩影——虽布衣芒屩，言行举止却自带诗书之风，恰如我初到茶陵县城，路边买水，视线却被马路对面的一家神台店吸引。店门外作展示的样品非寻常所见的佛具、香炉诸物，而是一块块规制大小不一的木制牌匾，通作长方体，红底金字，正中镌“天地国亲师位”

六字。在此后的茶陵之旅中，车行城乡之间，视野掠过幢幢倒退的民居，不经意间总能见到堂屋正中的墙上挂着这块牌匾，有些还特设了一方神龛安放。走南闯北，他处亦可见此神位，不过多是红纸条幅所书，鲜见木制牌匾，更遑论以神龛安放者，即有，其出现频率也不会像茶陵城乡这般频密，甚而能养活处在县城最为繁华热闹地段的一家神台店……这是儒家子弟恪守的人伦传统，敬畏天地万物自不须提；“国”字此前应为“君”字，现代社会，“君王”之谓已不符历史潮流，爱国则为人所奉行之准则；亲是血缘纽带，慎终追远，莫不赖此；师者，传道授业解惑，乃有历千年而不绝的中国文脉之赓续……

或许，这便是茶陵独具特色的迷人之处。

# 洗药池

明·蔡承植

一枝藤有大因缘，挂到山巅别有天。
古树千章围辟荔，悬崖半壁立云烟。
才游白日飞升处，又到司空洗药泉。
屈指齐梁千载后，宰官唯尔是神仙。

**作者简介：**蔡承植，字槐庭，攸县渌田人。性孤迥，淡于声利。年二十余，长斋奉佛。明万历十一年（公元1580年）登进士第，历任嘉兴知府，户部郎中等，官至太仆寺卿（从三品），后乞休归里。

**译文：**枯藤一枝，攀缘而上，直达山顶之上，却是另一番景象：但见古树丛丛，辟荔之类的藤本植物围得严严实实，悬崖峭壁处云雾缭绕……才游览了司空张岊一家白日飞升的遗迹，又到了司空当日洗药的池子。算一下，司空张岊一家白日飞升大概也有一千年了；这一千年来，那些权倾一时的高官显宦，只有你司空张岊一个人是真正地成仙得道了。

故事

## 蔡承植，高官亦是佛居士

封建时代的高官显宦，多有礼佛问禅之癖。政事纷繁，求得片刻心灵平静是其一；二则嘛，为官多年，且又爬上如此高位，自然使过些不好摆上台面说道的龌龊手段，礼佛问禅也是为自己日后的往生求个心安。

也有例外，有些人自青年时代起便虔诚礼佛，即便仕途凶险异常，仍将礼佛之心贯彻始终，并且还凭着这一份礼佛之心一步步爬上高位，位列六部九卿之一……没错，我要说的就是明万历年间的南京太仆寺少卿、著名佛家居士蔡承植。

### 科举世家佛居士

蔡承植，字槐庭，明嘉靖丁巳年（公元1557年）二月初五出生在攸县渌田镇的一个科举世家——渌田蔡姓始祖为曾任安仁训导的蔡朝端（字雪松），立下“笃学苦读”之祖训，且祠堂对考取功名者有一定奖励，其下秀才、举人代有所出，至蔡承植已传至第九代。

万历八年（公元1580年），蔡承植考取庚辰科进士，时年二十四岁。按理说，出身科举世家，又得中进士，接下来就该好好向族中先于自己取得官职的族人们好好讨教，以求仕途之路走得更顺畅一些。可让人奇怪的是，蔡承植竟然在得中进士后“发愿长斋秉戒，行头陀行”，还不止说说而已，《南岳志》载其“食必粗粝，客至，炉中煮一茎菜，以手掇菜叶，共啖之。每夜危坐匡床……”这哪里是在家佛居士啊，分明比出家修行的僧人还要严守戒律。

遗憾的是，现存史料已无从稽考何以一个新科进士忽然就成了虔诚的佛家居士，但这些并不影响蔡承植在仕途之上的步步高升。先任南直池州（今属安徽）教授，继任建宁（今属福建）推官，然后奉调回朝，先后任南京户部、礼部郎中，再外放嘉兴知府，继擢广东按察副使，最后以南京太仆寺卿（从三品）致仕。

当然，既是虔诚的佛家居士，施政纲领便带着典型的佛家痕迹，最具代表性的便是任嘉兴知府时的那些个举措。嘉兴，地处江南，向为膏粱锦绣之地，地方上奢侈之风颇盛——反正不差钱嘛——蔡承植上任后，“以清廉化俗”。前已说过，蔡承植本就以苦行的方式践行着自己的佛家修行，身为一府之长的知府以身作则躬行简朴（甚至都不能说是简朴，简直可以称苛刻了）生活，底下的大小官员，包括地方豪强还好意思继续之前的奢侈生活吗？故，蔡承植任内“奢侈之风顿敛”。

也不仅仅是以身作则地感化，更多的时候，蔡承植这位虔诚的佛家居士对当时的官场弊端有着清醒而深刻的认识。他曾说过“宦中人，鲜为民，最上则为名耳”，意思是说这些当官的没几个好人，那些所谓的好官也只是求个好名声而已。他却不要这个好名声，只踏踏实实为老百姓做实事，任南京户部郎中时，“清屯政，调边饷，理盐法”，这都是得罪人的活儿，极易落人口实。可蔡承植却不管这些，埋头苦干，卓有成效，时人有“四君子”之谓。

## 神仙就是蔡槐庭

以南京太仆寺卿致仕后，蔡承植回了老家攸县，结一草庵，名为念佛会，带领周边父老终日念佛不绝。

若仅仅只是念佛，蔡承植在攸县民间还没有这么高的知名度，关键是他毕竟是太仆寺卿致仕，朝中影响力不容小觑，也可利用这影响力为家乡父老做些好事，当地民间传说攸县山间“十里一亭，五里一碑”的德政就起因于蔡承植。

说的是退休后的蔡承植去攸县东乡有事，带着两个随从与四个轿夫一路东行，渐渐入山。时值盛夏，山间路窄而陡峭。轿夫汗流浃背地喘着粗气，抬着轿一步一个脚印，使劲往山上爬。蔡承植于心不忍，只好下轿行走。中午时分，大家口渴、肚饥，筋疲力尽，山中又没有人家，蔡承植叫大家就地歇一歇。

刚坐下，便听得不远处传来歌谣：“高山流水响叮当，我挑煤炭下山岗，有朝一日亭中坐，茶水相伴好歇凉，不知何日神仙到，为我挑夫解烦扰”。歌声落时，人正好与蔡槐庭相遇。蔡承植便叫挑夫坐下歇歇，聊起家常来。挑夫是西乡人，从东乡挑煤回西乡，只是这一路之上尽是崎岖山路，也没个人家，中途想讨口水喝，歇下凉也没地方，这才唱着自己编的歌儿一路走来一路唱地解个闷子。

蔡承植听罢，便问那挑夫，可是想在此地建个歇凉的亭子，挑夫答，除非神仙下凡，不然有谁会顾忌他这样的穷苦挑夫的想法。蔡承植听后便不再言语，只说日后肯定会有的。

不过三两个月，蔡承植便说动地方官在当地建了一座凉亭，地方官为讨好蔡承植，还特意在凉亭之上题了一首诗，曰："茫茫峻岭路延伸，重重山峦溪水鸣，脚肩相挨盘山路，直入云霄无踪影。峭壁悬崖雾锁巅，狼啼虎啸隐约闻。踏破黄丰又凤岭，峦山脚下又乘船，沿途美景不胜收，定叫槐庭再相闻。"

那位挑夫某日又前去东乡挑煤，见到这凉亭颇是吃惊，又见凉亭之上的题诗，心知自己早两个月遇上的那位慈眉善目的老者便是蔡承植，当下提笔在凉亭的题诗之下又加了一句话——"神仙就是蔡槐庭"。

自此以后，"神仙就是蔡槐庭"这话便传遍了攸县境内，地方官迫于民情，联合当地士绅，在一些人迹罕至的山路之间，十里建个亭，五里树块碑。直到1949年后，攸县许多地方还保存着凉亭和路碑的痕迹，这都是当年蔡承植留下的"德政"。

# 桃花春涨

清·谭显名

三春多雨露，涨满簇桃花。
几片波中灿，一枝浪里斜。
乘风翻潋滟，耀日荡秾华。
好向龙门跃，昂头缀锦霞。

**作者简介：**谭显名，字谦庵，酃县（今炎陵）人。岁贡生，清中叶在世。官兴宁教谕，著有《述古录》《铎宁事略》等。

**译文：**春天的时候雨水多，河里的水也涨得急，这个时候桃花开得正艳，大概就是传说中的桃花汛吧。被雨水打落在河里的桃花，随河水的流向而浮沉起伏，有一朵连着枝儿的桃花自浪里斜刺里穿来，端的是可爱。这会儿雨过天晴，风吹过，水面泛起阵阵涟漪，那在水中浮沉的桃花在阳光的映射下也似颜色更艳了，好像下一刻就要跃过龙门，要去往九霄之上，缀补那天边灿烂的云霞。

## 故事

### 谭显名，是穷教谕，亦是大善人

炎陵一地，处罗霄山脉中段，环县皆山，往来颇有不便，即便今日也未摘除国家级贫困县的帽子，更遑论在交通更不便利的旧时了。

与窘困的现实生活极不相符的是，炎陵一地自古文脉颇盛，据县志不完全录载，建县以来，全县科举取士（外迁转籍者未录）：进士25人、举人50人、贡生387人……

此一斐然战绩固然与炎陵士子刻苦向学之风密不可分，但地方上对文教之重视也不容忽视。按同治版《酃县志》的记载“凡办学之事，一人首倡，众人附和”，往往县令、学官或士绅、宿儒首倡，民间踊跃捐输并组织实施，其中亦不乏官员捐出薪俸或养廉银来助力地方文教，譬如本文主人公，曾任兴宁教谕的炎陵贡生谭显名。

## 桑梓情深

谭显名，字谦庵，酃县（今炎陵）人，乾隆元年（公元1736年）选恩贡，乾隆二十二年（公元1757年）授兴宁（今属郴州资兴县）教谕，同治版《酃县志》中有其小传。

小传之外，谭显名之名还在同治版《酃县志》中出现过两次，一次出现在《严禁一姓两籍碑》的碑文中，一次出现在《科举宾兴始事由》中。

《严禁一姓两籍碑》旧址在酃县学宫明伦堂内，刊载的是一桩旧时“高考移民”公案之始末。而这桩公案的投诉人，就是以谭显名为代表的一批县学生员们。当时酃县有邹、周二姓，已落籍衡阳多年，但此两姓子弟每逢岁、科两考。则衡阳、酃县两地皆考，酃县属偏远地区，每年县学录取生员名额是八名，此两姓子弟往往占去了四五名（不得不承认，其时衡阳的教育水平远高于炎陵）。而且，这些个子弟占了生员的名额却并不在酃县县学就学，而是仍回衡阳读书，“春秋二祭、季考月课，居府之邹、周诸生，罕识其面，优劣品行无从稽查”……终于，同在县学入学的其他生员忍不了了，雍正六年（公元1728年）四月十二日，谭显名联合其他几名生员，以“一姓考两县，别籍借占”为由，将此情况汇报给县令，并恳请“恩赐通详，永除积弊”。

情况很快查明，确有其事，当年八月，即有明文下发，日后邹、周两姓童生“居衡考衡，居酃考酃”。若真是居于酃县的两姓童生的话，还需当地廪生秉公

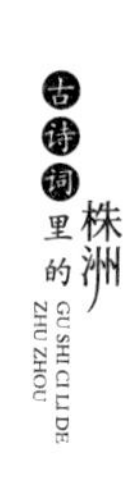

保结，“违即详究，褫革治罪”，并将此公案之来由始末勒石为记，竖于县学之明伦堂，以垂久远，谭显名也因此案而名垂酃县教育史。

## 穷教谕有大善心

回头再说《科举宾兴始事由》，事见同治版《酃县志》卷八。宾兴本是周礼，在科举时代演化成地方官设宴款待当科新中的县学生员。宴饮倒在其次，主要还是给那些得中的生员一些生活补贴，这笔钱不出于国库，大抵都由地方士绅捐资而来，而酃县一地的“宾兴之礼”则出于谭显名。

按《酃县志》之记载，雍正十三年（公元1735年）七月，谭显名将祖产及新买的田地二十三亩五分捐入学宫，除每年修葺学宫外，所余银两“存为两庠乡试卷烛之资”，那给新中生员的生活补贴自然也出于其中。这《科举宾兴始事由》便是谭显名捐田用于学宫维修及乡试津贴一事，地方官员层层报批、反复审核之经过。

乾隆二十二年（公元1757年），恩贡生谭显名外放兴宁（今属郴州资兴县）教谕，主管一县文教之事。

兴宁一地亦多山，与古酃县同属偏远落后地区，但却有个书院颇有名，便是今资兴一中的前身汉宁书院了。

谭显名任兴宁教谕之后，“薪俸所得捐田汉宁书院，岁得谷五十石以为书院教师薪俸”，就跟在酃县老家一样，同样的买田捐给学宫，到离任的时候，又将当年薪俸的一部分捐为诸生“会课之资”……汉宁书院在清中叶之所以有名，想也与谭显名之无私奉献密不可分。

兴宁教谕任上，谭显名还写了本《铎宁事略》的集子，你以为他会在书里写自己捐田助学的义举，开篇却是“余以乾隆丁丑司训兴宁，时学宫书院诸大事，邑侯罗带溪先生皆次第新之。今将解组归田，别宁之父老子弟，恐其绩久无传，忘侯之泽，因为汇刊用以示信……”清楚明白地说学宫书院的修葺一新都是县令罗带溪先生的功劳，对自己却略过不提。

兴宁教谕任满，谭显名回了酃县老家，并继续他的捐资事业，“家居好施与，曾捐资修复本县烈山书院，并捐田十亩为学员膏火之费……”年八十以寿终，大概便是老天给这位善人最好的福报了！

# 宿北仙观

明·谭缙

十里山行斜日曛，田家道院两歧分。
半生踪迹多尘土，此日形骸寄水云。
台殿已无玄鹤守，声名应似落花纷。
微茫仙迹难追步，彻夜烧香读典坟。

**作者简介：**谭缙，字观澜，攸县泽田（今皇图岭谭家村）人，明正德二年（公元1507年）举人，授江西永丰知县，曾参与平定宁王朱宸濠的叛乱，因功擢工部员外郎，督临清窑，自疏请归，时人称之，有《观澜文集》传世。

**译文：**走了十多里山路来到这北仙观，不觉已是红日西垂，举目望去，山下村民的庄稼地和道观院墙界限分明，赫然便是出世入世的两个世界。想想我这半辈子，多在红尘里谑浪打滚，今日暂脱红尘，且在这世外桃源般的湖光水色里歇上一歇……那守卫道观大殿的黑色仙鹤早就不知影踪，我这外在的声名也该如落花一般纷纷卸下了。当日这观中曾有的神仙印迹也早已消失不见，所谓的求仙问道也没个去处，那就燃上支香，读些七七八八的书，好歹也将这凄冷长夜打发过去。

# 谭缙，“泽田三杰”的后起之秀

自秦始皇实行郡县制以来，中华大一统的帝制至少维持了两千年不变的超稳定状态，居功至伟者，非最为基层的县令莫属。

一方面，县令将来自帝国高层的指令下达给辖区内的万千黎民百姓；另一方面，汹涌的民情民意也得依靠县一级的行政机构传达到更上层（“告御状”的偶发现象不在本文讨论范围之内）。故历朝历代都对县令这一七品芝麻小官颇为重视，从选任到离任都有一套极为复杂且严谨的进出机制运行。身为县令者也颇为重视这一身份，自县令出身而跻身名吏行列的有志之士也不在少数，譬如本文主人公，攸县“泽田三杰”之一的谭缙谭观澜。

## 名门之后

泽江，自攸县梓木岭之东的高湖流出，南下经杜口，再往下流经皇图岭的谭家村，再与沙河水会于丹陵桥下新铺。

谭家村本不叫谭家村，古名泽田，因泽江之畔有良田而得名，之所以更名谭家村，乃是因为出了不少谭姓大人物。泽田谭姓始祖谭信斋自不必提，宋宝祐丙辰科（公元1256年）进士，曾出任潭州（今长沙）刺史，后因时局动荡，与兄谭福斋弃官南游，卜居于攸县泽田、双富塘（今湖南坳）一带，子孙繁衍，代有所成。当然也少不了本文主人公、攸县“泽田三杰”之一的谭缙谭观澜。

所谓“泽田三杰”是指明朝时期泽田一地所出的三个卓有才干的能吏，分别是户部左侍郎谭升与刑部郎中谭孟昂、工部员外郎谭缙，均以廉政闻名。谭升，明成化二年（公元1466年）进士，官至云南按察使，清操益励，廉惠声著，誉为良臣。谭孟昂，明天顺壬午（公元1462年）科举人，授四川西充教谕，后转任刑部，富有政声。而本文主人公谭缙则是谭孟昂之长子，货真价实的名门之后，更为重要的是，除了以廉政闻名之外，相比“泽田三杰”的前两杰，这位“泽田三杰”的后起之秀还有着更富传奇性的军功。

## 简政放权

谭缙，字观澜，明正德二年（公元1507年）举人，授江西永丰知县。明制，举人是无法直接出任实职官员的，即连正经的进士出身，也得在翰林院历练个一两年时间才得授予实缺。举人出身自然无缘翰林院历练，好在谭缙之父谭孟昂为官多年，颇有政声，门生故旧遍及朝野，要寻个历练的地儿自然不愁。与此同时，也在积极准备会试，只可惜考运不佳，一直到被授永丰知县仍是举人出身。

现有史料已无从稽考谭缙被授予永丰知县的确切时间，大概在正德九年（公元1514年）之后，因为正德十五年（公元1520年）王阳明所上《开报征藩功次赃仗咨》中明确记有“广信府永丰县知县谭缙”之名，而明时官制，若无特殊情况，向以六年任满为限。也就是说，从正德二年（公元1507年）考取举人功名，到授予永丰知县实职，谭缙至少经过了7年的基层历练，比之翰林院普遍一到两年历练便外放的进士无疑更有基层行政经验。

也确实如此，史载，谭缙任永丰知县后，“申罢冗税，请省榷场，民被其泽”，冗税好解释，就是一些不必要的税收；榷场，则是一种极富中国特色的专卖物资贸易市场，出于税收之考虑，历代帝制统治者对涉及普通老百姓基本生活所需的物资都施以专营制度，官办经营，民间资本绝对不可染指，最典型的就是盐铁专营制度了。但是，很多时候，如在税源不足的时候，这个专营的物资名录会扩充到老百姓生活的方方面面，买点什么，卖点什么，都得通过专营的市场来交易，政府从中渔利，老百姓则被盘剥严重，苦不堪言。正是看到了这一缺陷，谭缙才会有“请省榷场”之举措，也就是将官方专营的范围缩得小些，再小些——也是在500余年前的明朝。若是生在现代，谭缙绝对深谙“简政放权”之王道——老百姓省去了盘剥之苦，自然“民被其泽”。

## 效力军前

“申罢冗税，请省榷场”毕竟只是谭缙作为一县父母的良政，包括自己父亲在内的“泽田三杰”的前两杰都能毫不费力地做到。而他，与父辈相比，更有一份意想不到的军功。

正德十四年（公元1519年），就藩南昌的宁王朱宸濠借口明武宗朱厚照荒淫无道，集兵十万叛乱，连下九江、南康诸地，并率舟师下江，出江西，直攻安庆……此时，都察院左佥都御史王守仁（号阳明）正在江西，闻讯立马募集义兵，发出檄文，出兵征讨，江西境内的朝廷官员纷纷聚至麾下效力，永丰知县谭缙也在其中——同治版《攸县志》载：“王守仁平宸濠时，有熊寿者，贼渠魁也。守仁购偿千金，（谭）缙以计擒杀之。”

当然，谭缙究竟是以何奇智妙谋擒杀叛军渠魁熊寿的，史志之上并无记载。但是，在《王阳明全集》中，平定宁王叛乱这一时期的书牍往来里往往可见谭缙之名，虽未有上阵杀敌之举，奉命伏击、截杀叛军的辅助性军事行动却时而有之，亦可算是累有军功。

也因此军功，永丰知县秩满后，谭缙擢工部营缮司员外郎，督临清窑——临清窑为我国著名的贡砖烧制地，工部营缮司又专掌缮治皇家宫廷、陵寝、坛庙、宫府、城垣、仓库、廨宇、营房事，是实实在在的肥缺。看来，王阳明对谭缙在平叛期间的表现颇为满意——离任之日，“民皆如失父母”。

可让人意外的是，在工部营缮司员外郎的肥缺上，谭缙只干了短短一段时间便“疏乞归养”。其实也好理解，“泽田三杰”都以廉政闻名，只是这工部营缮司员外郎的实缺实在太过肥美，“廉政”起来也颇为不易，与其纠结难受，真还不如“疏乞归养”自在。也因此惹不起躲得起的态度，时人遂有“林下一人，乡邦典型”之称。

# 金鱼烟雨

清·赖超彦

待化金鱼住小洲，常鳞凡介邈非俦。
风雷倏奋新头角，浪涌沧溟泽九州。

**作者简介：**赖超彦，福建连城人，字民献，号留斋，康熙癸卯科（公元1663年）举人。康熙二十四年（公元1685年）任醴陵知县，兼浏阳知事，兼声惠政，口碑载县。时湖广藩台黄褒之以“醴浏召杜”之奖。晚年在家谈道赋诗，安享晚年，福建抚抬李表之曰“仕学兼优”。

**译文：**据说金鱼就住在这渌江桥下的金鱼洲边上，金鱼是神鱼，自不能跟这些寻常的鱼虾相提并论，只待风雷起时，便要化而为龙，从此沧溟之间任其遨游，雨露恩泽遍及八荒九州。

## 故事

### 赖超彦，“醴浏召杜”的陈年旧事

醴陵八景之一的“金鱼烟雨”，是渌江桥下游靠城南一侧250米处的一处沙洲，因是渌江河在城区转弯处而状若金鱼，是以得名金鱼洲。

金鱼洲一带，在旧时曾遍栽桑树，郁郁葱葱。而河湾适宜舟船停泊，入夜渔火点点，灯光闪烁。每当细雨蒙蒙，烟笼雾锁，蔚为奇观，因有“金鱼烟雨”之胜。

自古风景胜地，自不乏文人骚客的诗词吟咏，这“金鱼烟雨”也不例外，吟咏之作颇多。文前所引小诗亦是记“金鱼烟雨”之胜的佳作，特殊之处在于，这诗不是一般的文人雅士吟咏游戏之作，而是时为醴陵父母官，有“醴浏召杜”之称的著名文士赖超彦所作。今次，我们就将目光投放到300多年前的这位醴陵父母官身上，看看当时为政一方的大员有着何等的神貌与风采。

## 连城往事

赖超彦，福建连城人，字民献，号晋斋，康熙癸卯科（公元1663年）举人。按《连城县志》的记载，赖超彦“家世清高，为文清超动人”，是以“未出仕即以名满八闽”，还未踏入仕途就声名在外，整个福建省都晓得连城县有个名为赖超彦的才子。

很多时候，名声都是个好东西，可以换来各种实实在在的利益，但假若时机不对，或者遇人不淑，这名声反倒还成了累赘，赖超彦就吃了名声太大的亏。康熙十三年（公元1674年）三月，靖南王耿精忠在福州起兵谋反，名声在外的才子赖超彦成了他第一个招揽入幕的对象，赖超彦以病婉拒，耿精忠何等精明，自是不信。过不多日，又派人来请，赖不得已假意出门，过不数日又返回家中，自称在小陶那边翻了船——“假覆舟小陶，隐匿不出”，可能是其时军情紧急，耿精忠也没继续为难，这事儿就算翻过篇儿了。何曾想到，耿精忠是不管他了，但耿精忠的部将又盯上了他。

也就在赖超彦从小陶回家不久，某天家里来了一伙全副戎装的军人，打首的那人赖超彦也认识，是本县的驻防军官罗大胜，身后还有位气度不凡的青年军官，军衔却比罗大胜还要高，介绍后才知道，是汀州总兵刘应麟的副将金文升。来人目的很明确，虽然耿精忠不再缠着赖超彦了，但汀州总兵刘应麟也听闻赖超彦的名声，想将赖招至自己麾下效力，还特意派了副将上门来请。巧的是，此时恰逢赖超彦父亲逝世不久，尚在守制期内，赖便以要替父亲守孝为由婉拒金文升和罗大胜的邀请。因赖超彦名声在外，当日刘应麟派副将金文升邀约也强调要以礼相待，二人不好勉强，只得悻悻返回汀州城中复命。待二人离了连城县城，赖超彦急急将家眷遣散，自己则隐姓埋名躲到临县的乡下藏了起来——他知道，刘应麟一“请”不得，肯定还会三“请”四“请”的——直到耿精忠的叛乱被完全剿灭，才重新回到连城县中，赖也因此有了“高风亮节”之评价。

## “醴浏召杜”

大约在康熙二十四年（公元1685年）前后，赖超彦来到醴陵任知县，并兼浏阳县知事。

《醴陵县志》记载，赖超彦在醴陵前后五年，主要做了三件事，一是“清复学宫旧址，捐资修葺”，醴陵学宫就是日后的渌江书院，宋明皆为学宫，明末战乱，年久失修，赖乃募资修复；二是“勘丈田亩，绘图注册，绝欺隐诡奇寄X（此字模糊难以辨认）粮之弊”，大约是战乱频仍，田土名册成了笔糊涂账，便有刁民借此少交或者不交相应的赋税，国家财政收入流失严重，赖超彦便募人重新丈量田土面积，并一一对应到人，且绘图在册，断了这帮刁民的念想，让国家财政收入恢复正常；三是再次续修《醴陵县志》，使县志之记载更为全面且贴切——当然，文前所引之诗作也作于担任醴陵知县期间。不特如此，还有更多的醴陵风土人情也入了赖超彦的诗文之中，以赖超彦之才名，也让当时更多的文士知晓了醴陵之风土人情，也是功德之一桩。

《连城县志》的记载也佐证了赖超彦在醴陵的政绩，说其任醴陵知县时，“民被惠政，口碑载县”，当时的湖南布政使（相当于今之省长，仅次于巡抚的一省二把手）黄性震，也是赖超彦的福建老乡，给他下的评语是“醴浏召杜”——这里涉及一个典故，“召杜”是西汉召信臣和东汉杜诗的简称，二者都曾任南阳太守，且皆有善政，使人民得以休养生息，安居乐业，故南阳人为之语曰：“前有召父，后有杜母。”后因以“召父杜母”为颂扬地方官政绩的套语，亦简称“召杜”——评价不可谓不高。

也因此善政，康熙二十七年（公元1688年），赖超彦获朝廷敕封“文林郎”的荣誉称号，妻子则获封孺人，封妻荫子，圣眷之隆，果真是无远弗届。

康熙三十五年（公元1696年），赖超彦主持湖南省的乡试，该年乡试中举的举人，多在次年的会试中有所斩获，“世服藻鉴焉”——世人都佩服他的慧眼识珠之功。

晚年的赖超彦归隐在连城老家，以谈道赋诗为乐，于康熙四十年（公元1701年）病逝于家，时年七十岁。次年，圣旨下，封赐赖超彦为进士，赐汀州府同知，并崇祀乡祠，福建巡抚李斯义表之曰“仕学兼优”，可谓的论。

# 游宝相寺隐真岩（三选一）

清·陈之駓

人间红是叶，岩上白惟云。
未出天围里，已将秋色分。
松根深不到，鸟语自为群。
试发鸾音啸，遥遥四谷闻。

**作者简介：**陈之駓，字桃文，号岛孙，湖南攸县人。康熙时岁贡生，学识渊博，经史子集皆通。屡困乡试，家居授徒为乐，与邵阳车无咎、王元复、衡阳王敔并称“楚南四家”，卒后人称文范先生。著有《岛孙集》12卷、《岛孙诗文钞》《岛孙文集》等。

**译文：**这宝相寺边上的隐真岩啊，下面红红的是枫叶，上面白白的是云朵，还未出这寺庙的边界，景色已经分出明显的夏秋两季来。松根扎得极深，也不知通向哪里，鸟鸣啾啾，却是“各自为政”……我也试着发出鸾鸟的鸣叫声，并无回应，只有自己的回音在山谷四周回荡。

故事

## 陈之駓，“旷世轶才”的现实与传说

“攸县陈之駓，腊鱼换只鹿，世上无神鬼，全是人做起。”

在攸县民间，有这样一首脍炙人口的打油诗，至今仍为当地民众破除迷信的“名言警句”。打油诗作者便是本文主人公，有“旷世轶才”之称的攸县才子陈之駓。

### 现实陈之駓

陈之駓，字桃文，号岛孙，攸县南水人，清康熙年间贡生。据攸县陈氏六修谱记载，陈之駓幼时即有聪慧之名，经传一诵即熟，青年时读书于司空山慧光寺，十年不出山，终得大成——下笔成章，不假师父而著古文诗赋，宗晋唐古法，追汉魏遗风，乾隆时名士罗典誉之为“旷世轶才”。

《湖南省志第三十卷·人物志》里的一个小故事也佐证了陈之駓之才气。说的是康熙四十二年（公元1703年），陈之駓参加乡试，被拔为第一名。主考的湖广督学潘宗洛，集诸生宣讲其试卷，赞“此真秦汉文也！”陈之駓却执卷诣案前，略谓：“某文蒙甄拔，甚愧！但评论有不当之处。”随即指出某事出于某书，宜读某音等。众皆失色。好在主考虚怀若谷，欣然离席，揖曰：“某弋科第早，汲古浅，幸教我。”并取案上笔即命改正，再向诸生朗诵称善。

此事真假参半，陈之駓参加过乡试不假，但其人虽有才名，却是“不长于制艺，屡困乡试”的主儿，断无乡试第一的光辉战绩。之所以有这个故事流出，想来是做县学生员时每年一度的“绩效考核”时发生的事儿——旧例，县学生员有“春秋二祭、季考月课”之考，由当地学政予以稽查优劣品行，大抵类同现今学生的“期末考试”，而非决定一生命运的“中考”“高考”——《湖南古今人物辞典》有“潘宗洛视学湖南，对诸生朗诵其（指陈之駓）文，推为南楚第一”句，再结合陈之駓贡生的身份，基本可以确定，乡试第一是假，学政潘宗洛“朗诵其文”为真。至于朗诵之后的那些传奇故事想必也非空穴来风，因为陈之駓确实就是这么个不拘小节的洒脱之士。

尽管科场屡试不中，但陈之駓的才名还是传了出去，包括刑部尚书徐乾学、礼部侍郎韩菼在内的若干达官贵人都写信让他进京谋个前程——虽无举人功名，但贡生也是可以入朝为官的，又有贵人举荐，想来前程也不会差到哪儿去——可陈之駓却不为所动，“家居以教授生徒为乐”。大概是声名在外，“生意”一直不错，都不用去外地坐馆，直接跟家里便有“桂阳、澧州等地士子皆不远千里及门受业”的“奇观”，也因此，陈之駓与同时代的邵阳车无咎、王元复、衡阳王敔三位名士并称为“楚南四家”。

## 传说陈之駓

相比信史里才华横溢的“旷世轶才”形象，民间传说里的陈之駓的形象更为佻达不羁，譬如文章开头提到的那首打油诗。

说的是，有一天，陈之駓从马鞍山经过，见路旁新建了一座庙宇，里面香火很旺，许多善男信女跪在地上虔诚地祈祷。他很是不解，记得上次路过这里时，还是一片柴山荒地，怎么只一年时间就有如此变化呢？他不由得上前观看，只见庙门上歪歪斜斜写着三个大字：“腊鱼庙。”走到里面一看，神龛上供着一条腊鱼。陈之駓忍不住“扑哧”一笑，原来上次自己路过这里时，忽听见“噢噢”的叫声，声音凄凉悲惨。他随声找去，只见一只幼小漂亮的麂子，被猎人安装的捕兽夹夹住了腿，拼命挣扎而不得脱。陈之駓心中不忍，就把小麂子从夹板中救了出来。

麂子是放生了，但怎么才能不负猎人之劳呢？陈之駓转念一想，便把随身携带准备在路上食用的一条腊鱼放在夹板中，以对狩猎者有个交代。

没想到有人竟把这条腊鱼当成天降神物，建起了庙宇。陈之駓笑后，就在庙堂墙壁上写了一首打油诗：“攸县陈之駓，腊鱼换只麂，世上无神鬼，全是人做起。”

打油诗之外，还有对联。如说某处建有一座“百禅寺”，陈之駓听后很是不屑，乃做联曰：“道一而已，禅百有乎？”又说陈之駓在外吃饭，一双筷子将有一尺长，一碗肉汤只有七片肥肉花浮在水面，于是口占一联曰：“七鸭浮湖，数

数三双一只；尺蛇出洞，量量九寸十分。”亦庄亦谐，又俗又雅，既具深意，又有情趣。

类似的民间传说当地还有很多，如《石桥拦轿》《晒肚皮》《厚脸皮秀才》《奇诗骂“狗”》等，《株洲文史》辑录了一篇《陈之駓的故事》，有十余则跟陈之駓相关的民间传说故事，有心人可找来一读，当能博君一哂。

# 味草亭

明·陈翔

上药无须小草丛，兔葵燕麦弄春风。
何由抛却安期枣，不入桐君旧录中。

**作者简介：**陈翔，字一凤，湖南酃县（今炎陵）人，明成化甲辰科（公元1484年）进士，授翰林院五经博士。后因“偶以语触铨宰”，降贵州普安州知州。

**译文：**上好的药材根本不需要长在草丛中，昔日神农尝百草之处，竟也荒废如斯——只剩一些兔葵和燕麦在春风中怒放——也不知什么缘由，神农尝百草时竟将安期枣这味仙果抛下，以至于桐君老人收录的药典中竟缺了此味。

## 故事

### 陈翔，炎陵五经博士的晒书、晒鞋事

地方方志惯从野史和民间传说中汲取养分，一方面可使方志中之历史人物之性格更为饱满，另一方面则造成真假莫辨、前后矛盾的假象。最典型的就是鲁迅说《三国演义》里的诸葛亮“多智而近妖”。

很多时候，这也是一种权宜之计，毕竟，方志之中的地方名人，相比浩如星海的中国大历史也只是小得不能再小的小人物，正史之国史自然不会不吝笔墨地

描绘这般“小人物”，往往一笔带过，给地方方志之修撰者留下无尽的烦恼——史料如此之少，该如何给本埠的先贤名人树碑立传？好在还有野史和民间传说，这些真假莫辨的信息组合在一起，便成了本埠先贤曾有过的“丰功伟业”，也算是对后人有了个交代……就譬如本文的主人公陈翔，这位炎陵进士、大明朝的五经博士，其极富传奇性的人生片段无疑对后学诸辈还有着现实的指导意义。

## 语触铨宰

陈翔，字一凤，湖南酃县（今炎陵）人，明成化甲辰科（公元1484年）进士，授翰林院五经博士。

五经博士系汉武帝时所置学官，专门负责讲解儒家五经（后增为十三经）经义，为正八品京官。别看品秩低，可跟皇帝近啊，尤其是专门负责讲解儒家五经的博士，那可是皇帝正儿八经的老师，没有点儿货真价实的学问还真难当此重任。

从陈翔中进士后授翰林院五经博士的履历来看，此人之学问高深毋庸置疑，不然也不会分配在皇帝身边讲解五经经义。但是，大抵学问高深之人，情商都有些缺陷，圣贤之书读多了，便有些认死理儿，陈翔也不例外。“偶以语触铨宰”——因为某句话得罪了有权有势之人，这个人是谁？史书中并无记载。要知道，成化帝朱见深可是有明一代难得的明君，虽然曾有过宠信宦官汪直、梁芳等而致西厂横恣、民不聊生的前科，但在陈翔中进士之前便采纳群臣谏议，罢废西厂，并罢逐汪直等人，朝野上下正是一派清明。可就在这一片清明之中，陈翔却“偶以语触铨宰”，不觉得怪吗？

最大的可能便是陈翔这个饱读圣贤之书的儒生和朝中干吏因为理念之争而有了矛盾，有句老话说得好，“欲立非常之功，必待非常之人”。西厂横恣之遗毒深远，要肃清流毒，必然会有些非常手段，很多时候也是与圣贤之道背道而驰的，赶巧陈翔又是一根筋，这不合乎圣贤之道的“潜规则”又岂是朝中大臣所能使用的？可以想见的是，负责讲解五经经义的陈翔少不得要在讲解经义之时跟皇帝念叨些某某大臣此法不合圣贤之道之类的说辞，说得多了，皇帝便烦了。得，惹不起我躲得起，一纸诏书下发，外放普安州知州。

## 晒书免灾

普安在贵州，今属黔西南布依族苗族自治州所辖，在交通不便的古时，是名副其实的“荒蛮之地”。正德年间大儒王守仁触怒刘瑾，贬谪贵州时便是“万山从薄，苗、僚杂居”之地，更遑论二十余年前的成化年间了。

从京城翰林院的五经博士到偏远的贵州普安州知州，品秩是上去了——明时知州属从五品官员——但明眼人都看得出，说是外放，实际却与谪贬无异，也不知这一路之上，陈翔有没有想过自己何以落到如此之地步。

史志中对陈翔在普安州知州任上的政绩并无记载，倒是记载了一件轶事，颇能佐证这个当过翰林院五经博士的书呆子性格。说的是某年六月初六，家家户户都把衣物什么的拿出来翻晒——民谚向有“六月六，家家晒红绿”之谓——知州陈翔家也不例外。不过人家晒的是衣物，他家晒的却是满院子的书，其时贵州一地偏远，文化不甚发达，这些书当可想见是从京城带来的。

却说陈翔府上将书满院摊开，正晒着呢，忽地就涌进十数个舞枪弄棒的汉子，不消说，就是打家劫舍的强盗。趁着大伙儿翻晒衣物的日子，好抢些家什过活，这也从另个侧面说明其时的“蛮荒之地”的不开化程度。奇怪的是，这帮人涌进门后，却并未大肆抢掠，尤其是为首一人，竟顺手从架上取下一本书来翻阅起来。片刻过后，乃问晒书的家人，这是谁的家。答是知州陈翔的家。来人哦的一声恍然大悟，放下书便带着人不声不响地退了出去，吓得掉了魂儿的家人这才起身收拾，再看当时那“匪首”翻阅的书籍，赫然便是本劝人向善积德的圣贤书。

## 晒鞋吓官

史志中关于陈翔的记载到晒书这一节便宣告结束，也不知这普安知州当了多久，之后又有无他处任官的履历。不过，在炎陵民间流传的一个传说却交代了陈翔最后的下落——辞官归里。

传说陈翔辞官后便回了炎陵老家，就住在隔县衙不远的正街上。却说某个夏日，正跟家歇凉的陈翔听得街上一片人喊马嘶的声音，原来是县官出巡，街面上的街坊们避之不及，前导的衙役们正在驱赶呢。闲居在家的陈翔早就看这个父母官不顺眼了，作威作福，出行必须清场戒严，弄得街面上的街坊们好不折腾，这不，今儿个又出巡抖威风来了。

却说陈翔知是县官出巡，脑瓜子一动便计上心来，叫过夫人，让夫人把自己当日在翰林院任职时的朝靴拿出来晒晒。

回头再说那县令，一路逡巡而过，好不威风，行至陈翔家门口，却见院墙下一双朝靴耀眼得紧。再细看，却是翰林院的制式，霎时，汗就下来了，早就听说街上有位陈大官人曾任过翰林院的五经博士，以前只当是街坊们吹牛，不想竟是真的，那朝靴可假不了……心想至此，腿脚一软，便自轿上跌落，跪在了朝靴跟前，底下的师爷、衙役，见主子跪下，也慌了神，纷纷跟着下跪，一瞬间，街面上跪了一片公家的人。

而陈翔呢，却根本不予理会，继续跟家里看书喝茶歇凉。一众人从大中午一直跪到太阳落山，陈翔才唤夫人将朝靴收回。跪在街上的县令众人这才狼狈地起来，晒了大半天太阳，整个人都快虚脱了。从此后，这位县令再也不敢在酃县县城作威作福了。

# 避地

唐·韩偓

西山爽气生襟袖，南浦离愁入梦魂。
人泊孤舟青草岸，鸟鸣高树夕阳村。
偷生亦似符天意，未死深疑负国恩。
白面儿郎犹巧宦，不知谁与正乾坤。

**作者简介：**韩偓（公元约842年—约923年），陕西万年县（今樊川）人，晚唐五代诗人。乳名冬郎，字致光，号致尧，晚年又号玉山樵人，初在河中镇节度使幕府任职，后入朝历任左拾遗、左谏议大夫、度支副使、翰林学士。

**译文：**酷暑时节，这西山之上倒是凉爽惬意，只是，去乡千里，还是常常梦见故乡风物。西山脚下，青草离离，有孤舟一叶，鸟鸣啾啾于高树之巅，夕阳西下，已近黄昏景象。国事蜩螗如此，我却忍辱偷生于此世间，实在是有负国家培育之恩，那庙堂之上衮衮诸公只知钻营取巧，也不知谁才能匡复我大唐江山。

**故事**

## 韩偓，“唐末完人”的醴陵时光

唐昭宗天复四年（公元904年）七月，63岁的前兵部侍郎韩偓来醴陵已有两月。

湖南的潮湿闷热让这位北方来的老人很是吃不消，所幸居处离西山不远，又无公务之侵扰，日常便常来山中避暑了。

只是，西山虽是避暑胜地，国事之蜩螗却让63岁的韩偓难以安下心来——年初的时候，梁王朱全忠劫持唐昭宗李晔自长安东迁洛阳，篡唐之心路人皆知。可他这个皇上以前倚为股肱之臣的前兵部侍郎只是个手无缚鸡之力的文弱书生，手底下又无一兵半将可用，也只能在诗里一抒自己的忧闷之情了……

## 股肱之臣

唐光化三年（公元900年）十一月，左右神策军中尉刘季述发动宫廷政变，废昭宗，立太子李裕为帝。当时的韩偓为宰相崔胤的副手，与宰相崔胤一起设计诛杀刘季述，迎昭宗复位，成为功臣之一，任中书舍人。

昭宗复位后，中书门下同平章事李继昭依附宦官头子韩全诲，排挤崔胤，崔胤乃召凤翔节度使李茂贞入朝，意欲抑制宦官集团。

李茂贞入朝后，拥兵跋扈。崔胤又想召宣武镇节度使朱全忠入朝牵制李茂贞。韩偓谏道：这样造成“两镇兵斗阙下，朝廷危矣”，应一面罢去李茂贞，一面处理宦官。议尚未行，而李茂贞、韩全诲已将昭宗劫往凤翔。韩偓闻讯，星夜赶往凤翔行在，见昭宗时恸哭失声。昭宗乃任韩偓为兵部侍郎。后朱全忠兵到，败李茂贞，杀韩全诲，韩偓随同昭宗回长安。

韩偓回长安后，见朱全忠比李茂贞更为骄横，心中甚感不满。一次，朱全忠和崔胤在殿堂上宣布事情，众官都避席起立，只有韩偓端坐不动，称“侍宴无辄立”，因此激怒朱全忠。朱全忠一则恼怒韩偓无礼，再则忌他为昭宗所宠信，参预枢密，恐于己不利，便借故在昭宗面前指斥韩偓。崔胤听信谗言，也不予救护。朱全忠本欲置韩偓于死地，幸经京兆尹郑元规劝阻，被贬为濮州（今山东鄄县、河南濮阳以南地区）司马。不久，又被贬为荣懿（今贵州桐梓县北）尉，再贬为邓州（今河南邓县）司马。离京之日，唐昭宗握着他的手流泪说道：“我左右无人矣。”

## 寓居醴陵

天复四年（公元904年）正月，韩偓自濮州南下，溯江西上，赴荣懿尉贬职。途中徒邓州司马，遂取道沔州（今武汉市汉阳）、汉口（今武汉市汉口），沿汉水北上改赴邓州。

当年正月十二，朱全忠杀宰相崔胤，二十七日劫持昭宗迁都洛阳（此前当早已着手其事）。消息传到正赴邓州路途中的韩偓耳中，知朱全忠篡唐之心已愈演愈烈，更知朝命非真出唐室，为图全身之计，乃决策弃官南下湖南寓居。

当年五月，韩偓抵醴陵，有诗纪行："甲子岁夏五月，自长沙抵醴陵，贵就深僻，以便疏慵。由道林之南，步步胜绝。去渌口，分东入南小江，山水益秀。村篱之次，忽见紫薇花，因思玉堂及西掖厅前，皆植是花。遂赋诗四韵，聊寄知心。"也就从此诗起，韩偓之诗题改用干支纪年，而不称年号，概因当年四月，朱全忠劫持昭宗迁都洛阳，改元天祐，以此表明自己不奉朱全忠现政权正朔。

同年八月十二，朱全忠使蒋玄晖等弑昭宗于洛阳宫殿，昭宗时年三十八。河东夫人裴贞一、昭仪李渐荣以身护帝，亦被害。唐朝名虽存而实已亡矣。消息传到醴陵，韩偓作《净兴寺杜鹃一枝繁艳无比》诗，云："一园红艳醉坡陀，自比连梢簇蒨罗。蜀魄未归长滴血，只应偏滴此丛多。"用古蜀王望帝杜宇啼血之典，借写眼前之杜鹃花，寄哀昭宗之被弑于洛阳。君臣生死之悲，打成一片。

## 终老福建

天祐二年（公元905年）春夏间，韩偓离开醴陵，前往江西。同年六月，朱全忠杀朝士裴枢、陆扆、王溥、赵崇、王赞等三十余人于滑州（今河南滑县）白马驿，投入黄河。史称白马清流之祸。

在江西的韩偓大病一场，从七月卧病至九月，病中却收到了朝廷重新启用他为翰林学士、复兵部侍郎故官的诏书——其时昭宗已被弑，朱全忠立昭王子李柷（时年13岁）为昭宣帝（即哀帝）。很明显这复召之意出自朱全忠，或为其笼络人心之举，更有可能是之前白马清流之祸的重演——韩偓拒不赴召，作《乙丑岁九月在萧滩镇驻泊两月忽得商马杨迢员外书贺余复除戎曹依旧承旨还缄后因书四十字》诗以述其志，诗云：“旅寓在江郊，秋山正寂寥。紫泥虚宠奖，白发已渔樵。事往凄凉在，时危志气消。若为将朽质，犹拟杖于朝。”

天佑三年（公元906年）秋，受威武军节度使王审知之邀，韩偓携眷入福州定居，并一度在王审知幕下为官。

天祐四年（公元907年），朱全忠篡唐，改国号梁，王审知向朱全忠献表纳贡。韩偓无法接受这种行为，在他看来，王审知是唐朝的旧臣，朱全忠是导致唐朝灭亡的罪魁祸首，怎么能向他称臣。

趁王审知不备，韩偓离开了福州，来到沙县。准备从沙县一路西行，逆流而上到邵武，再沿着旧路到江西。王审知急忙派人前去挽留。但韩偓因感“宦途险恶终难测”，功名之念已淡，坚拒王审知的任命。双方僵持一年多，王审知拗不过他，乃决定让韩偓自去闽南定居。

晚年的韩偓在福建南安葵山（又名黄旗山）山麓的报恩寺旁建房定居，时称“韩寓”。在这里，韩偓下地耕种，上山砍柴，自号“玉山樵人”，自称“已分病身抛印绶，不嫌门巷似渔樵”，过着退隐生活。

梁龙德三年（公元923年），韩偓病逝于南安寓所，威武军节度使检校尚书左仆射傅实为其营葬，墓在葵山之阳。

《四库全书总目提要》云：“偓为学士时，内预秘谋，外争国是，屡触逆臣之锋，死生患难，百折不渝，晚节亦管宁之流亚，实为唐末完人。”可谓确论！

# 寄彭民望

明·李东阳

斫地哀歌兴未阑，归来长铗尚须弹。
秋风布褐衣犹短，夜雨江湖梦亦寒。
木叶下时惊岁晚，人情阅尽见交难。
长安旅食淹留地，惭愧先生苜蓿盘。

**作者简介：**李东阳（公元1447年—1516年），字宾之，号西涯，谥文正，明朝中叶重臣，文学家、书法家，茶陵诗派的核心人物。湖广长沙府茶陵州（今湖南茶陵）人，寄籍京师（今北京市）。有《怀麓堂集》《怀麓堂诗话》《燕对录》。

**译文：**王司直酒后拔剑斫地的高歌声还未停歇，孟尝君门下食客冯谖倚柱弹剑的风姿似乎仍在目前。秋风渐起，粗布衣服有些短，晚上又下了雨，梦中惊醒方觉寒冷刺骨。树叶飘零而下，已是深秋时节，这时候再想想这些年来交往的那些个人，还是觉得咱哥俩的交情最深。只是，兄弟我远在京城混口饭吃，也不能帮你寻个好的差使，实在是惭愧得紧啊！

故事

## 木叶下时惊岁晚，人情阅尽见交难

——首辅大臣与民间诗人的唱和往事

明正德三年（公元1508年）秋，落魄在攸县老家的前顺天府通判彭泽（字民望）收到一封信，来信人是当朝吏部尚书、华盖殿大学士、少师兼太子太师的首辅大臣李东阳。

彭泽打开信，里面除了嘘寒问暖的程序化语言之外，还另纸附诗一首。彭民望一一念完，不觉潸然泪下，这个远在京城的兄弟还是没有忘记我这个身处穷乡僻壤的酸腐文人啊！

### 流寓京师，诗酒定交

彭泽与李东阳之交往可以追溯至四五十年前的景泰（公元1450—公元1457年）年间——彭泽之生平史载颇缺。按湘潭大学硕士研究生文圆圆提交的学位论文《李东阳影响下的明中期湘籍文人专题研究》考证，彭为景泰七年（公元1457年）中得举人，中举后要赶往京城参加会试，可能就在此期间结识了时在顺天府学念书的李东阳。

李东阳在《怀麓堂玉堂联句原序》中记载了两人以诗相交的情形：“余求诗于古，而窃有所得，然操笔为之，词多不达意，意之所至，亦独如之，举以语人，必见牴牾。恒用自愧，不敢以病予人……然余有得，民望必赏。所自病者，民望必以为阙。其相得有如此者。”李东阳觉彭民望诗远胜于己，愿共同探讨诗之优劣成败。两人诗学主张、诗歌欣赏水平相类，极为相得，惺惺相惜。

更难能可贵的是，李东阳还在文中夸赞彭民望之诗“清有腴，简而有余，见之可亲，追之而不能及其所之”，连自个儿也没有彭民望之水准。要知道，李东阳可是四岁时便被明景帝朱祁钰视之为神童的，向有诗名，这个评价不可谓不高。

一个是刚刚得中的举人，一个是自小便目为神童的学子，又同是湖南老乡，在京师这么个繁华的所在，真真有“春风得意马蹄疾”之洒脱了。

## 寓居其家，义如骨肉

前文已述，彭民望北上京城是为会试而来，据其《贺君世安贰守云南作此送行》诗中所言“秋试曾明接后尘，十年京国度芳春。分符佐郡君先贵，然桂携家我尚贫”，可知彭民望以举人身份入京会试并未高中，且在京师一待就是十年之久。

那时节的读书人，未能高中，经济来源是很成问题的。由于有关彭民望的史料不多，也不知其家境如何，更不知其流寓京城何以谋生。而此时节的李东阳，天顺八年（公元1464年）殿试取得二甲第一的好成绩，并入翰林院进修，随后又被授予编修之职，也算是有了份糊口的俸禄，又加上其家仕宦京城多年。估计，二人出游宴饮，多半是李东阳买单。

成化七年（公元1471年），彭民望干脆搬到了李东阳家里，且一住就是一年多——《怀麓堂玉堂联句原序》载“成化辛卯，民望实寓余家，凡再阅岁”——成化八年（公元1472年），李东阳第一次，也是唯一一次回茶陵老家扫墓祭祖，彭民望也陪在左右。

李东阳在赠彭民望的诗中也写了彭民望寓居其家的事儿：“我屋虽萧条，欣然与子居。嘉晨与永夕，觞咏得相俱。而胡好出游，十日九跨驴。明月照万里，停云在庭除。入门坐我床，探我囊中书。读之莞尔笑，谓我兴有余。我诗世不好，见者掷道隅。君情倘相契，赠比双明珠。”入室坐床，探囊取书，当真是亲如兄弟。

## 辞官归里，郁郁而终

尽管会试一直未中，举人身份的彭民望还是得到了顺天府通判的职位，只是这官只做了短短三年——彭民望《旅夜酬西涯二首》中有“落落余生在，三年歧路中”句——也不知是为官出了差池，还是个性不适合官场生涯。而李东阳却一路高升，从编修而至翰林院侍讲学士，又至文渊阁大学士，最终以内阁首辅大臣而柄国十八载，尊荣备享。

诗酒订交毕竟是少年意气。这之后，随着身份和地位的悬殊，二人也渐行渐远，彭民望先是搬离李家，而后辞官回了老家，但两人的诗词往来却一直未断。成化十年（公元1474年），李东阳将二人的唱和之作编为《玉堂联句》一卷行世，并亲撰序言，有近两百首之多。

回到本文开头那一幕，辞官归里的彭民望又一次接到李东阳寄来的诗作时，心情竟久久不能平复。

据《怀麓堂诗话》记载，彭民望接诗后读到“夜雨江湖梦亦寒”时是黯然不乐的，及至往下读完，“乃潸然泪下，为之悲歌数十遍不休”。从“黯然不乐”到“潸然泪下”，再到“悲歌数十遍不休”，即知彭民望对此诗感动不已。诗中所述可不就是自己的真实处境——英雄失路，托足无名，平生唯一好友却远在京城，不能相对共慰寂寥，还有比这更悲伤的事情吗？

次年，贫病交加的彭民望郁郁而亡，其子北上京城告知彭民望死讯，李东阳特地写祭文一篇，嘱其回乡祭奠，中有“生无以为存，而死无以归。有禄也，而家不得以为养；有家也，而身不得以为栖”句，无限感伤，尽在其中！

# 浮桥

明·龙诰

跃马寻芳作胜游，飘然身世驭长虬。
锦澜水涌仙鳌断，金饼云开蝃蝀浮。
题柱勋名曾自许，济川舟楫果谁酬。
夕阳江畔重回首，尽是恩波到处流。

**作者简介：**龙诰，字孔锡。攸县人。明正德三年（公元1508年）进士。任临川知县。时东乡乡民集聚为盗，他单骑往抚，民皆归田。迁户部主事，升郎中。往江西督赋课，疏请免除逋欠，从之。出为庐州知府。在任锐意减轻农民负担，赈灾救荒，用公帑平籴田谷以备饥，民深感德。又奏罢马价、茶牙诸税，置常平、济粜诸法，上官为之推广，著于令。转任广西参政，安抚壮民有功。官终四川按察使。致仕归。著有《东洲奏议》《庐阳荒政录》《谕民直言》等书。

**译文：**天儿不错，骑着马儿去看看景，在马背上想起自个儿这一生飘零，却也不曾跌过份儿：天宫发大水，冲断了顶天的柱子，所幸月宫云散，有彩虹一架来沟通往返……也曾想过，有朝一日能将自己的名字刻在桥柱之上。这些年来，辅佐圣上治理朝政，东奔西走，没有一刻停歇的时候。此刻站在江边，夕阳西下，回首一生历练，这壮美河山和清明世道，不正是我大明皇上的雨露恩泽嘛？

# 龙诰，文武全才的攸县进士

大明嘉靖年间（公元1521年—公元1566）的某个夏日午后，攸县县城西南城门外的官道上，远远地走来两个人影，一骑马，一步行。马上是一老者，衣着考究，须发皆白，精神头也矍铄得紧；依马而行的是一四十出头的中年人，粗布短褂，却收拾得干净利落，想是马上老者的奴仆家丁之类。

二人行至西南城门外的浮桥旁，老者拉住缰绳，马儿定了下来，仆人亦立在一旁。老人举目望去，但见碧空如洗，一道彩虹悬在天边，与浮桥遥相呼应，说不出的壮美……老人略一沉吟，随口便将文前诗句吟出，气势之宏大也只有他这样文武全才的封疆大吏才镇得住……

## 缉盗有功

龙诰，字孔锡，攸县人。其先祖龙清（字悦仲）明洪武二年（公元1639年）由茶陵东山迁至攸县县学门前，为攸县龙氏的开基祖先，龙诰亦出生于此。

包括攸县《龙氏族谱》在内的现有史料无从稽考龙诰早年间的命途轨迹，只知其明正德三年（公元1508年）得中进士，其年已44岁。想来，早年间也颇受过些委屈，那时节兴的是少年高中的传奇，像他这样中年才中进士的注定只能做个循规蹈矩的普通官吏。

但历史并不等同于戏剧，少年高中或许可以演绎许多传奇，然毕竟少经人事，为官一任说到底考的还是为人处世之道，人情练达的中年汉子往往更能在仕途上走得通畅一些，龙诰就是这样的中年汉子。

史载，龙诰中进士后，选江西临川知县，其时恰遇农民军起义——辖境内有乡民聚集为盗，想是迫于饥寒铤而走险，冷兵器时代类似的聚而为盗屡见不鲜——龙诰“单骑往抚，民皆归田”，一个人单枪匹马前去做思想政治工作，那些聚而为盗的村民立马放下武器，拿起锄头镐锹就回家耕田了。

语涉传奇，颇不可信，更何况，江西抚州东乡县县志明确记载，“正德六年（公元1511年），徐仰四、艾茹七领导农民起义军攻杀官兵，临川（其时东乡归临川所辖）知县龙诰率兵进剿，几乎被义军所俘”。

何以同样的一个人一件事，却有着截然相反的说法？这就与记载其人其事的史籍资料持何立场有关了。说龙诰“单骑往抚，民皆归田”的是《湖南名人志》，自然对湘籍乡贤大加褒奖，越是传奇越能证明乡贤之伟岸；而《东乡县志》是1949年后新修的地方志，秉持唯物主义史学观，凡是农民起义都是进步的，而镇压农民起义的大小官吏和地方士绅都是反动派，刻画得越是狼狈越能反证农民起义军的高大。

考证其事，大抵如下：东乡乡民聚而为盗，身为地方长官的龙诰率兵进剿，轻敌或是别的什么原因吃了败仗，而后重新集结人马，或者请奏上峰调兵一同进剿，历大小数战，终于剿灭或者招抚此一农民起义。

也因此事，龙诰迁升户部主事，复迁郎中。想来，此一进剿事宜身为地方行政长官的龙诰出力颇多，亦不乏功劳，不然，何以解释一个名不见经传的小小县令忽然就能入京录用，且还是在户部的肥差？

## 赈灾有道

在户部郎中任上，龙诰以户部特派员的身份前往江西监督考察当地的赋税情况。江西是龙诰的老根据地，他也深知江西一地的社会民生，故，考察不久，便“疏请免除逋欠”，给皇帝上书，免除那些拖欠了多年赋税的贫民的债务——想来也是经验之谈，早两年“聚而为盗”的东乡乡民不也是因为拖欠了多年的赋税还不上起而为盗的吗——“上许之”，皇上也同意了。

替江西父老办了件大好事后，龙诰出任庐州知府，亦是为任一方的父母官。当然，比之临川知县，管辖的范围和地位远不可同日而语。

庐州知府任上，龙诰的主要功绩是救荒救灾。嘉靖元年（公元1522年），江苏、浙江、江西、湖广、四川等地发生了严重旱灾，粮食减产，流民遍地，时为庐州知府的龙诰“用公帑平粜田谷以备饥，民深感德”，“又奏罢马价、茶牙诸税，置常平、济粜诸法”。嘉靖皇帝深为赞许，特赐其“加秩一级”，并通报各地抚按官“勘其便利者，通行各府州县仿（龙）诰所行”。龙诰更是将自己在庐州的救荒经验编撰为《庐阳荒政录》一书，为历代荒政史籍述论中不可多得的佳作。

庐州知府任满，龙诰转任广西参政，时王阳明总督两广，断藤峡土民据险反叛，龙则与王一道进剿平叛。未一年叛皆平，王阳明集中屡见龙诰之名，即记此平叛事。

这之后龙诰又出任四川按察使，主管一省之司法刑名，也算是封疆大吏了。此任有何政绩史籍未载，但知其以致仕归，这便有了本文开头那一幕。

退休后的龙诰一直住攸县县学门前，年86而终，其名载《一统志》“经济名臣”列，日后的辛亥革命元老、“二次革命”期间反袁驱汤的革命家龙璋即为其后人。